Meike Messal

Atemlose Stille

Handlung und Figuren dieses Romans entspringen der Phantasie der Autorin. Darum sind eventuelle Übereinstimmungen mit lebenden oder verstorbenen Personen zufällig und nicht beabsichtigt. Nicht erfunden sind Institutionen, Straßen und Schauplätze in Ostwestfalen-Lippe.

5. Auflage 2026
Originalausgabe 2017
©Prolibris Verlag Rolf Wagner, Rasenallee 23 d, 34128 Kassel
buero@prolibris-verlag.de
Titelfoto: © Blickfang, Fotolia
Druck: Totem, ul. Jacewska 89, 88-100 Inowrocław, Polen
ISBN: 978-3-95475-151-8

www.prolibris-verlag.de

Meike Messal

Atemlose Stille

Kriminalroman aus Ostwestfalen-Lippe

Prolibris Verlag

Die Autorin

Meike Messal wurde 1975 in Minden geboren. Nach dem Abitur lebte sie für einige Zeit in Israel und Südafrika und studierte in Hamburg Germanistik, Anglistik und Amerikanistik. Mittlerweile wohnt sie mit ihrem Mann und ihren zwei Kindern wieder in ihrer Heimat und unterrichtet an einem Mindener Gymnasium. *Atemlose Stille* ist ihr zweiter Kriminalroman.

Für Frank

Denn das Schöne ist nichts
als des Schrecklichen Anfang.

Rainer Maria Rilke

Prolog

Luft!

Verzweifelt hämmerte er mit den Fäusten an die Scheibe. Seine Augen waren weit aufgerissen. Er hatte das Gefühl, der Druck würde sie aus den Höhlen sprengen. Aber noch mehr schmerzte seine Lunge. Er brauchte Luft!

Luft!

Panisch stieß er nach oben und schlug mit dem Kopf gegen den Deckel. Doch der bewegte sich nicht einen Millimeter. Ruhig, er musste ruhig bleiben. Eine Sekunde ließ er seine Arme sinken und schloss die Augen. Das Wasser hüllte ihn ein. Stille. Blut rauschte in seinen Ohren. Noch einmal drückte er sich mit den Füßen vom Boden ab. Seine Hände suchten Halt. Es gab keinen in dieser verfluchten Röhre voller Wasser. Selbst unter dem Deckel ganz oben war nicht ein Zentimeter Luft zum Atmen. Er war gefangen, wie ein Fisch im Aquarium – nur, dass dies hier nicht sein Element war.

Plötzlich bemerkte er einen Schatten vor sich. Eine Person war in den Raum getreten. Vielleicht war das seine Rettung? Hatten sie ihn endlich gefunden?

Er zwang sich, still zu verharren und nicht zu strampeln. Langsam kam die Gestalt auf ihn zu. Vor dem Becken blieb sie stehen, eine schwarze große Silhouette.

Er musste die Aufmerksamkeit auf den Deckel lenken, schnell, auf diese Klappe, die ihn vom Leben trennte. Vom köstlichen, wunderbaren Sauerstoff. Verzweifelt zeigte er nach oben.

Doch die Person stand einfach nur dort. Dann beugte sie sich ganz nah an die Scheibe heran. Er blickte in eisblaue Augen, die ihn seelenruhig anschauten. Eine heiße Welle schoss durch seine Eingeweide. Die Erkenntnis traf ihn mit ungeheurer Wucht und presste den wenigen Rest Luft aus seiner Lunge. Der dunkle Schatten würde ihm nicht helfen. Er war nicht hier, um ihn zu befreien.

Er war hier, um ihm beim Sterben zuzusehen.

*

Das Piepen des Handys riss Marlene aus ihrer angespannten Haltung. Erschrocken schaute sie auf und versuchte, ihre schmerzenden Schultern zu ignorieren. Seit einer gefühlten Ewigkeit saß sie vor dem Computer. Seufzend streckte sie sich und nahm das Handy in die Hand. Eine SMS. Sie lächelte, als sie den Inhalt las. *Marlene, hör endlich auf zu arbeiten! Es ist Freitag ... Lust auf ein Bier? Ich könnte in einer Stunde in Minden sein. Benno*

Sie wollte schon *Ich kann jetzt nicht* eingeben, als sie innehielt. Benno hatte Recht. Das Polizeipräsidium war bereits ausgestorben, nur sie hing hier wie immer herum und war nicht in der Lage, sich von der Arbeit zu lösen. Dabei ging es noch nicht einmal um ein wirklich brennendes Problem. Seit sie vor einiger Zeit gemeinsam mit Benno zwei grausame Morde aufgeklärt hatte, war Minden zum Glück wieder in der Normalität angekommen. Na ja, sofern man Einbrüche, eine Serie von Tankstellenüberfällen und eine Vergewaltigung als »Normalität« bezeichnen konnte.

Marlene stand von ihrem Schreibtischstuhl auf und dehnte sich ausgiebig. Die Welt war auch ohne Morde brutal genug. Aber die Welt konnte warten. Jedenfalls heute Abend.

Bin in einer Stunde im Enchilada, tippte sie zurück. Ausreichend Zeit, um schnell nach Hause zu düsen und sich frisch zu machen.

Sie schlüpfte in ihre dicke Motorradkluft, die sie vor dem schneidenden Dezemberwind schützen sollte. Glücklicherweise lag kein Schnee, und das Wetter war für einen Wintermonat relativ mild. Weiße Weihnachten – darauf würden die Kinder auch diesmal vergeblich hoffen. Marlene war das allerdings ziemlich egal. Sie stand weder auf Weihnachtsbäume noch auf Kerzen oder irgendwelchen anderen Schnickschnack, den Leute zu dieser Jahreszeit veranstalteten. Schon seit Jahren saß sie an Heiligabend mit einem guten Rotwein und einem Buch auf ihrem Sofa, eingekuschelt in eine warme Decke. Das war alles, was sie brauchte.

Als sie vom Hof des Präsidiums fuhr, fluchte sie einen Moment angesichts der Kälte. Der Wind pfiff um ihren Helm. Auf dem Motorrad merkte man, dass es Winter war. Sie hätte doch lieber ihren Audi nehmen sollen. Während sie in Richtung Ringstraße preschte, den Kopf tief über den Lenker gebeugt, wusste sie jedoch, warum das Auto bei ihr immer nur die zweite Wahl war. Sie gab Gas. Wenn sie in einer Stunde mit Benno im Enchilada sitzen wollte, musste sie sich beeilen.

*

Benno tippte ungeduldig mit den Fingerkuppen auf den Tisch. Wo blieb sie nur? Er hatte sie schon seit einigen Monaten nicht gesehen, und auch wenn er es nicht offen zugeben wollte, vermisste er sie. Als ihn ein kalter Windhauch streifte, hob er den Kopf und blickte zur Tür. Er hatte Glück gehabt, ohne Reservierung einen Tisch zu bekommen – leider den, der direkt links neben der Tür lag. Ja, da war sie. Die langen blonden Haare zerzaust von ihrem wuchtigen Motorradhelm, den sie in der Hand hielt, ihre Wangen gerötet. Benno ließ seinen Blick ein paar Sekunden auf ihr ruhen.

»Marlene!«, rief er dann.

Sie drehte sich zu ihm um, lächelte und glitt auf den Stuhl ihm gegenüber.

»War nichts anderes mehr frei!«, sagte er entschuldigend. »Aber mit einer Portion heißen Tapas wird es gehen.«

Sie nickte.

»Wirklich ewig her, der letzte Abend, an dem wir zusammen hier waren«, meinte er und gab seiner Stimme einen leichten Klang.

Der riesige Rummel um die zwei von ihnen aufgeklärten Morde hatte mit der Zeit nachgelassen, und Marlene hatte sich wie gewohnt in ihre Arbeit gestürzt. Hatte Bennos Kontaktversuche meistens mit fadenscheinigen Ausreden gestoppt. In den letzten Monaten hatten sie sich kaum noch gesehen – davor allerdings auch nicht viel häufiger, wenn er ehrlich war. Doch jetzt war sie da. Benno gab sich einen Ruck und lächelte sie an.

»Hast du schon bestellt?«, fragte sie.

Er schüttelte den Kopf. »Nur ein Bier. Ich habe allerdings einen Bärenhunger.«

»Also Tapas?«

»Gerne. Und danach für uns beide den großen Nachtisch mit allem Drum und Dran, ja? Gott, wie ich diese Churros und dazu den warmen Schokokuchen mit Vanilleeis liebe!«

»Ja, super!« Sie nickte zufrieden.

Eine weitere Sache, die Benno definitiv an Marlene mochte – mit ihr konnte man essen. Sie war keiner dieser Hungerhaken, die immer nur in ihrem Salat herumstocherten. Marlene war weiß Gott nicht dick, sie hatte jedoch ein paar Rundungen an den richtigen Stellen. Genau so sollten Frauen aussehen. Benno war es ein Rätsel, was Männer an Models fanden, bei denen man die Rippen sah und der Busen so klein war wie eine Pflaume.

»Benno?« Marlene schaute ihn mit hochgezogenen Brauen an.

»Äh, was hast du gesagt?«

»Nichts. Aber du wirktest gerade so abwesend.«

Benno schüttelte den Kopf. »Nein, im Gegenteil. Ich bin ganz da und ich freue mich, dass du hier bist. Wie gesagt, ist schon 'ne Weile her.«

Marlene stöhnte. »Mach nicht mich dafür verantwortlich!« Sie stützte ihren Ellenbogen auf dem Tisch und ließ ihr Kinn schwer in ihre Hände sinken. »Ich komme um vor Arbeit. Wir haben eindeutig zu wenig Leute. Diese ewige Leier, wir sollen die Bürger beschützen. Ja, wie denn, wenn bei uns im Präsidium ohnehin schon alle so viele Überstunden vor sich herschieben? Na ja, wem sage ich das, du hast ja genau die gleiche Baustelle in Bielefeld.«

»Das stimmt. Doch neben dem Job gibt es auch noch ein Leben. Mir scheint, das vergisst du manchmal.« Nun blickte Benno ernst.

Marlene winkte dem Kellner, der gerade mit ein paar Gästen flachste. »Können wir bitte bestellen?«, rief sie, ohne auf Bennos Bemerkung einzugehen. Nachdem sie ihre Essenswünsche losgeworden waren, schwieg sie, und Benno saß ebenfalls in Gedanken versunken da. Er war sich sicher, dass sie nicht an dasselbe dachten.

»Bald beginnt sein Prozess«, hob Marlene an, als die Bedienung ihr Glas Mineralwasser vor sie hinstellte.

Marlene brauchte seinen Namen nicht zu nennen, Benno wusste sofort, wen sie meinte. Um ehrlich zu sein, konnte er den Namen nicht mehr hören. Wie oft hatten sie über diesen spektakulären Fall reden müssen, wieder und wieder.

»Wir werden vor Gericht aussagen, klar. Aber ich möchte gern den ganzen Prozess verfolgen. Mich lässt diese Sache einfach nicht los. Er hatte nie eine Chance. Von vornherein nicht.« Marlene malte mit ihrem Finger kleine Kreise auf die Tischplatte.

»Das mag sein. Aber er hat zwei Menschen ermordet.«

»Ja.« Sie sprach leise. »Doch man hätte besser auf ihn Acht geben sollen. Er war verloren, damals im Heim. Ich sehe ihn immer noch als kleinen Jungen vor mir, wie einsam er dastand, an dieser riesigen Tür.«

Benno legte seine Hand auf Marlenes. »Du kannst nichts dafür, du warst selbst noch ein Kind, als sie dich aus dem Heim geholt haben«, sagte er eindringlich. Er hielt einen Augenblick inne. Schon nach der Verhaftung hatte er gespürt, wie nahe Marlene das alles gegangen war. Wie die Vergangenheit sich durch die Mauer fraß, die sie mühsam in ihrem Inneren errichtet hatte. Er hatte natürlich versucht, mit ihr darüber zu reden. Doch sie hatte abgeblockt – wie immer.

»Hör zu«, fuhr er fort, »wir schaffen das gemeinsam. Wenn du möchtest, bin ich die ganze Zeit über mit dabei.«

Marlene nickte, lächelte ihn dankbar an. Doch der Kummer verdüsterte ihr Gesicht schnell wieder. »Warum kommen wir jedes Mal erst ins Spiel, wenn alles zu spät ist?«, fragte sie. »Wir blicken nur auf den Scherbenhaufen.«

Benno fröstelte. Dieser verfluchte Fall. Er hatte Marlene mehr aus der Bahn geworfen, als er gedacht hatte. Er hatte sich einfach nur auf einen schönen entspannten Abend mit ihr gefreut und gehofft, dass sie sich inzwischen gefangen hätte. Er hatte sich getäuscht. Nun gut, dann würde er ihr erneut seine Qualitäten als verständnisvoller Freund beweisen. »Das Glas können wir nicht reparieren«, antwortete er deshalb. »Aber für den Glasbesitzer ist es wichtig, zu wissen, wer für die Scherben verantwortlich ist. Sehr wichtig sogar. Und es ist genauso bedeutend, dass der Zerstörer eine Strafe bekommt. Denn nur so kann der Glasbesitzer weitermachen. Ohne uns würde er vielleicht zerbrechen wie sein Glas. Aus diesem Grund sind wir hier, Marlene.«

»Du und deine tollen Metaphern. Glasbesitzer ... oh Mann.« Doch ein Lächeln huschte über Marlenes Gesicht. Es wurde noch breiter, als der Kellner große Teller mit Essen vor ihnen ablud. Unglaublich, wie schnell sich ihre Gefühle ändern, dachte Benno und genoss den Stimmungswechsel.

Sie aßen schweigend und zufrieden. Beide hatten ihre Portion erst zur Hälfte geschafft, als Marlenes Handy klingelte. Und Benno wusste, dass die Tapas warten mussten, als er den Blick bemerkte, den sie ihm zuwarf.

*

War das kalt! Fluchend zog er den Mantel enger. In Australien brannte gerade die Sonne vom Himmel, aber selbst im Winter hatte er dort noch nie so gefroren wie jetzt in Minden. Eilig schritt er über den Marktplatz. Er musste sich eine warme Winterjacke zulegen. Doch bevor er Hagemeyer betrat, ein großes Modekaufhaus, das einer Einkaufsgalerie mit vielen weiteren Geschäften den Namen gegeben hat, stoppte er bei dem Bäcker daneben. Ein heißer Kaffee, das war jetzt das Richtige.

»A coffee, please.«

Er legte seine klammen Finger um den dampfenden Becher, den die Frau ihm lächelnd reichte. Zum Glück verstanden die hier alle gut Englisch, das hatte ihn erstaunt. Sein Deutsch war zwar ziemlich gut, aber es war nun einmal nicht seine Muttersprache. Allerdings musste er sich eingestehen, dass sich sein Vorhaben schwieriger gestaltete als gedacht. Nun, er sollte nicht so hart zu sich sein. Etwas hatte er schon erledigt. Er pustete vorsichtig über den Tassenrand und spürte befriedigt, wie sich die Wärme langsam in seinem Körper ausbreitete.

Als er nach draußen trat, traf ihn die kalte Luft wie ein Fausthieb. Unwillkürlich stockte sein Atem für eine Sekunde. Dann lächelte er, schaute auf seine Uhr, während er zu Hagemeyer hinüberging, und hielt dabei bewusst die Luft an.

Er befand sich in der Galerie bereits nahe der Thaliabuchhandlung, als er gierig wieder Sauerstoff einsog. Schon gut zwei Minuten. Er wurde immer besser. Aber noch nicht gut genug.

*

Der Wind zerrte an Benno und Marlene. Jetzt am späten Abend war es doch richtig kalt geworden. Benno verkroch sich tief in seinem Mantelkragen, als er mit Marlene auf die uniformierten Polizisten zueilte. Sie warteten direkt an der Mindener Schiffsmühle. Benno erinnerte sich, dass er vor Jahren mit seinem Bruder hier spazieren gewesen war. Fabian hatte sich vorgenommen, die Sehenswürdigkeiten in der näheren Umgebung zu erkunden. So hatten sie zuerst eine Schifffahrt durch das Wasserstraßenkreuz unternommen, das in Minden den Kanal und die Weser miteinander verband, und sich anschließend die alte, imposante Mühle am Fluss angesehen. Besonders das große, sich stetig drehende Mühlrad hatte sie beeindruckt. Benno war erstaunt, dass es sich hierbei wirklich um das einzig funktionierende schwimmende Mahlwerk in ganz Deutschland handelte. Damals hatte die Sonne geschienen, Menschen hatten in dem Biergarten gesessen und Kinder Fangen gespielt. Immer wieder hatte Benno sich verstohlen umgeblickt und gehofft, in Marlenes Gesicht zu blicken. Er hatte gewusst, dass sie in Minden arbeitete. Nach ihrem gemeinsamen Studium in Hamburg und ihrer – konnte man es Beziehung nennen? – hatte er sie nicht mehr gesehen.

Nun war der Platz wie ausgestorben, die Mühle hob sich schwarz gegen den dunklen Himmel ab. Er wurde von Marlene aus seinen Gedanken gerissen, hatte sie aber nicht verstanden. »Was hast du gesagt?«

»Ich habe dich gefragt, ob du es schon mal mit einer Wasserleiche zu tun hattest?« Marlenes Stimme hörte sich ungeduldig an. Sie eilte auf die beiden Polizisten zu und gab ihnen die Hand.

»Kriminalhauptkommissarin Borchert, das ist mein Kollege Erdmann aus Bielefeld.«

Der Ältere nickte ihnen zu. »Ich weiß«, brummte er, »Sie kennt doch jeder hier, nach allem, was im Sommer passiert ist. Mein Name ist Bentrup, Jürgen Bentrup.« Dann runzelte er die Stirn und starrte Benno an. Bestimmt fragte er sich, wie Benno Erdmann, der das Kriminalkommissariat 11 in Bielefeld leitete, es geschafft hatte, zeitgleich mit Marlene anzukommen. »Kommen Sie rein.« Der Polizist bedeutete ihnen, ihm zu folgen. An der Eingangstür der Mühle stand ein Mann. Die bleiche Farbe seines Gesichts hatte sich sogar in seine Augen gelegt, zwei große, weiße Höhlen.

»Das ist Herr Ludwig«, stellte Bentrup vor, »er gehört dem Verein an, der sich um die Schiffsmühle kümmert.«

Marlene grüßte ihn. »Gut, dass Sie hier sind. Wir müssen Ihnen gleich einige Fragen stellen.«

»Er liegt da draußen. Am Mühlrad!« Der Mann deutete nach vorne. Seine Hand zitterte.

»Hat er ihn gefunden?«, wollte Marlene von dem Beamten wissen.

»Nein, das war ein Spaziergänger. Er hat am Wasserrad etwas Großes liegen sehen und dann festgestellt, dass es eine Person war. Sie können noch mit ihm reden, er wartet oben am Lokal, da ist es ein bisschen windgeschützter. Seine Personalien haben wir schon aufgenommen.«

Sie betraten einen kleinen, holzgetäfelten Raum. Links führte eine schmale Treppe hoch zu dem Trichter, in den das Mahlgut geworfen wurde. Doch die beiden Uniformierten gingen zielsicher geradeaus. Dort trat man auf eine Art hölzerne Terrasse hinaus, die über das Wasser der Weser ragte und von der man einen guten Blick auf das imposante Mühlrad hatte. Es war angehalten worden, und der Polizist zeigte in den Fluss. Benno und Marlene sahen ihn sofort. Ein aufgedunsener Körper, der an der Seite des Mühlradgestells festklemmte. Immer wenn eine Welle kam, schwappte er ein wenig nach links. So musste ihn der Spaziergänger am Rande der Mühle ausgemacht haben.

Die Frage, ob er wirklich tot war, erübrigte sich. Er lag mit dem Gesicht nach unten. Sein Körper war stark aufgequollen und schaukelte leicht auf und ab. Er schien schon seit einiger Zeit im Wasser zu liegen.

»Wir haben alles in die Wege geleitet, er wird gleich rausgeholt. Der Notarzt steht ebenfalls bereit, muss ja den Tod feststellen. Mehr kann er da wohl auch nicht richten«, stellte der ältere Polizist lakonisch fest.

»Er kann einschätzen, ob möglicherweise ein Fremdverschulden vorliegt«, korrigierte sie den Kollegen vom Schutzdienst und wandte sich dann an Benno: »Lass uns währenddessen ein Wort mit dem Spaziergänger wechseln!«

Benno zog zum gefühlt hundertsten Mal seine Jacke enger. Wie bescheuert ist der Typ, hier im Dunkeln an der Weser langzulaufen? Der hat ja noch nicht mal einen Hund, dachte er.

»Hoffentlich nur ein Lebensmüder, der sich in den Fluss gestürzt hat«, sagte Marlene und deutete mit dem Kopf auf den Mann, der zusammengesunken an der Wand des geschlossenen Biergartens lehnte. »Mal hören, was der uns zu berichten hat.«

*

Ron schleuderte die dicke Jacke auf das Sofa und ließ sich schwer auf die weichen Polster fallen. Mit der Daunenjacke war es besser, aber er fror noch immer. Langsam spürte er, wie die Wärme in ihm hochkroch. Die Heizung stand auf höchster Stufe, in der Hütte war es fast schon heiß. Trotzdem, er würde gleich auch den Kamin anmachen. Wenn das Feuer prasselte und er mit einem guten Sherry in die Flammen schaute, da konnte ihm sogar der deutsche Winter gefallen. Sein Blick fiel auf das abgewetzte Tagebuch, das auf dem Couchtisch lag. Ron nahm es in die Hand, wog es einen Augenblick gedankenverloren, dann schlug er es bedächtig auf. Er hatte es inzwischen so oft gelesen, aber vielleicht war ihm ein Hinweis entgangen. Etwas, das ihm helfen würde. Schließlich hatte er nur ein paar Wochen Zeit, und mehr als drei davon waren bereits vergangen.

Broome, den 21. November 1968 las er auf der ersten Seite. Die Handschrift war schwer zu entziffern. Sie war klein, markant und ein wenig verblichen.

Ich habe Vaters Tagebuch entdeckt. Ich kann nicht glauben, dass der Mann seine Erlebnisse aufgeschrieben hat. Doch nachdem ich es gelesen habe, wurde mir einiges klarer. Und ich merkte, dass es gut ist, sein Leben für die Nachwelt festzuhalten. Er hat Großes geleistet, und auch ich werde Großes vollbringen.

Nichts gab es hier, als Vater 1893 von Deutschland aus nach Australien kam. Nichts außer ein paar dreckigen Aborigines und Schwärmen von Sandmücken. Und Perlen. Ja, unsere Stadt war damals schon bekannt dafür. Gut zehn Jahre vor seiner Ankunft war das berühmte »Southern Cross« gefunden worden. Im Baldwin Creek, direkt vor unserer Haustür sozusagen.

Mein Vater fand zwar keine Perlenformation, die aussah wie ein Kreuz, aber immerhin viele große schöne Perlen. War eine vortreffliche Zeit. Hat ja immer davon geschwärmt. Damals konnte man mit den Aborigines noch machen, was man wollte. Die konnten tauchen, vor allem die Frauen. Acht Stunden am Tag oder mehr, hoch, runter, hoch, runter und der Logger war mit Austern überhäuft. Vater hatte ein gutes Händchen. Spürte die richtigen Stellen auf. Wenn er bloß nicht so verdammt geizig gewesen wäre. Viel haben Mutter und ich von den Perlen nicht gesehen. Nur schuften, das mussten wir. Ich bin mit den Aborigines mitgetaucht, und wehe, ich brachte nicht genug Austern hoch. Dann setzte es abends Prügel.

Doch gut. Vater ist tot. Jetzt bin ich mein eigner Herr. Habe eine Perlenfarm, die nur mir gehört. Jawohl, ich habe es zu etwas gebracht.

Trotzdem tauche ich weiter. Natürlich ohne Sauerstoff. Keine Hilfsmittel, nicht so wie bei diesen Weicheiern, die nun Broome überschwemmen. Ohne Vaters schreiende Stimme, seine Schläge im Nacken ist es wunderbar. Ruhig. Nur das eigene Blut rauscht in den Ohren, vermischt mit dem Klang des Meeres. Man spürt, dass man lebt. Man fühlt, wie das Leben durch den Körper spült, mächtig und stark. Ich bin ein gespannter Pfeil, der in die Tiefe schießt. Regionen, die nicht für Menschen bestimmt sind. Schwarz. Dort unten ist es schwarz, und das Blut rauscht durch die Adern.

Ron ließ das Buch sinken und starrte auf die Wand. Er konnte sich vage daran erinnern, dass sein Vater ihn einmal mit zum Tauchen genommen hatte. Aber Ron hatte Angst gehabt und geweint. Da war der große Mann mit den Stahlaugen ausgerastet, hatte ihn ein Weichei genannt und zu seiner Mutter gezerrt. Wann mochte das gewesen sein? Auf jeden Fall vor seinem fünften Geburtstag. Kurz darauf war sein Vater gestorben.

Ron seufzte. Er erinnerte sich nicht gern an seinen Vater. Hatte ihn kaum gekannt, schließlich hatte er nicht bei ihm und seiner Mutter gelebt, sondern bei seiner »richtigen« Familie. Und sofern er einmal vorbeikam, war Ron von Furcht erfüllt. Seine blauen Augen blickten hart und unerbittlich, seine Stimme war laut und scharf. Ron sah, wie seine Mutter jedes Mal schrumpfte, wenn er über die Türschwelle trat.

Nun war auch seine Mutter tot, und er hatte so viele Fragen, die keiner beantworten konnte. Und er musste endlich alles in Ordnung bringen. Deshalb war er hier. In Minden, in diesem Nest, irgendwo in Deutschland. Ein verdammt kalter Ort.

Ron griff nach der Sofadecke und zog sie über seine Beine. Dann löste er seine Uhr vom Handgelenk und starrte auf den Sekundenzeiger. Als der auf die zwölf kam, hielt er die Luft an.

Mit fünf hatte er Angst gehabt. Aber jetzt war er erwachsen. Nun würde er seinem Vater beweisen, was wirklich in ihm steckte.

*

Und was nun?« Benno blickte fragend zu Marlene, die gerade ihr Handy zurück in die Tasche gleiten ließ.

Sie waren die Letzten an der Weser, hinter ihnen lag die Schiffsmühle ruhig da, ein schwarzer Umriss, der sich gegen den Nachthimmel abzeichnete. Nichts zeugte von der Unruhe, die hier eben noch geherrscht hatte. Nun waren die Taucher, die den toten Mann geborgen hatten, abgezogen, der Notarzt hatte an Doktor Hagel zur genauen Prüfung der Todesursache übergeben, und der Leichnam war ins Klinikum geschafft worden.

Neidisch sah Benno Marlene an, die in ihre dicken Motorradhandschuhe schlüpfte.

»Doktor Hagel ist schon dort eingetroffen«, antwortete sie. »Wasserleichen müssen schnell obduziert werden, da die Fäulnis stark voranschreitet, sobald sie an Land kommen. Wir werden also bald mehr wissen.«

»Himmel, der sah jetzt schon schlimm aus.« Benno verzog unwillkürlich seinen Mund. Er wollte das blaue, aufgedunsene Gesicht am liebsten aus seinen Gedanken verdrängen.

»Egal, wie er gestorben ist, wir haben kein Portemonnaie, keine Papiere bei ihm gefunden, nichts. Lass uns ins Präsidium fahren und die Vermisstenanzeigen durchgehen. Ich kann mich nicht erinnern, dass ein Mann mittleren Alters in Minden vermisst wird. Aber wir werden sehen.«

»Es ist Freitagnacht«, seufzte Benno. »Wenn wir uns gleich morgen früh dransetzten, reicht das doch auch.«

»Jemandem fehlt dieser Mann vermutlich«, erwiderte Marlene ungeduldig. »Wir sollten schnellstens herausfinden, wer der Tote ist.«

»Okay, okay.« Benno hob die Hände. Natürlich hatte sie Recht, aber verdammt, dieser Abend lief überhaupt nicht so, wie er es sich vorgestellt hatte. Er lief hinter Marlene her, die eilig auf das KSG Bootshaus zusteuerte, vor dem sie seinen Wagen geparkt hatten.

»Meine Maschine müssen wir später holen, ich möchte sie nicht die ganze Nacht am Enchilada stehen lassen«, rief sie.

»Yep. Wir haben ja noch ein paar Stunden bis zur Dämmerung.« Benno öffnete das Auto.

Sofort drehte er die Heizung und Lüftung voll auf, und rieb seine Finger gegeneinander. »Hoffentlich ist dein Büro gut geheizt«, murmelte er, während er den Wagen in Richtung Marienstraße zum Polizeipräsidium steuerte.

»Fassen wir zusammen«, sagte Marlene, ohne auf Bennos Worte zu achten. »Männlich, Alter bei seinem Zustand schwer zu schätzen, vermutlich irgendetwas in den Fünfzigern. Dunkle Haare mit ein paar grauen Schläfen. Er trug nur eine Unterhose, die schon halb zerschlissen war.« Sie kaute auf ihrer Lippe, und beide hingen ihren Überlegungen nach, bis sie am Präsidium ankamen. Nur hinter ganz wenigen Fenstern brannte Licht.

Benno atmete erleichtert auf, als sie Marlenes Büro betraten. Es war warm. Während der Computer hochfuhr, schälten sie sich aus ihrer Kleidung und setzten sich vor den Bildschirm.

»So, dann wollen wir doch mal sehen.« Marlenes Finger flogen über die Tasten. Benno machte sich in Gedanken eine Notiz – gleich morgen wollte er sich Motorradhandschuhe zulegen.

»In Minden wird kein Mann mittleren Alters vermisst.« Marlene runzelte die Stirn, während sie die Liste durchging. »Ein älterer Herr um die siebzig ist verschwunden. Eine vierzigjährige Frau. Das war's. Ich erweitere die Suche auf die nähere Umgebung.«

»Vielleicht war er alleinstehend und er fehlt nirgends. Keiner weiß, dass er tot ist«, warf Benno ein.

»Möglich«, erwiderte Marlene. »Hoffen wollen wir es allerdings nicht. Dann wird es schwierig für uns, herauszubekommen, wer er war. Ein Foto von ihm können wir schließlich nicht mehr in den Medien veröffentlichen.«

»Stell dir vor, du stirbst, und niemand bekommt es mit. Vielleicht ist seine Frau tot und die Kinder melden sich nur zwei Mal im Jahr. Das hält er einfach nicht mehr aus.«

»Nun mach aber halblang. Schau mal hier.« Marlene deutete auf den Bildschirm. »Ein Mann aus Bad Oeynhausen wird vermisst. Die Beschreibung könnte passen.« Sie klickte auf der Tastatur herum. »Seine Ehefrau hat sich gemeldet«, meinte sie und blickte kurz zu Benno. Stirnrunzelnd wandte sie sich wieder dem Monitor zu. »Das ist aber bereits drei Wochen her.«

»Drei Wochen? Kann er so lange im Wasser gelegen haben?«

»Das muss Hagel uns sagen. Auf jeden Fall ist dies der einzige Treffer, den wir haben. Ralf Diekmann.«

In dem Augenblick klingelte ihr Telefon. Marlene schaute auf das Display. »Hagel, perfekt«, rief sie und meldete sich. Doch während sie zuhörte, verdunkelte sich ihr Blick. »Wir müssen ins Klinikum«, sagte sie, nachdem sie aufgelegt hatte. »Für seine Verhältnisse klang Hagel ziemlich aufgeregt. Deine Theorie vom Selbstmord kannst du schon mal vergessen.«

»Scheiße. Was ist dann passiert? Wurde der Mann getötet und anschließend in die Weser geschmissen?«

»Das ist es ja. Er ist ertrunken. Aber nicht in der Weser!«

»Häh?« Benno runzelte die Stirn. »Verstehe ich nicht.«

»Deshalb müssen wir sofort ins Klinikum.« Sie sprang auf und zog ihre Jacke im Laufen über. Benno folgte ihr eilig.

*

Hagel winkte sie zu sich. »Kommen Sie, kommen Sie«, rief er. Sobald sie den Raum betraten, versuchte Marlene, flach durch den Mund zu atmen. An den Geruch würde sie sich einfach nie gewöhnen, an den einer Wasserleiche schon gar nicht. Sie schritt mit Benno auf den Sektionstisch zu, auf dem der Tote lag. Marlene grüßte das Obduktionsteam und wandte sich dann an den Rechtsmediziner: »Wir haben das nicht ganz verstanden. Er ist ertrunken, sagen Sie, aber nicht in der Weser. Wie konnten Sie das so schnell herausfinden?«

Sie wusste, dass man bei Wasserleichen anhand von Kieselalgenarten bestimmen konnte, in welchem Gewässer eine

Person ertrunken war. Allerdings war das ein aufwendiges Verfahren und nichts, soweit ihr bekannt war, was an der Leiche sofort zu erkennen war.

»Deshalb wollte ich ja, dass Sie beide kommen«. Hagel klang für seine Verhältnisse wirklich fast ein wenig aufgeregt. »Sehen Sie hier.« Er zeigte auf die Lunge.

Marlene bemühte sich, ihren Blick auf den Leichnam zu richten. »Und?«, fragte sie ungeduldig. Sie wünschte sich nichts sehnlicher, als diesen Raum wieder zu verlassen.

»Es macht einen großen Unterschied, ob man in Salz- oder Süßwasser ertrinkt«, begann Hagel. »Salzwasser stellt ein hypertones Medium im Vergleich zum Blut dar. Betrachten wir demnach ...«

Benno unterbrach ihn. »Doktor Hagel, bitte kurz und verständlich.«

Der Rechtsmediziner blickte beleidigt. »In Ordnung«, sagte er. »Also, verständlich für Sie: Wenn der Salzgehalt im Wasser höher ist als der im Blut, dringt aus dem umliegenden Gewebe per Osmose Wasser in die Lunge. Das führt zu einem Lungenödem. Das Resultat«, er deutete abermals auf den geöffneten Brustkorb, »sie ist gefüllt, dick und prall. Bei Tod im Süßwasser verhält es sich genau umgekehrt: Da finden wir eine trockene Lunge, denn Süßwasser wird sofort aus den Atemwegen abtransportiert, sogar wenn der Mensch nicht mehr atmet. Wenn ich eine Süßwasserlunge durchschneide, knirscht es. In diesem Fall wird bei einem Schnitt reichlich schaumige Flüssigkeit abfließen.«

Marlene legte sich ihre Hand vor Mund und Nase. Sie roch ihre Handcreme, zwar schwach, aber es half ihr, die aufsteigende Übelkeit zu unterdrücken.

»Gut«, hörte sie Benno sagen. »Der Tote ist also in Salzwasser ertrunken.«

Hagel klopfte seine Finger gegeneinander. »Exakt. Allerdings nicht nur das. Ertrinken läuft normalerweise auf eine ganz typische Art und Weise ab. Jemand überschätzt zum Beispiel seine Kräfte, schwimmt zu weit. Dann fängt er an, unterzugehen. Natürlich wehrt er sich. Versucht, wieder an die Oberfläche zu kommen. Schnappt dort nach Luft. Sinkt unter. Das ist bei unserem Mann hier jedoch nicht passiert.«

Marlene runzelte die Stirn.

»Es steht fest, dass er einmal untergetaucht ist, ohne erneut an die Oberfläche zu gelangen«, fuhr Hagel fort. »Dieses Phänomen findet sich, wie Sie wissen, bei Selbstmördern, die ihren Körper beschweren. So hindern sie sich selbst daran, wieder aufzutauchen. Dieser Mann ist aber in Salzwasser gestorben, also kann er sich nicht in der Weser umgebracht haben.«

Marlene zupfte an ihrer Nase. »Das ergibt doch alles überhaupt keinen Sinn«, murmelte sie.

»Eben!« Hagel schaute sie so triumphierend an, als hätte er den Fall schon gelöst.

»Okay.« Marlene versuchte, sich zu konzentrieren und den Raum, das grelle Licht und den fürchterlichen Gestank auszublenden. »Es gibt nur zwei Möglichkeiten: Entweder starb der Mann freiwillig oder durch einen Unfall in Salzwasser und wurde dann von einer anderen Person, warum auch immer, in die Weser geschmissen. Oder er wurde in Salzwasser getötet und danach in den Fluss verfrachtet. Beides ist doch absurd.«

»Sie sagten vorhin am Telefon«, wandte sich Benno an den Rechtsmediziner, »dass Sie von einem Mord ausgehen. Wieso?«

»Mal abgesehen von den außergewöhnlichen Umständen, die wir hier vorfinden, habe ich noch etwas Merkwürdiges entdeckt. Wasserleichen weisen zahlreiche Verletzungen auf, wie Sie auch an diesem Körper unschwer erkennen können. Sie treiben durch das Gewässer, dabei schleifen Gliedmaßen oft über den Grund, und Fische knabbern am Fleisch.« Nun zeigte er auf den Oberschenkel des rechten Beines. »Das jedoch – das zieht sich keine Leiche im Wasser zu.« Er deutete auf einen großen, kreisrunden roten Fleck. In der Mitte war die Haut abgelöst. »Das ist eine Wunde, die durch heißes Wasser oder sogar Wasserdampf entstanden ist. Die Haut ist regelrecht verbrüht. Aber nur an dieser einen Stelle.«

Marlene atmete tief aus. Das Ganze schien immer absurder zu werden. Sosehr sie auch versuchte, ihren Kopf arbeiten zu lassen – was Hagel von sich gab, ergab keinen Sinn. Sie war froh, dass Benno offensichtlich ebenso verwirrt war. »Für unser besseres Verständnis«, fragte er, »wie lange lag der Mann denn überhaupt im Wasser und wann hat er sich diese Verletzung zugezogen?«

»Die Verbrühung dürfte vor seinem Tod entstanden sein. Die Wunde wurde nicht behandelt. Und wie lange er im Wasser lag, da müssen noch ein paar Untersuchungen folgen. Grobe Schätzung von mir: ungefähr eine Woche. Eine Leiche sinkt zuerst auf den Grund. Durch die Fäulnisgase bekommt sie jedoch Auftrieb. Die Weser ist im Moment allerdings kalt, das entschleunigt diesen Prozess. Deshalb denke ich, dass der Tote erst relativ kurz an der Oberfläche schwamm.«

Marlene biss auf ihre Unterlippe. »Sie haben Recht«, meinte sie und war erleichtert, dass ihr Gehirn sich entschieden hatte, wieder zu funktionieren – wenigstens ein bisschen. »Das hört sich alles nicht so an, als hätte er Selbstmord begangen. Verstehen tue ich es allerdings nicht.«

»Sie schaffen das schon!«, rief Hagel und seine Stimme klang fast fröhlich, als er fortfuhr: »Ich werde sehen, was ich noch über ihn in Erfahrung bringen kann. Falls ich irgendetwas Wichtiges entdecke, lass ich es Sie sofort wissen.«

»Wir haben uns bereits die Vermisstenanzeigen angeschaut«, fiel Marlene plötzlich ein. »Ein Mann aus Bad Oeynhausen, Alter um die fünfzig, schwarze Haare. Könnte das passen?«

Hagel wiegte den Kopf. »Das Alter ist schwer zu schätzen, es könnte hinkommen. Schwarze Haare stimmt. Besorgen Sie DNA von dem Mann oder zumindest die Zahnarztunterlagen, dann wissen wir es bald genau.«

»Aber«, warf Benno ein, »er wird schon seit drei Wochen vermisst. Kann er so lange im Wasser gelegen haben?«

»Nein, das halte ich für ausgeschlossen.« Der Rechtsmediziner klang absolut sicher. »Vielleicht acht, neun Tage, eventuell auch zehn. Doch keine einundzwanzig, niemals.«

»Okay. Vielen Dank, Doktor Hagel.« Marlene nickte ihm zu und verließ eiligen Schrittes den Sektionssaal. Benno folgte ihr dicht auf den Fersen. Kaum schloss sich die Tür hinter ihnen, atmeten beide tief ein.

»Verdammter Mist«, fluchte Marlene.

»Das sag mal laut. Aus dem, was Doktor Hagel erzählt, werde ich einfach nicht schlau. Nichts passt zueinander.«

Marlene presste die Lippen zusammen, ihre Hände trommelten auf ihre Oberschenkel, während sie vom Krankenhaus Richtung Parkplatz gingen. »Kriminalrat Rösener muss informiert werden. Gehst du auch davon aus, dass er uns diesen Mordfall wieder überträgt?«

Benno nickte, während Marlene auf ihre Uhr blickte. »In zwei, drei Stunden können wir ihn anrufen. Schlafen lohnt sich bis dahin nicht mehr. Lass uns ins Präsidium fahren und die Zeit sinnvoll nutzen. Aber vorher holen wir mein Motorrad ab.«

»Na klar«, seufzte Benno. »Schlaf wird sowieso vollkommen überbewertet.«

*

Ron starrte in die Flammen. Seine To-Do-Liste lag neben ihm. Er musste keinen Blick darauf werfen, er wusste, was bereits erledigt war. Ein Lächeln umspielte seine Lippen. Er konnte stolz sein, der erste Schritt in diesem fremden, kalten Land war getan. Nicht mal drei Wochen hatte er gehabt, um alles auszukundschaften, seine Planung darauf abzustellen und – vor allem – umzusetzen. Nun musste er die Zügel weiter anziehen. Seinem Plan zu einem endgültigen Erfolg verhelfen.

Bestimmt ließ sich in der Sauna darüber nachdenken. Erst bei richtiger Hitze kamen seine Gehirnzellen in Schwung, wie es sich für einen Australier gehörte. Gut, dass diese Hütte eine Sauna hatte. Als er sie angemietet hatte, war das ein Bonus gewesen, nichts, worauf er besonderen Wert gelegt hatte. Doch wer hätte auch ahnen können, wie verflucht kalt so ein deutscher Winter war?

Jetzt war er heilfroh, beinah jeden Abend hatte er die Sauna genutzt. Er erhob sich, um den Ofen in Gang zu setzen. Es würde etwa eine Stunde dauern, bis der Raum vernünftig aufgeheizt war. Zeit genug, um noch ein wenig in dem Tagebuch seines Vaters zu lesen.

Hätte er es bloß eher entdeckt. Dann wäre das alles vielleicht nicht so kompliziert. Aber sogar seine Mutter hatte nicht gewusst, dass dieses Buch existierte. Erst als sie gestorben war und er das Haus ausgemistet hatte, war es ihm in die Hände gefallen, und selbst das nur durch Zufall.

Komisch, wie Geschichten sich wiederholten. Wie sein Vater schrieb, hatte auch er das Tagebuch *seines* Vaters gefunden.

Deshalb saß Ron nun hier in Deutschland, mit einer schwierigen Aufgabe, die er zu lösen gedachte.

Broome, den 13. Juni 1969, las Ron. *Ich werde heiraten. Ich habe beschlossen, einen Sohn zu zeugen, damit unsere Familie einen Stammhalter hat. Eine deutsche Frau habe ich gewählt, Inge. Sie ist anspruchslos und gehorcht, das ist das, worauf es mir ankommt. Ich schufte zu hart, als dass eine Frau mein Geld zum Fenster hinauswerfen dürfte.*

Natürlich ist die Arbeit auf der Perlenfarm nichts im Vergleich zu dem, wie mein Vater noch die Perlen erntete. Jetzt ist alles künstlich angelegt und gezüchtet.

Dabei geht nichts über die erhabene Schönheit einer echten Perle. Aber die dämlichen Touristinnen wissen so etwas nicht zu schätzen.

Und tauchen kann hier auch keiner mehr.

Ich trainiere jeden Tag. Abends fahre ich mit dem Boot hinaus, habe den Ozean für mich. Dann bin ich meinem Vater

dankbar, dass er mich in die Techniken des Tauchens einge-
wiesen hat, des wahren Tauchens ohne Geräte, ohne Sauer-
stoff. Ich weiß, dass ich inzwischen viel geschickter bin als er.
Manchmal stelle ich mir vor, er sei bei mir. Sieht, was ich kann.
Steht an Deck, behält die Leine im Blick, passt auf.

Doch er hat nie auf etwas anderes aufgepasst als auf sich
selbst. Hat nie gelobt, immer ging es noch besser, nie war ir-
gendwas gut genug. Egal. Er ist tot, und ich lebe. Wenn mein
Sohn da ist, wird er ein so guter Taucher wie ich. Dann gibt es
nur uns zwei. Ich lasse Tauchflossen für ihn anfertigen, den
elastischen Bleigürtel – mehr ist nicht nötig, um in die Tiefe
zu schießen. Natürlich wird er seinen Atem beherrschen müs-
sen. Das ist der Punkt, auf den es wirklich ankommt. Er wird
lernen, den Atemreiz über eine sehr lange Zeit zu unterdrücken.
Wenn ich früh mit ihm zu trainieren anfange, wird er schon in
jungen Jahren ein Meister seines Faches werden. Er und ich,
hier draußen im Meer, nur er und ich und das Wasser.

Ron klappte das Buch zu. Das hatte sein Vater geplant, ein Meister des Tauchens hatte er werden sollen.

Ron hievte sich vom Sofa hoch und stieg in den Keller hinunter. Dort kontrollierte er die Temperatur der Sauna. Gut, sie war heiß genug. Er nahm den Bademantel, hängte ihn vor die Tür und zog seine Sachen aus. Sorgfältig faltete er sie zusammen und platzierte sie auf die Holzbank im Vorraum. Sein Blick fiel auf das extravagante Wasserbecken.

Sehr kalt und sehr salzig, hatte ihm der Vermieter mitgeteilt. Kälte bringe nach dem Saunagang den Kreislauf in Schwung, und Salzwasser sei Balsam für den Körper, heile kleine Wunden.

Ja, dieses Becken war wirklich gut. Es war genau richtig für seine Zwecke. Er nahm die Abdeckung ab. Mit einem Nicken öffnete Ron die Saunatür und genoss die heiße Luft, die sich auf seine Haut legte.

*

Ralf Diekmann«, wiederholte Marlene.

Sie saßen wieder in ihrem Büro, Bennos Auto und Marlenes Maschine parkten vor dem Präsidium, und Benno unterdrückte ein Gähnen. Diese Nacht hatte er sich wahrlich anders vorgestellt.

»Er muss es sein«, sprach sie weiter. Ihre Augen blickten so klar, als sei sie eben erst aus dem Bett geschlüpft. »Ein Kollege aus Bad Oeynhausen hat sich der Sache angenommen, wir rufen ihn gleich nach Rösener an.«

Benno schaute auf die Uhr an der Wand. Vier Uhr. Gewiss musste Marlene sich beherrschen, um nicht alle aus dem Schlaf zu klingeln. Wie lange würde sie warten? Er tippte auf sechs.

»Benno?« Marlene sah ihn an.

»Ja?« Er fuhr sich mit der Hand durch das Gesicht und wünschte sich Streichhölzer für seine Lider.

»Wir sollten alles über Diekmann in Erfahrung bringen, was uns möglich ist, für den Fall der Fälle. Jetzt wirf mit deinen müden Augen mal einen Blick auf den Bildschirm. Guck«, sie zeigte auf ein Foto, »das habe ich gefunden. Stell dir vor, er arbeitet in Minden! Bei der Bank Ostwestfalen-Lippe. Sie hat hier ihre Hauptgeschäftsstelle.«

Benno lehnte sich vor. Ein Zeitungsartikel aus dem Mindener Tageblatt, die Bank hatte viel Geld für einen guten Zweck gespendet. Auf dem Bild war der Vorstand zu sehen. Ralf Diekmann hätte er nicht erkannt. Sollte das wirklich der Tote sein? Er stand laut Bildunterschrift rechts. Benno beugte sich näher an den Monitor heran. Irgendwie sah Diekmann ein wenig aus wie er selbst – bei ungefähr einem Meter achtzig Körpergröße dünn, aber nicht schlacksig, eher ein athletischer Typ, markante Gesichtszüge, lebhafte Augen. Links von ihm befand sich ein weiterer Mann in Anzug und Krawatte, Holger Schlüter. Bennos Blick glitt über ihn und einen dritten Banker hinweg zu der einzigen Frau auf dem Foto. Eine ungewöhnlich attraktive Frau. Sie war so groß wie die Männer um sie herum. Der weiße Hosenanzug schmeichelte ihrer schlanken Figur. Ihre kurzen, blonden Haare umrahmten ein hübsches Gesicht mit vollem Mund und hohen Wangen. Ihre Miene allerdings war reserviert. Eva Meyer, las Benno.

Marlene deutete auf Diekmann. »Ganz schön gutaussehend«, bemerkte sie. »Er hat eine Tochter, siebzehn, und einen Sohn, vierzehn. Verheiratet mit Kirsten Diekmann, sie scheint Hausfrau zu sein.«

Benno zog einen Block zu sich heran. War Marlene die Ähnlichkeit zwischen ihm und Diekmann ebenfalls aufgefallen und hatte sie dessen Aussehen deshalb gelobt? Oder war das einfach nur sein Wunschdenken?

»Gut«, erwiderte er schnell, »oberste Priorität ist, herauszufinden, ob Diekmann unser Mann ist. Nachdem wir mit dem Bad Oeynhauser Kollegen gesprochen haben, setzen wir uns am besten sofort mit seinem Zahnarzt in Verbindung.«

Marlene klopfte sich mit dem Bleistift gegen die Zähne.

»Okay. Das ist eine vertrackte Sache. Wenn Rösener uns den Fall überträgt, wovon wir ja ausgehen, sollten wir die Mordkommission wieder mit Kollegen aus Minden und aus Bielefeld zusammenstellen.«

»Yep. Schreib du schon mal einige Kollegen auf, die du dabeihaben möchtest, ich notiere meine Favoriten ebenfalls. Wir können dann gleich loslegen, wenn Rösener uns grünes Licht gibt.«

Eine Weile schrieben sie schweigend ihre Liste. Plötzlich legte Marlene den Stift zur Seite. »Benno«, sagte sie, »jetzt machen wir unseren Kopf mal vollkommen leer.«

Das wird mir nicht schwerfallen, dachte Benno, nickte aber.

»In Ordnung.« Marlene setzte sich aufrecht hin. »Ganz unvoreingenommen. Wir schauen uns nur das Bild an, das sich uns bietet: ein hübscher, offenbar erfolgreicher und wohlhabender Mann. Familie.«

»Falls es Diekmann ist«, fuhr Benno dazwischen. Dann zog er die Stirn kraus. Hatte sie gerade schon wieder hübsch gesagt?

»Einen anderen haben wir nicht.« Marlene klopfte mit dem Bleistift auf den Tisch. »Noch eine gute Stunde, bis ich das Telefon in die Hand nehmen kann, was sollen wir die Zeit verschwenden? Lass uns einfach davon ausgehen, er ist es, und denken wir nach. Also – er verschwindet, drei Wochen lang, ist aber erst seit einer Woche tot. Das heißt, er war diese vierzehn Tage irgendwo. In dieser Zeit zieht er sich eine starke Verbrühung zu, die nicht behandelt wird. Da gibt es doch nicht viele Möglichkeiten: Entweder wird er gefangen gehalten oder er befindet sich an einem Ort, wo er seine Verletzung nicht versorgen kann.«

»Diese zwei Wochen sind wichtig.« Nun kam auch Bennos Gehirn langsam in Fahrt. »Wo war er, ist er jemandem aufgefallen?«

Marlene nickte grübelnd. »Wie kam er in das Salzwasser? Benno, wir sind hier nicht am Meer. Wo haben wir Salzwasser in der Umgebung?«

»In Pools«, sagte Benno. »Häufiger mit Süßwasser gefüllt, aber natürlich gibt es die auch mit Salzwasser.«

»Ja. Wir sollten herausfinden, wer im näheren Umkreis so ein Ding im Garten oder Keller hat.« Sie machte sich eine Notiz.

»Er kommt in Salzwasser um«, fuhr Benno fort. »Danach schmeißt ihn jemand in die Weser. Das ist der Punkt, den ich nicht verstehe. Warum dieser Aufwand?«

»Hm. Mir fallen nur zwei Gründe ein.« Marlene kaute auf ihrer Lippe. »Entweder der Täter ist nicht besonders schlau. Weiß nicht, dass man sofort erkennen kann, ob der Tote in Süß- oder Salzwasser gestorben ist, und denkt, er kann uns an der Nase herumführen, einen Selbstmord vortäuschen.«

»Das ist möglich. Erinnerst du dich an den Kerl, der sich bei einem Überfall selbst filmte und das dann aus Versehen im Netz postete? Es gibt so bescheuerte Menschen.«

»Oder der Täter nimmt an, dass wir es herausbekommen. Vielleicht will er uns in die Irre führen, eine falsche Fährte legen – uns so ratlos machen, wie wir gerade sind.«

»Es gibt noch eine dritte Alternative«, meinte Benno. »Es war gar nicht so geplant. Eventuell wollte er die Leiche anders loswerden, aber etwas kam dazwischen, und er musste schnell handeln.«

Marlene starrte auf das Telefon. Benno schaute sie einen Augenblick schweigend an.

»Muss immer erst ein Mord kommen, damit wir unsere Gedanken austauschen?«, fragte er schließlich leise.

Marlene wich seinem Blick aus. »Das stimmt doch gar nicht ...«, erwiderte sie.

»Doch.« Benno seufzte. »Es stimmt.« Er stockte. »Es ist nur ... nach der Festnahme im Sommer. Ich weiß, das war nur eine Metapher, aber du wolltest dem Leben die Tür aufhalten. Dich nicht so zurückziehen. Ich hatte gehofft ...« Abermals hielt er inne. Als Marlene nichts sagte, sprach er langsam weiter: »Du weißt, was ich gehofft habe. Aber als der Rummel um diesen spektakulären Fall sich endlich gelegt hatte, hast du dich doch wieder in die Arbeit gestürzt. Ich habe dich kaum gesehen.«

»Benno, das hatten wir doch schon. Wir versinken in Arbeit.«

Benno haute auf die Stuhllehne. »Verdammt, Marlene, verkriech dich nicht hinter so fadenscheinigen Ausreden.« Er atmete tief ein. Vielleicht war jetzt nicht der richtige Zeitpunkt, sie damit zu konfrontieren. Aber er trug diese Gedanken bereits über ein halbes Jahr mit sich herum. Er musste sie loswerden, auf der Stelle. »Weißt du, wenn ich sicher wäre, dass du nichts für mich empfindest, dann würde ich dich in Ruhe lassen. Sofort. So viel Stolz habe ich auch, das kannst du mir glauben. Sag es mir. Sag mir, dass da überhaupt nichts ist, und ich fange nie mehr damit an. Versprochen.« Mit starrer und angespannter Haltung wartete er auf ihre Antwort.

Marlene schluckte. Ihr Blick zuckte von Benno zur Uhr. »Ich ... scheiße, es ist spät geworden. Wir reden ein andermal darüber.« Entschlossen griff sie zum Telefon und drückte auf eine Taste.

Benno überlegte kurz, ihr den Hörer aus der Hand zu nehmen. Doch während Marlene mit Rösener telefonierte, beruhigte sich sein Herzschlag wieder, und er schloss für einen Moment die Augen.

Sie würde ihm schon noch eine Antwort geben. Und wenn er es recht bedachte – eigentlich hatte sie geantwortet. Jetzt musste er nur etwas mit dieser Antwort anfangen.

*

Benno war froh, dass Marlene fuhr. In der Wärme des Autos war es noch schwieriger, die Augen offenzuhalten.

»Nun sind wir also wieder offiziell ein Team«, hörte er Marlene sagen. »Viele gute Kollegen vom Sommer sind außerdem mit im Boot. Rösener hat dem Fall oberste Priorität eingeräumt.« Sie sah Benno kurz an. »Und du bist der Leiter der ganzen MOKO.«

Benno nickte. »Klar. Aber du weißt doch, dass wir aus Bielefeld fast immer die Leitung übertragen bekommen. Das hat nichts zu sagen.« Er runzelte die Stirn. War Marlene deswegen etwa eingeschnappt? Hätte sie gern die Führung übernommen? Schnell fuhr er fort: »Aber erst wenn wir wissen, ob der Tote Diekmann ist, können wir richtig loslegen.«

»Es wird bestimmt nicht mehr lange dauern«, antwortete Marlene. Ihre Stimme klang ruhig und sachlich. »Unser Kollege aus Bad Oeynhausen hat ja gut vorgearbeitet. Das Beste ist, dass er schon Unterlagen von Diekmanns Zahnarzt in der Akte hatte. Damit wird Hagel bereits vor einem DNA-

Abgleich ziemlich sicher sagen können, ob es Diekmann ist.«

»Ja, Kollege Rohlfing hat sich wirklich reingehängt. Er klang am Telefon fast besorgt, als wir ihm von dem Leichenfund erzählt haben. Liegt wohl daran, dass er Diekmann durchs Squash-Spielen ein wenig kennt.«

»Ich bin froh, dass er uns gleich begleitet. Nur für den Fall ...« Marlene stockte, als ihr Handy klingelte.

»Hagel hier«, tönte es durch die Freisprechanlage. »Kurze Mitteilung: Der Zahnstatus zeigt, dass es sich tatsächlich um Ralf Diekmann handelt.«

Marlene atmete hörbar aus. »Danke.« Sie legte auf.

Ihre Hände trommelten auf das Lenkrad. »Furchtbar zu sagen, aber ich bin erleichtert«, meinte sie. »Stell dir vor, er wäre es nicht gewesen, dann hätten wir festgesteckt.«

Benno strich sich eine störrische Haarsträhne aus der Stirn. »Jetzt müssen wir der Familie allerdings die Todesnachricht überbringen. Verdammt, wie ich das hasse.«

»Das dauert noch ein bisschen.« Marlene war gerade von der Autobahn abgebogen und stand nun zwischen einer Reihe großer Lastwagen, die sich kaum fortbewegten.

»Diese ewigen Staus in Bad Oeynhausen, das ist der Horror«, stöhnte sie. Sie saßen schweigend im Auto, während sie über die Mindener Straße schlichen.

Endlich konnten sie abbiegen und befanden sich bald in einer kleineren Straße mit schönen, imposanten Einfamilienhäusern. »Hier muss es sein«, sagte Benno. »Schau, da vorne, das ist bestimmt Rohlfing.« Er zeigte auf einen Mann, der fröstelnd die Straße auf und ab ging.

Marlene parkte neben ihm, und sie stiegen aus.

»Die Kollegen aus Minden?«, fragte der Mann.

Marlene nickte und kam gleich zur Sache. »Wir haben eben erfahren, dass es sich bei dem Toten tatsächlich um Ralf Diekmann handelt.«

»Scheiße!« Rohlfing blieb stehen, er schlug mit seiner Faust in die offene Hand. »Ich war einige Male bei der Familie in den letzten drei Wochen. Wir haben das ernst genommen. Ein Mann aus so einem stabilen Umfeld verschwindet nicht einfach so. Ich habe sofort an ein Verbrechen geglaubt. Umgebracht hat Diekmann sich gewiss nicht.«

»Du kanntest ihn ein wenig?«, wollte Benno wissen. Wie bei der Polizei üblich, duzte er den Kollegen.

»Er war in meiner Squash-Gruppe. Wir waren nicht gut befreundet, aber wir haben uns verstanden, auch ein paar Mal ein Bier zusammen getrunken. Ein netter Kerl. Wirklich nett. Ich kann mir nicht vorstellen, dass ausgerechnet er ...« Er stockte.

»Wir haben deinen Bericht gelesen. Jetzt, wo wir wissen, dass der Mann unter nicht geklärten Umständen gestorben ist, müssen wir noch einmal genauer nachhaken.« Marlene zog fröstelnd die Schultern hoch. »Lasst es uns hinter uns bringen.«

»Ich sag es ihr, in Ordnung?« Rohlfing blickte die beiden an.

Marlene und Benno nickten, und Rohlfing zeigte auf das Haus zu ihrer rechten.

Ja, er war wohlhabend, fuhr es Benno durch den Kopf. Ein älteres Haus, allerdings sehr gepflegt und eindeutig mit viel Aufwand modernisiert. Noch bevor sie klingelten, wurde die Tür aufgerissen. Rohlfing hatte ihren Besuch angekündigt, und Kirsten Diekmann starrte die drei mit weit geöffneten Augen an. Ein Blick in Rohlfings Gesicht schien zu genügen, denn plötzlich zitterte sie heftig und wich zurück. Rohlfing war sofort bei ihr und griff nach ihrem Arm. Vorsichtig führte er sie in das Wohnzimmer und drückte sie sanft auf das Sofa. Er setzte sich neben sie und bedeutete Benno und Marlene, auf den Sesseln Platz zu nehmen.

»Er ist tot, nicht wahr«, flüsterte die Frau, ihre Augen starr auf Rohlfing gerichtet. Der zupfte an seiner Nase, sein Blick schoss kurz zur Tür. »Es tut mir so leid«, sagte er dann. Seine Stimme hörte sich rau an.

Kirsten Diekmann nickte. »Ich habe es gewusst«, wisperte sie. »Er haut nicht einfach ab. Was ist denn bloß passiert? War es ein Unfall?«

Benno war froh, dass sie, obwohl sie so leise sprach, relativ ruhig klang. »Wir können es noch nicht genau sagen«, antwortete er. »Doch wir werden es herausfinden. Es würde uns sehr helfen, wenn Sie uns den Tag beschreiben könnten, an dem er verschwand.«

Das hatten Marlene und er zwar schon in Rohlfings Bericht gelesen, er wollte es jedoch noch einmal von ihr selbst hören. Marlene beugte sich ein wenig vor, als Kirsten Diekmann zu sprechen begann.

»Ich habe ihn das letzte Mal vor knapp drei Wochen gesehen, am dreiundzwanzigsten November. Das war ein Donnerstag. Er fuhr an dem Tag nicht zur Bankfiliale in Minden, sondern nach Bielefeld. Sie hatten da so ein Seminar, irgendwas über Coaching, glaube ich. Jedenfalls ging das Seminar bis Freitagabend, er wollte zum Abendbrot wieder zu Hause sein. Aber er kam nicht. Ich dachte zuerst, die Veranstaltung hätte länger gedauert und machte mir keine großen Gedanken. Als er so gegen neun Uhr immer noch nicht da war, rief ich ihn an. Sein Handy war aus. Ich nahm an, sie seien vielleicht noch am Arbeiten, und versuchte es eine Stunde später erneut. Erst als er sich bis elf nicht gemeldet hatte und sein Telefon die ganze Zeit aus war, fing ich an, mir Sorgen zu machen.«

»Verständlich«, murmelte Benno. »Haben Sie sofort etwas unternommen?«

»Ich habe mich zuerst bei Holger erkundigt.«

»Holger Schlüter, seinem Arbeitskollegen?«, hakte Benno nach.

»Genau. Er war schon lange daheim. Als ich ihm erzählte, dass Ralf nicht hier ist, war er erstaunt. Da wusste ich, dass irgendetwas nicht stimmte. Ich habe all seine Freunde und Kollegen abtelefoniert, obwohl es spätabends war. Aber das war mir egal. Niemand wusste, wo er war. Keiner konnte mir was sagen.«

»Deshalb haben Sie die Krankenhäuser angerufen, richtig?«, versicherte sich Rohlfing.

Kirsten Diekmann nickte. »Da war er auch nicht.«

Sie presste ihre Hand vor den Mund. »Was ist bloß mit ihm passiert? Wo haben Sie ihn gefunden?«, fragte sie.

Rohlfing zuckte leicht zusammen, vor dieser Frage schien er sich gefürchtet zu haben. Marlene ergriff das Wort. »Frau Diekmann, Ihr Mann lag in der Weser.«

»In der Weser?« Nun blickte die Frau mit aufgerissenen Augen auf Marlene. »Ja, aber was hat er denn in der Weser gemacht? Großer Gott, ich wusste es ja, ein Unfall, er muss hineingefallen sein.«

»Es gibt Anzeichen«, formulierte Marlene vorsichtig, »dass er nicht von alleine in die Weser gekommen ist. Um es deutlich zu sagen – Frau Diekmann, es könnte sein, dass Ihr Mann ermordet wurde.«

Die Frau sprang auf. »Niemals!«, rief sie. »Das glaube ich einfach nicht!«

»Frau Diekmann«, sprach Benno sie mit sanfter Stimme an, »wir befinden uns erst ganz am Anfang der Ermittlungen, deshalb können wir Ihnen noch nichts Genaueres sagen. Vieles deutet leider tatsächlich auf einen Mord hin. Gab es jemanden, mit dem Ihr Mann Streit hatte, wirkte er in der letzten Zeit anders als sonst?«

Kirsten Diekmanns Augen zuckten kurz zur Seite. Sie räusperte sich. »Nein, er war wie immer«, erwiderte sie schließlich. Dann warf sie einen erschrockenen Blick zur Uhr. »Oh Gott, die Kinder kommen in ein paar Minuten! Sie haben bei ihrer Tante übernachtet.« Sie blickte fast flehentlich zu Rohlfing. »Bitte, könnten Sie hierbleiben, wenn ich es ihnen sage?«

»Natürlich.« Rohlfing drückte ihren Arm. »Wir sollten vielleicht Ihrer Schwester Bescheid geben, damit sie gleich mitkommt. Sie brauchen jemanden aus der Familie bei sich.«

»Ja, ja, das ist gut.« Nun klang Kirsten Diekmanns Stimme merklich dünner.

Benno wunderte sich, dass sie sich überhaupt so gut geschlagen hatte. Die Frau hatte vermutlich einen Schock und offenbar gar nicht realisiert, was passiert war. Er erhob sich. Der Familie musste jetzt Raum für sich gegeben werden. Marlene stand ebenfalls auf. »Frau Diekmann, wir müssen bestimmt ein weiteres Mal mit Ihnen sprechen. Rufen Sie auch gern an, wenn Ihnen noch etwas einfällt.« Sie ging zu der Frau hinüber und legte ihre Karte auf den Wohnzimmertisch. »Ach ja«, meinte sie dann. »Hat Ihr Mann sich in letzter Zeit verbrüht?«

Kirsten Diekmann runzelte die Stirn. »Verbrüht? Nein, nicht dass ich wüsste. Warum ist das wichtig?«

Marlene schüttelte den Kopf. »Schon gut«, wiegelte sie ab.

Benno verabschiedete sich ebenfalls. »Danke«, sagte er zu Rohlfing und drückte ihm kurz die Schulter. »Melde dich, falls ihr Unterstützung braucht. Wir reden später.«

Rohlfing fuhr sich über die Augen. »In Ordnung. Ich werde so lange hier bleiben, wie die beiden mich brauchen.« Er wandte sich Kirsten Diekmann zu und reichte ihr das Telefon.

Als die Tür hinter ihnen ins Schloss fiel, atmete Benno zum zweiten Mal an diesem Tage tief durch. Er trat verfaultes Laub zur Seite. »Die arme Frau. Wie soll man so was seinen Kindern beibringen?«

»Benno«, sagte Marlene mahnend, »bitte, lass das nicht so nah an dich ran. Konzentrieren wir uns auf unsere Arbeit, und das heißt, herauszufinden, was passiert ist. Das wird der Familie in ihrer Trauer helfen.«

Benno seufzte. »Du hast Recht. Wir sollten das Team informieren und die Aufgaben neu verteilen. Diekmanns Umfeld muss durchleuchtet werden. Die Seminarteilnehmer sind wichtig: Was hat er in Bielefeld genau gemacht, ist den anderen etwas aufgefallen, und wer hat ihn wirklich zuletzt gesehen?«

Marlene nickte und klemmte sich Daumen- und Zeigefinger in ihre Augenwinkel. Nun sah sie zum ersten Mal müde aus.

»Ich fahre zurück«, meinte Benno, und als Marlene protestieren wollte: »Keine Widerrede. Ich bin zwar nicht so schnell wie du, aber das gibt dir mehr Zeit zum Ausruhen.«

Marlene lächelte kurz. »In Ordnung.« Sie ließ sich schwer auf den Sitz fallen. »Sitzheizung auf volle Pulle«, sagte sie, als Benno den Wagen aus der Straße lenkte.

»Meine nicht«, erwiderte er. Er war froh, wenn er die Augen offen halten konnte.

*

Nachdem Rohlfing die Haustür hinter sich geschlossen hatte, blickte Karolin zu ihrer Mutter. »Hast du es der Polizei gesagt?«

»Was gesagt?« Die geröteten Augen von Kirsten Diekmann schauten fragend. Sie hatte nur kurz geweint, als ihre Kinder nach Hause gekommen waren. Julius war in sein Zimmer gestürmt, sobald er das Furchtbare gehört hatte, und war nicht zu bewegen, die Tür wieder zu öffnen. Annika, Kirstens Schwester, stand davor und redete leise und beruhigend auf ihn ein.

»Dass er eine Affäre hatte.« Karolins Stimme klang merkwürdig ruhig. »Du wusstest es doch, oder?«

»Aber Kind ...« Kirsten blickte ihre Tochter entsetzt an. »Wie ... wie ... kommst du denn auf so was?«

»Oh Mann, denkt ihr Erwachsenen wirklich, wir hätten keine Augen im Kopf? Schon seit Jahren schaut ihr euch kaum noch an. Weißt du was? Ich habe nie gesehen, dass ihr euch geküsst habt.«

»Das stimmt gar nicht. Jeden Morgen, wenn er zur Arbeit ging ...«

»Das nennst du einen Kuss? Ich meine keinen Hauch auf die Wange. Ich meine einen richtigen Kuss.«

»Nun reicht es aber!« Kirsten haute auf die Küchenplatte. »Wir müssen schließlich nicht vor euch Kindern rumknutschen. Wir sind keine siebzehn mehr! Und überhaupt ... wie redest du von deinem Vater? Er ... er ... ist tot.«

»Und jemand scheint ihn getötet zu haben. Deshalb sollte die Polizei wissen, was für ein Leben er geführt hat. Du kannst das nicht einfach verschweigen!«

»Das hat mit der ganzen Sache nichts zu tun. Ja, gut. Vielleicht hatte er hier und da mal eine kleine Liebelei. Und wenn schon. Es war nie etwas Ernstes.«

Karolin schaute ihre Mutter ungläubig an. »Hier und da? Es waren also mehr als eine? Und das hast du mitgemacht? Ich glaube es nicht!« Sie ließ sich auf einen Küchenstuhl fallen.

»Ich sagte bereits, das war nichts Ernstes. Er hat mich geliebt und euch erst recht. Ja, wenn er mich hätte verlassen wollen ... aber so war es nicht. Er liebte mich doch.«

»Ist dir klar, was das bedeutet?«, rief Karolin. »Mann, vielleicht gab es einen wütenden Ehemann. Guckst du keine Krimis? Eifersucht ist eines der häufigsten Motive. Du rufst jetzt sofort die Polizei an und sagst es ihnen, sonst mach ich das!«

»Nun beruhige dich!« Kirsten ging aufgeregt in der Küche auf und ab. »Ist ja gut, wir können es ihnen erzählen. Ich möchte ja nur nicht ... du weißt schon. Das wird Gerede geben. Was sollen denn die Nachbarn bloß von uns denken?«

Karolin sprang auf. »Die Nachbarn sind mir scheißegal! Jemand hat Papa auf dem Gewissen. Mann, jetzt tu doch endlich was!«

Kirsten atmete tief ein. »In Ordnung. Ich spreche mit ihnen. Sie wollten sowieso noch mal wiederkommen. Herr Rohlfing hat Papas Laptop und den Terminkalender mitgenommen.«

»Also informierst du sie besser, bevor sie selbst darauf stoßen.«

Kirsten nickte, und Karolin stürmte aus der Tür. »Karo ...«, rief die Mutter ihr hinterher.

»Lass mich zufrieden! Ich will mit niemandem mehr reden!« Karolin knallte die Tür zu ihrem Zimmer zu und drehte ihre Musikanlage auf volle Lautstärke.

*

Holger Schlüter legte vorsichtig das Handy aus der Hand. Dann ließ er sich langsam auf den Sessel sinken. Sie hatten Ralf also gefunden. Und gingen davon aus, dass er keinen Selbstmord begangen hatte. Scheiße, verdammte. Er lehnte sich weit nach hinten und schloss die Augen. Wie sollte er jetzt vorgehen? Nun musste jeder Schritt genau überlegt werden. Sie würden zu ihm kommen. Natürlich würden sie das. Ralf und er waren schließlich nicht nur Arbeitskollegen, sie waren auch Freunde. Er sprang auf und begann, nervös im Zimmer auf und ab zu gehen. Wie gut konnte er lügen? Aber noch viel wichtiger: Wie gut konnte *sie* lügen?

Sie hatte gesagt, dass sie sich sehen müssten. Schlüter nickte vor sich hin. Sie sollten sich dringend absprechen, bevor die Polizei bei ihm vor der Tür stand. Und das würde wahrscheinlich nicht mehr lange dauern. Er zog sich seinen Mantel über. Was für ein Segen, dass Angelika dieses Wochenende bei ihrer Mutter war. Sie würde ihn mit ihren Fragen nicht nerven. Vorerst.

Er schlug die Tür hinter sich zu und lief los. Die paar Meter konnte er laufen, schließlich wohnten Diekmanns praktisch um die Ecke. Er vergrub seine Hände tief in den Manteltaschen und versuchte, nachzudenken. Er brauchte einen Plan. Und viel Zeit zum Überlegen blieb ihm nicht.

*

Ron schaltete den Fernseher aus. Der Nachrichtensprecher hatte sehr schnell gesprochen, manchmal zu schnell. Seine Mutter hatte zwar Deutsch mit ihm geredet, aber ab und an fehlte ihm ein Wort. Lesen war leichter, da konnte er Sätze mehrmals wiederholen oder unbekannte Wörter nachschlagen. Aber so viel hatte er von der Berichterstattung in der *Lokalzeit* doch verstanden: Ein Mann war tot in der Weser gefunden worden. Die Polizei hielt sich noch bedeckt, doch sie gingen offenbar davon aus, dass es sich nicht um Selbstmord handelte.

Ron stieg langsam in den Keller hinunter und starrte auf das Wasserbecken. Es kam darauf an, den Atemreiz zu kontrollieren. Damals, als sein Vater ihm das erklärt hatte, war er zu klein gewesen. Er hatte Angst gehabt. Nun jedoch verstand er, dass es einzig darum ging, die Angst zu überwinden. Sie war ein schlechter Ratgeber. Man musste sich mit ihr verbünden und den eigenen Körper austricksen.

Der Mann hätte eine Chance haben können.

Ron zog sich bedächtig aus, bis er vollkommen nackt vor dem Wasser stand. Er schloss die Augen und atmete tief ein. Er kannte die Passagen über das Tauchen auswendig, die sein Vater in dem Tagebuch festgehalten hatte. Wenn sein Vater überhaupt über irgendetwas mit Liebe und Respekt geschrieben hatte, dann war es das Tauchen gewesen. Die Technik ist wichtig, wiederholte er in Gedanken die Worte aus dem Buch, noch wichtiger allerdings ist deine Einstellung: Sei entspannt. Je entspannter du bist, desto weniger Energie verbraucht dein Körper. Hab Respekt, aber keine Angst.

Apnoetaucher wussten, dass nur unerfahrene Taucher versuchten, durch schnelles Ein- und Ausatmen vor einem Tauchgang mehr Sauerstoff aufzunehmen. Das war jedoch falsch. Vielmehr sollte man die Zwerchfellatmung aktivieren, indem man tief in den Bauch atmete.

Ron holte Luft, so wie er es aus dem Tagebuch gelernt hatte: Einatmen, mindestens sechs Sekunden. Atem anhalten. Mindestens sechs Sekunden. Dann langsam und bedächtig ausatmen – zwölf Sekunden lang. Anschließend weitere sechs Sekunden Luft anhalten. Diese Technik half, den Atemreiz hinauszuzögern und das Kohlendioxid im Blut abzusenken – länger ausatmen als einatmen. Wenn man das regelmäßig trainierte, lernte der Körper, mehr Sauerstoff aufzunehmen.

Rons Vater hatte von seinem Vater gelernt, auf diese Art den Atemfluss zu kontrollieren. Natürlich war er im Laufe der

Zeit so gut geworden, dass diese Atemtechnik viel zu einfach für ihn war. Aber vor einem Tauchgang hatte er sie trotzdem oft noch angewendet. Fünf Minuten. Bewusst atmen. Konzentrieren. Loslassen.

*

Marlene, du gehörst ins Bett.« Benno schloss die Bürotür und schaute sie an. Inzwischen konnte sie den Schlafmangel nicht mehr gut verbergen, sie hatte bei der Teambesprechung immer wieder geblinzelt und sich über die Augen gewischt. Bei ihm war es allerdings nicht anders gewesen. Oft hatte er die Stimmen seiner Kollegen nur wie durch einen Nebel gehört und musste sich ein paar Mal unauffällig ins Bein kneifen, um seine Konzentration wiederzuerlangen.

»Es gibt doch noch so viel zu tun«, seufzte Marlene.

»Aber die Aufgaben sind verteilt«, sagte Benno. »Ein Foto von Diekmann geht an die Presse raus, mal sehen, ob er in den ersten beiden Wochen nach seinem Verschwinden noch irgendwo gesichtet worden ist. Marcus und Andrea sprechen in Bielefeld mit dem Hotel, in dem das Seminar stattgefunden hat, und hören sich dort um. Sie werden ebenfalls mit den Teilnehmern des Coachings reden. Außer mit dem …«

»… Bankvorstand. Den knöpfen wir uns vor, schon klar«, ergänzte Marlene und fuhr dann nachdenklich fort: »Diekmann scheint viel gearbeitet zu haben, offenbar hat er die Bankmitarbeiter häufiger gesehen als seine Familie.«

»Die Bad Oeynhauser Kollegen werten unter Rohlfings

Leitung den Laptop und den Terminkalender aus, vielleicht finden sie etwas Brauchbares. Alle geben ihr Bestes. Und damit wir das auch können, müssen wir ausgeruht sein. Wir haben seit mehr als dreißig Stunden nicht geschlafen. Wir machen morgen weiter. Dann ist der Vorstand dran. Die Chancen stehen gut, dass wir sie an einem Sonntag zu Hause antreffen.«

»Du hast Recht. Ich brauche endlich eine Dusche und etwas zu essen.«

Benno blickte Marlene erstaunt an. So schnell hatte sie selten nachgegeben.

»Aber vorher besprechen wir, wie wir morgen vorgehen. So können wir gleich nach dem Aufstehen loslegen.«

»Okay.« Benno ließ sich auf den Stuhl fallen.

»Nicht hier. Wir fahren zu mir.« Marlene zog sich die Jacke über und vermied es, Benno anzusehen. »Wie gesagt, ich brauche eine Dusche und etwas in den Magen. Ich jedenfalls kann mit vollem Bauch besser nachdenken.«

Benno konnte nicht anders – die Bilder waren in seinem Kopf, noch bevor er es überhaupt realisiert hatte. Marlenes Haare an seinem Gesicht. Ihr Duft in seiner Nase. Sein Arm um ihren Körper. So war es im Sommer gewesen, als die Ermittlungen in ihrem ersten gemeinsamen Fall sie einander näher gebracht hatten. Plötzlich hatte Marlene ihm von ihrem wiederkehrenden Albtraum erzählt, den sie hatte, seit ihre Eltern bei einem Brand ums Leben gekommen waren. Sie hatte ihn gebeten, bei ihr zu bleiben. Es war nichts passiert zwischen ihnen – aber er hatte sie die ganze Nacht im Arm gehalten. In dieser Nacht hatte sie es zum ersten Mal geschafft, ihrem Traum zu entkommen und war so glücklich darüber gewesen. Benno lächelte.

»Kommst du?« Marlene stand schon in der Tür.

»Natürlich. Hast du was zu essen im Haus, oder ist dein Kühlschrank wieder leer?«

»Hm.« Marlene zog kurz die Stirn kraus. »Einen Joghurt, glaube ich. Ruf besser den Pizzadienst an. Sie sollen schnellstmöglich liefern. Ich nehme mein Motorrad. Wir treffen uns gleich bei mir.«

Ohne sich noch einmal umzusehen, eilte sie den Gang hinunter.

*

Bennos Telefon klingelte in dem Augenblick, als er vor Marlenes Wohnung hielt. Ihr Zuhause lag in einer ruhigen Straße direkt am Glacis. »Ich bin's, Bruderherz«, hörte er Fabians Stimme. »Du bist gar nicht nach Hause gekommen, ich wollte nur mal hören, ob alles in Ordnung ist.«

»Ja, alles okay. Ich bin in Minden. Wir haben einen neuen Mordfall.«

»Scheiße.« Fabian schwieg einen Moment. »Wolltest du dich nicht eigentlich mit Marlene treffen? Arbeitet ihr jetzt wieder zusammen?«

»Ja.« Benno versuchte, dieses eine Wort ganz neutral auszusprechen, doch er konnte seinen Bruder nicht täuschen.

»Benno, im letzten Sommer ging es dir so gut. Mann, du hast gestrahlt. Ihr beide wieder zusammen – das ist die Chance, nun mach doch endlich mal was draus!«

Benno unterbrach ihn: »Hör zu, ich stehe gerade vor ihrem

Haus. Wir haben noch viel zu besprechen. Es wird bestimmt spät werden, also warte nicht auf mich.«

»Nee, sowieso nicht, bleib bitte die ganze Nacht! Ich kann dein Trauergesicht nämlich nicht mehr sehen. Es wird endlich Zeit, dass du was unternimmst. Hallo Benno, du bist schlau, du siehst gut aus und du bist so eine verdammt treue Seele. Kannst dir diese Frau einfach nicht aus dem Kopf schlagen. Jetzt reicht es.«

»Fabian!« Nun klang Bennos Stimme scharf. »Ich brauche keine Predigt von dir, ich regele mein Leben schon selbst. Es bringt schließlich nichts, sie unter Druck zu setzten. Sie muss auch wollen.«

»Aber sie will doch!«, rief Fabian.

»Woher weißt du das? Du kennst sie gar nicht.«

Benno spürte förmlich, wie Fabian am anderen Ende der Leitung den Kopf schüttelte. »Ich weiß eben, was du eigentlich auch wissen solltest. Benno, du gehst da jetzt rein und küsst sie. Hast du verstanden? Vergiss den Mord für einen Moment. Du machst mal genau das, was euch glücklich macht. Euch beide.«

»Oh Mann, Fabian, halt den Schnabel. Ich fühle mich wie siebzehn, wenn du so redest!« Gleichzeitig begann sein Herz bei Fabians Worten jedoch zu rasen. »Ich lege jetzt auf«, sagte er. »Bis später!«

»Tu es!« Fabians Stimme hallte in seinem Ohr, selbst nachdem Benno das Handy schon wieder in die Tasche geschoben hatte.

Er öffnete langsam die Autotür.

Hinter Marlenes Fenster brannte Licht, natürlich war sie schneller gewesen als er. Er drückte auf den Klingelknopf, und obwohl er bewusst tief ein- und ausatmete, beruhigte sich sein Herzschlag nicht.

*

Holger Schlüters Hände verharrten einen Moment vor dem Klingelschild. Er schloss die Augen. Was für ein riesengroßer Mist. Dann biss er sich auf die Lippe. Wenn er keinen klaren Kopf behielt, würde sein Leben den Bach runtergehen. Das durfte nicht passieren.

Entschlossen klingelte er.

Kirsten öffnete die Tür. »Holger!«, rief sie, »wie gut, dass du da bist.« Sie griff nach seiner Hand und zog ihn ins Wohnzimmer. Holger musterte sie. Sie schien das alles mit Fassung zu tragen. »Es tut mir so leid«, murmelte er. Kirsten nickte. »Annika ist oben bei Julius. Er hat sie endlich ins Zimmer gelassen. Völlig neben der Spur ist er.« Sie seufzte und fuhr sich durch die Haare. »Setz dich doch. Soll ich uns einen Tee machen?«

»Danke, ich brauche nichts.« Holger ließ sich auf das Sofa fallen. »Erzähl mir lieber, was überhaupt los ist. Stimmt es, dass die Polizei von einem Verbrechen ausgeht?«

Kirsten setzte sich zu ihm. »Ich verstehe das alles nicht. Wer sollte Ralf denn etwas antun wollen? Und wieso haben sie ihn in der Weser gefunden? Holger, ist da bei dem Seminar irgendetwas passiert?«

»Nein. Nichts.« Holger strich mit seinen Handflächen über die Hosenbeine. »Ich meine, nichts Außergewöhnliches. Die

Geschäftsführer unserer OWL-Banken aus den verschiedenen Kreisen waren dort. Am Donnerstagabend nach dem vollen Seminartag haben wir an der Bar zusammengesessen, ein bisschen getrunken, gequatscht. Aber nicht so lange, schließlich gab es am Freitag ebenfalls ein straffes Programm. Ralf wirkte völlig normal auf mich. Gut gelaunt. Als das Coaching Freitagabend zu Ende war, bin ich ziemlich bald gefahren. Ralf stand noch mit Eva und Jörg zusammen, sie unterhielten sich. Da habe ich ihn das letzte Mal gesehen.«

Nun füllten sich Kirstens Augen mit Tränen. »Sie mochten ihn doch«, flüsterte sie. »Nicht wahr, auch bei euch in der Bank. Ich glaube, hier liegt ein schrecklicher Irrtum vor. Die Polizei rückt nicht so recht heraus mit der Sprache. Und die Kinder ...« Sie stockte.

Holger drückte ihren Arm. »Es muss sehr schwer für sie sein, für euch alle drei«, sagte er verständnisvoll. »Annika ist also bei Julius. Aber wie sieht es mit Karolin aus?«

»Sie ist oben, in ihrem Zimmer, und lässt niemanden herein. Hörst du die Musik? So geht das schon die ganze Zeit.«

»Vielleicht sollte ich mal nach ihr sehen?« Holger lächelte Kirsten an.

»Das ist einen Versuch wert.« Kirsten richtete sich auf. »Ja, vielleicht wird sie mit dir sprechen. Sie ... sie tut immer so erwachsen, aber ist doch eigentlich noch ein Kind.«

Holger räusperte sich. »Nun, ich glaube, sie ist größer, als du denkst. Schließlich ist sie bald volljährig. Ich gehe hoch und schaue, was ich ausrichten kann.«

Er schritt eilig aus dem Wohnzimmer, stockte jedoch auf der Treppe ins Obergeschoss. Ihm ging auf, dass er noch nie in ihrem Zimmer gewesen war. Tief einatmend sprang er mehrere Treppenstufen auf einmal nehmend nach oben und klopfte an ihre Tür. Die Musik dröhnte so laut, dass er dachte, sie würde ihn nicht hören, doch sie riss sofort die Tür auf. Karolin starrte ihn einen Augenblick an, dann warf sie sich in seine Arme. »Ist ja schon gut«, sagte Holger, blickte über den Flur und zog sie schnell in den Raum. Leise schloss er die Tür. Er nickte zu der Stereoanlage. »Kannst du das ein bisschen runterdrehen?«, fragte er. Während sie sich von ihm löste und zu dem Regal hinüberging, sah er sich um. Aufgeräumt und sehr ordentlich und zum Glück – er atmete auf – kein kitschiges Rosa oder irgendwelche Kuscheltiere. Nein, sie war wirklich reif für ihr Alter. Als sie sich umdrehte, lächelte er schwach. »Es tut mir so leid«, sagte er zum zweiten Mal an diesem Tag. Sie antwortete nicht, sondern eilte zu ihm und lehnte ihren Kopf an seine Brust. »Du hast mir so gefehlt«, murmelte sie. »Halt mich einfach fest.«

Er umschloss sie zögernd. Eine Weile standen sie schweigend da. Holger schaute sich nach einer Sitzgelegenheit um, aber es gab nur das Bett und einen Schreibtischstuhl. Er zog den Stuhl heran. »Setz dich«, forderte er sie mit sanfter Stimme auf und nahm selbst ihr gegenüber auf dem Bett Platz. Sie blickte ihn an. Ihre langen braunen Haare waren ungekämmt, ihre Augen rotgeädert – trotzdem war sie wunderschön. Verdammt, hör auf, dachte er. Er musste sich konzentrieren.

»Was sollen wir jetzt bloß tun?«, flüsterte sie.

Holger fuhr sich durch das Haar. Es war voll und dicht, nicht unbedingt üblich für einen Mann Mitte vierzig. Ein Glücksfall. Darüber hinaus tat er viel, um gut auszusehen, trieb Sport, schwamm jeden Morgen vor dem Frühstück eine Stunde. Sein Körper war durchtrainiert und oft hatte Karolin seine Muskeln bewundert. Holger atmete tief ein. Seine Gedanken schweiften schon wieder ab.

»Du hast doch dichtgehalten?«, fragte er.

Karolin runzelte die Stirn. »Natürlich«, sagte sie. »Es gab nur ein Gespräch mit Mama, die Polizei habe ich bisher gar nicht gesehen.«

Holger nickte. »Sie werden sich trotzdem noch mit dir unterhalten, da bin ich mir sicher. Und dann ist es wichtig, dass du nichts erzählst. Das ist dir klar, oder? Ralf ist tot, und sie suchen einen Täter. Da dürfen sie das mit uns auf keinen Fall erfahren.«

Nun blickte Karolin fast beleidigt. »Behandele mich nicht wie ein Kleinkind. Ich sage nichts von dir und mir. Aber du hast doch mit der Sache gar nichts zu tun. Sie können dir nichts anhaben.«

Holger nahm ihre Hand in seine. »Sie werden hundert Prozent jeden Stein umdrehen, falls sie rauskriegen sollten, dass ich etwas mit der Tochter des Opfers habe. Karolin, ich weiß, uns ist der Altersunterschied egal, aber so denkt leider nicht jeder. In einem Monat bist du volljährig. Bis dahin müssen wir warten.«

»Warum ist das bloß passiert?« Plötzlich fing Karolin zu weinen an. »Nur noch einen Monat, dreißig Tage, und wir wollten es verkünden. Du hättest Angelika verlassen, und alles wäre gut gewesen. Papa hätte es bestimmt mit der Zeit akzeptiert. Nicht wahr? Du bist doch sein bester Freund. Wir sind sowieso schon eine Familie.«

Holger stand auf und umarmte Karolin. »Ich verstehe das auch nicht«, flüsterte er. »Trotzdem – bis wir wissen, was hier los ist, müssen wir zusammenhalten. Karolin, kein Wort über uns. Hörst du? Kein Wort!« Er nahm ihr Gesicht in seine Hände und sah sie eindringlich an. Sie schluckte, nickte jedoch.

»Gut. Ich gehe jetzt zu deiner Mutter und berichte ihr, dass ich mit dir gesprochen habe. Dass du Ruhe brauchst und man dich schonen soll.«

»Wann sehen wir uns denn wieder?« Karolin klammerte sich an ihn.

»Es ist besser, wenn wir uns erst einmal nicht treffen.«

»Oh nein!« Karolins Griff wurde stärker. Holger löste sich vorsichtig. »Karolin, die Polizei schläft nicht. Sie werden Ralfs Umfeld genau beobachten, da können wir uns einfach nicht verabreden. Aber sie werden den Fall aufklären, und sobald das passiert ist, gehören wir zwei zusammen. Versprochen.«

Karolin ließ sich auf das Bett fallen. »Okay«, murmelte sie.

»Okay!« Holger beugte sich zu ihr hinab und strich ihr das Haar aus der Stirn. Dann küsste er sie auf die Wange. »Halt durch. Sei stark. Ich weiß, dass du das kannst.«

Karolin nickte, richtete sich jedoch plötzlich auf. »Papa hatte Affären«, brach es aus ihr heraus.

Holger, schon an der Tür, stockte. »Woher weißt du das?«, fragte er.

»Ich bin doch nicht blöd. Mama hat es sogar zugegeben. Stell dir vor, sie hat es gewusst! Hast du eine Idee, mit wem er sich getroffen hat?«

»Äh, nein.«

»Nein? Hat er dir denn gar nichts erzählt?«

»Karolin.« Holger trat neben sie und setzte sich auf die Bettkante. »Ich weiß nichts davon. Ehrlich.«

»Falls es sogar mehrere waren ... Ich denke die ganze Zeit an die Männer dieser Frauen. Ich meine, du hast mir doch auch erklärt, dass Angelika durchdrehen würde, wenn sie das mit uns herausfände. Dass du es ihr schonend beibringen musst, wenn ich endlich achtzehn bin.«

Holger nickte. »Das stimmt. Hör zu, vielleicht ist an deiner Theorie wirklich etwas dran. Du solltest das mit den Affären der Polizei mitteilen.«

»Das habe ich Mama auch gesagt, sie wollte die Kommissarin anrufen.«

»Gut.« Holger knetete seine Unterlippe mit Daumen und Zeigefinger. »Das ist gut. Sollte die Polizei mir dir reden, sag ihnen das Gleiche. Und falls du etwas Neues mitbekommst, dann ruf mich an. Aber pass auf, dass dir niemand zuhört!«

»Ja.« Erneut liefen Tränen ihre Wange hinab. Sie lehnte sich an Holger und umarmte ihn.

»Karo ... Ich muss jetzt los. Deine Mutter wird sich wundern, was ich hier so lange tue.« Er löste sich von ihr und ging zur Tür. »Es wird alles gut«, sagte er. Kaum hatte er die Tür hinter sich geschlossen, hörte er die Musik, die wieder laut und hämmernd durch das Treppenhaus pulsierte.

*

Du hast ja ewig gebraucht.« Marlene machte eine Handbewegung in den Flur. »Komm rein. Wie lange dauert es, bis die Pizza da ist?«

»Müsste gleich kommen.« Benno trat ein, zog seine Schuhe aus und ging ins Wohnzimmer hinüber. Ein kurzer Blick genügte – hier hatte sich seit dem Sommer nichts verändert.

Noch immer bildete das große rote Sofa den Mittelpunkt des Raumes, die hohen Regale an den Wänden waren mit Büchern vollgestopft. Auf dem Couchtisch, dem Sofa und dem Fußboden lagen Zettel herum, ausgedruckte und handbeschriebene quer durcheinander. Er bahnte sich einen Weg durch das Zimmer und setzte sich vor den aufgeklappten Laptop auf das Sofa. Marlene ließ sich neben ihn fallen. »Ich habe mal alles zusammengefasst, was wir zu Diekmann wissen«, sagte sie. Sie griff in dem Chaos zielsicher nach einem Papier. »Also, nach einer Banklehre hat er in Bielefeld BWL studiert, zwei Semester war er in Australien. Wollte wohl seine Englischkenntnisse verbessern. Offenbar hat er dort seine Frau kennengelernt. Kirsten Diekmann hat da ebenfalls studiert, sie ist Englischlehrerin, arbeitet aber seit der Geburt ihrer Kinder nicht mehr.«

»Down Under ...« Benno starrte gedankenverloren aus dem Fenster. »Weißt du eigentlich, dass ich in der elften Klasse auch einmal dort gewesen bin? In Brisbane ... war ein cooles Jahr.«

»Nein, das wusste ich nicht. War es ein Schüleraustausch?«

»Nein, es gab keinen Gegenbesuch der australischen Seite in Deutschland. Ich habe das ganze Schuljahr in dem Land verbracht. Schön in Schuluniform und so.«

»Ah«, Marlene grinste, »deshalb bist du zur Polizei gegangen, dir haben es die Uniformen angetan.«

»Mir nicht.« Nun grinste Benno ebenfalls. »Aber die Frauen finden sie schick. Bloß doof, dass man die als Kommissar nicht mehr trägt.«

Er hielt inne und schaute auf Marlene. Sie knabberte an einem Bleistift, hörte allerdings auf, als sie seinen Blick bemerkte. Ein paar Sekunden war es still, doch Benno vernahm seinen Herzschlag so dröhnend und laut, als würde jemand neben ihm trommeln.

In dem Moment klingelte es an der Tür. »Die Pizza!«, rief Marlene, sprang auf und lief aus dem Zimmer.

»Natürlich, genau passend«, murmelte Benno. Er schob die Zettel auf dem Couchtisch zusammen und hoffte, dass er damit keine – für ihn nicht erkennbare – Ordnung zerstörte. »Ich habe Bier im Kühlschrank, hol bitte zwei«, tönte Marlenes Stimme aus dem Flur. Gerade als er mit den Flaschen ins Wohnzimmer zurückkehrte, kam auch Marlene mit den zwei Pizzakartons herein.

»Ja, lass uns auf dem Sofa essen, mit den Kartons auf dem Schoß und Bier in der Hand, so wie früher!«

»Stimmt.« Benno lächelte. »So haben wir es während unseres Studiums in Hamburg oft gemacht.« Nur, dass wir davor oder danach zusammen im Bett waren, fügte er in Gedanken hinzu, sprach es aber nicht laut aus. Er hoffte, dass Marlene sich ebenfalls daran erinnerte.

Marlene setzte sich im Schneidersitz auf die große Couch, den Pizzakarton neben sich. »Prost«, sagte sie und hielt ihr Bier hoch. »Auf dass wir diesen Fall schnell lösen.« Benno stieß seine Flasche gegen ihre.

Marlene biss in ihre Pizza. »Super, Quattro Stagioni! Ich sterbe vor Hunger«, meinte sie. »Wenn wir doch genau wüssten, wie er gestorben ist. Und wo hat er diese Verbrühung her? Das lässt mir keine Ruhe. Hör mal, was ich noch über ihn herausgefunden habe.« Sie musste gar nicht auf ihr Papier schauen, sondern redete so weiter: »Er hat bei der Bank OWL eine steile Karriere hingelegt. Seit fünf Jahren ist er im Vorstand für den gesamten Kreis Minden-Lübbecke. Wie wir auf dem Foto gesehen haben, gehören zum Vorstand ebenfalls Holger Schlüter, Eva Meyer und Jörg Kühme. Kühme und Diekmann sind ungefähr gleich alt, um die fünfzig. Schlüter und Meyer sind erst Anfang bis Mitte vierzig.«

»Hm.« Benno wiegte den Kopf. »Der Arbeitsplatz bietet immer Konfliktpotential. Wollte jemand seine Stelle? Gab es Stress mit einem Angestellten? Ein Punkt, an dem wir ansetzen müssen.«

Marlene nickte. Obwohl sie so viel geredet hatte, griff sie schon nach dem dritten Pizzastück. »Kann sein«, erwiderte sie. »Aber jetzt kommt's: Kirsten Diekmann hat mich eben angerufen. Sie wollte mir mitteilen, dass ihr Mann mehrere Affären hatte.«

Benno zog die Augenbrauen hoch. »Mehrere?! Und sie wusste davon?«

»Scheint so.« Marlene zuckte mit den Schultern. »Sie klang ziemlich neutral. Meinte, solange er sie nicht verlassen habe, sei es ihr egal gewesen.«

»Unfassbar. Da kann man sich auch gleich scheiden lassen!«

»Mein Gott, Benno, so was gibt es zuhauf. Nach zehn, zwanzig Ehejahren ist das Feuer halt erloschen. Ist doch gut, wenn sie sich so arrangiert haben.«

Benno blickte Marlene an. »Gut nennst du das? Okay, mit dem Feuer magst du ja Recht haben. Aber dafür tritt sicherlich etwas anderes an diese Stelle: Vertrauen, zum Beispiel, Respekt, Zusammenhalt.«

»Das kann ja sein. Trotzdem, jeder Mensch braucht nun mal Sex. Und wenn es da nicht mehr läuft ...«

Benno verzog den Mund. »Natürlich klingt Sex mit einer fremden Person aufregend. Aber weißt du, wo genau das am Aufregendsten ist? In deiner Fantasie. Denn mal ehrlich – dann hast du einen One-night-Stand, und das Ganze ist nur mittelmäßig. Du weißt nicht, was sie will, sie weiß nicht, was dir gefällt, und beide wollen vor allem, dass es gut für sie selbst ist.«

Marlene schüttelte den Kopf. »Nicht unbedingt«, sagte sie.

»Ja, vielleicht hast du mal den Jackpot und zufällig einen Don Juan im Bett, der himmlisch aussieht und der beste Liebhaber der Welt ist. Aber du willst mir doch nicht erzählen, dass so was andauernd passiert. Und weißt du, warum? Weil die Nähe fehlt.«

»Näher als im Bett kann man sich wohl nicht sein.« Marlene verschränkte die Arme und lehnte sich zurück.

»Ich meine wirkliche Nähe, nicht nur körperliche. So eine Art Nähe, bei der du dich völlig fallenlassen kannst. Bei der du einfach du sein kannst, ohne dich zu verstellen. Weil es da nämlich jemanden gibt, dem du vertraust. Der alles von dir weiß und dich dafür nicht verurteilt.« Benno suchte Marlenes Augen. »So eine Art von Nähe meine ich. Und die bekommst du nicht mal eben kurz für eine Nacht. Die bekommst du nur, wenn du mutig bist. Wenn du dich auf jemanden einlässt.«

Marlene löste sich aus Bennos Blick. Ihre Finger zeichneten Kreise auf den Karton.

»Vielleicht brauchen nicht alle Menschen solch eine Nähe«, sagte sie. »Vielleicht genügt ihnen auch das, was sie haben.«

»Vielleicht«, erwiderte Benno. »Vielleicht haben sie aber auch einfach nur Angst.« Marlenes Augen zuckten zur Seite.

Dann lächelte sie Benno an. »Eigentlich ist das ja ganz egal«, meinte sie, »Diekmann hatte Affären. Punkt. Wir sollten nun ...« Weiter kam sie nicht, denn Benno hatte die Kartons genommen, auf den Tisch gestellt und nahm ihr nun vorsichtig die Bierflasche aus der Hand. Marlene atmete tief aus. »Benno ...« Ihre Stimme klang heiser. Doch Benno schüttelte den Kopf und legte seinen Zeigefinger auf ihren Mund. »Weißt du«, flüsterte er. »über Nähe sollte man nicht reden. Besser ist es, herauszufinden, ob man sie spürt.« Er beugte sich vor, bis seine Lippen ihre berührten.

*

Ron starrte in die prasselnden Flammen. Er lag auf dem Sofa, doch seine Füße wippten so, als wollten sie davonlaufen. Er schloss die Augen und versuchte, tief zu atmen, aber es gelang ihm nicht. Obwohl er so viel übte, konnte er die Luft einfach nicht lang genug anhalten. Das hatte er vorhin in dem Becken wieder gemerkt. Er war wirklich ein Loser. Kein Wunder, dass sein Vater sich nicht übermäßig mit ihm abgegeben hatte. Er musste das schon früh erkannt haben.

Ron griff nach dem Tagebuch und schlug es auf. Immerhin war er nicht der Einzige, den sein Vater verachtet hatte.

Broome, den 8. September 1972, las er.

Ich habe mich in Inge getäuscht. Dachte, sie würde mir meinen Sohn gebären, einen starken, schlanken Taucher. Aber nun geht die Zeit ins Land, und sie wird einfach nicht schwan-

ger. Ich habe mir ein Limit gesetzt: Sollte es bis zum Ende die-
ses Jahres immer noch nicht klappen, so werde ich sie verlas-
sen. Ich habe keine Lust, meine Zeit zu vergeuden. Frauen gibt
es hier genug, auch deutsche. Mein Sohn soll ein Deutscher
sein, selbst wenn er am Ende der Welt aufwachsen muss.

Ron hielt inne, überschlug ein paar Seiten und las dann
weiter.

Ich wusste doch, mit Druck klappt alles besser. Habe Inge
gesagt, dass sie gehen muss, am Ende des Jahres. Und was pas-
siert? Jetzt, im Dezember, sagt sie mir, dass sie schwanger ist.
Ist das zu glauben? Habe mir gleich von ihr den Test zeigen
lassen. Und sie zur Vorsicht auf einen neuen pinkeln lassen,
direkt vor meinen Augen. Bei den Weibern weiß man nie. Aber
es stimmt, wir bekommen einen Sohn.

Broome, den 23. September 1973

Sagte ich, einen Sohn? Noch nicht einmal dazu ist dieses
Weib in der Lage. Bringt doch tatsächlich eine Tochter auf die
Welt. Ich kann meine Wut kaum bezähmen. Von einer Tochter
war nie die Rede. Immerhin weiß ich, dass sie gesunde Kinder
gebären kann. Mein Sohn wird nun auf dem Fuße folgen, dafür
werde ich schon sorgen.

Ich habe im Augenblick sowieso andere Probleme. Der Per-
lenmarkt ist nicht mehr das, was er einmal war, der Verkauf
ist schwieriger geworden. Ich denke, ich muss ein paar Arbeiter
entlassen und meine Farm umstrukturieren.

Meine Ruhe und Kraft finde ich auf dem Meer. Gestern ha-
be ich meinen eigenen Rekord gebrochen. Sechs Minuten und
34 Sekunden war ich unter Wasser. Damit reiche ich an die
Weltspitze der Apnoetaucher heran. Nein, ich weiß, dass ich

besser bin als sie. Sie sichern sich ab, haben Helfer und Druck-
kammern in der Nähe, falls etwas schiefläuft.

Ich bin allein. Nur das Meer und ich. Das Meer kann dein
Feind oder deine Geliebte sein. In einem Moment liebkost es
dich, im anderen möchte es dich verschlingen. Wenn ich hin-
abschieße in das tiefe Blau, das sich langsam immer schwärzer
färbt, dann ist es berauschend, so frei zu sein, freier, als sich
ein Mensch je vorzustellen vermag.

Ron schlug das Buch mit einem Knall zu. Er wollte doch nicht viel vom Leben. Hatte seine Erwartungen mit jedem Jahr weiter heruntergeschraubt. Aber einmal das fühlen, was sein Vater dort beschrieb, das musste erhaben sein. Das Gefühl unbegrenzter Freiheit, tiefster Frieden, Vollkommenheit. Brauchte man wirklich Jahre, um so gut zu werden? Konnte man den menschlichen Körper nicht schneller dazu bringen, sich an wenig Sauerstoff zu gewöhnen? Er hatte es bisher noch nicht herausgefunden. Aber das würde er. Er würde es herausfinden, und das nicht allein.

*

För einen Moment blieb ihm die Luft weg. Ihre Lippen waren weich, doch das war es nicht, was Stromstöße durch seinen Körper sandte. Nein, es war die Tatsache, dass sie ihre Lippen öffnete, ihre Zungenspitze seine berührte, erst vorsichtig und fast ein wenig zaghaft, dann jedoch plötzlich fordernder. Benno öffnete die Augen. Er wollte sie sehen, ihre Haut so dicht vor seiner, nicht nur spüren. Sie hatte ihre Lider geschlossen, die schwarzen Wimpern flatterten leicht. Ihre Wangen waren gerötet, einzelne Haarsträhnen fielen ihr in das Gesicht. Ohne seinen Mund von ihr zu lösen, griff Benno nach ihnen, streifte sie zurück und verharrte mit seinen Fingern sanft an ihrem Ohr. Nicht nur ihre Lippen lagen aufeinander. Mit einer Intensivität, die beinah schon schmerzte, spürte er ihre Brüste, die gegen seinen Oberkörper drückten. Mit seiner linken Hand schob er ihre Bluse zur Seite und streichelte über ihre warme, glatte Haut. In dem Augenblick löste Marlene sich von ihm. Sie schlug die Augen auf und blickte ihn an.

Schwer atmend schüttelte Benno den Kopf. »Hör jetzt bitte nicht auf«, flüsterte er. Marlene lächelte. Sie strich langsam durch seine Haare und Bennos Herz dröhnte. Sie hatte mehr gegeben, als er sich erhofft hatte, mehr, als er erwarten konnte. Er musste ihr Zeit geben, herauszufinden, was sie wollte. Aber verdammt, sein Körper schrie nach ihr – alles in ihm schrie nach ihr. Er wollte sie küssen, überall, seine Lippen auf Wanderschaft schicken, ihren Körper erkunden, dieses bekannte, fremde Terrain. Als er ihre Stimme hörte, runzelte er die Stirn.

»Wir haben seit zwei Tagen nicht geduscht«, sagte sie.

Benno schaute sie verwirrt an, aber Marlene war schon aufgestanden. Für ein oder zwei Sekunden blickte sie auf Benno herab. Dann fuhr sie mit ihren Fingerspitzen über seinen Arm. »Kommst du mit?«, fragte sie. Bennos Herzschlag schien seinen Takt vergessen zu haben. Es hüpfte vor sich hin. Er schluckte, doch sie war bereits auf dem Weg zur Tür. Im Rahmen drehte sie sich kurz um. »Wenn du so weit bist – ich bin im Bad.«

*

Benno hatte nicht vor, zu schlafen. Seit über zehn Jahren hatte er diesen Augenblick herbeigesehnt und nun wollte er jede Minute davon auskosten. Er drehte den Kopf ein wenig und schaute auf Marlenes Gesicht. Ihr Kopf lag auf seiner Schulter, die Augen geschlossen, der Atem tief und regelmäßig. Ihre blonden Haare ergossen sich von ihrem Hals hinunter bis auf seine Brust, ein heller süßer Fluss. Sein Blick wanderte zu ihrem Arm, der über der Bettdecke lag. Groß zeichnete sich darauf die Brandnarbe ab, die Marlene sich in der schrecklichen Nacht zugezogen hatte, als ihre Eltern starben. Während sie in Hamburg studiert und sich geliebt hatten – *er* hatte sie jedenfalls geliebt – hatte sie sich ihm nie vollkommen nackt zeigen wollen, die Haut am Arm stets bedeckt. Auch heute hatte sie gezögert, nur einen Bruchteil einer Sekunde, dort im Bad vor der Dusche. Doch Benno war zu ihr getreten, hatte langsam die Bluse aufgeknöpft, und als sie zu Boden fiel, gemurmelt: »Du bist du – und das ist perfekt.«

Benno lächelte. Noch immer meinte er das warme prasselnde Wasser zu spüren, das mit den Lippen verschmolz, die über ihre Körper tanzten.

Während er Marlenes Atem lauschte, wurden seine Lider schwerer und schwerer. Kurz bevor der Schlaf ihn umfing, legte er seinen Arm um ihre Taille, sanft und leicht.

*

Er hatte das Gefühl, beobachtet zu werden. Benno schrak zusammen und riss die Augen auf. Über ihm schwebte Marlenes Gesicht. »Na endlich, du Schlafmütze. Auch wenn Sonntag ist, wir haben viel zu tun.« Benno blinzelte. Sonnenstrahlen bahnten sich kleine Wege durch die Gardinen und fielen auf das Bett. Er brauchte ein paar Sekunden, dann traf ihn das Glück mit so ungeheurer Wucht, dass er dachte, die Sonne würde direkt aus seinem Innersten strahlen.

Er lächelte sie an. »Das war bitter nötig«, sagte er und ließ offen, was genau er meinte. »Wie hast du geschlafen?«

»Wie ein Stein«, antwortete sie zu Bennos Erleichterung. »Und ich habe einen Bärenhunger.«

»Kein Wunder, du hast dich ja ziemlich verausgabt.« Benno grinste sie an.

»Ach so?« Marlenes Lippen waren plötzlich ganz nah an seinen. »Du warst aber auch nicht schlecht.«

Benno schloss die Augen und zog Marlene zu sich heran. »Nicht schlecht nennst du das?«, murmelte er. Seine Hände strichen über ihren Körper, der mit einem Mal auf ihm war, unter ihm, über ihm. Überall.

*

Luft! Er wollte atmen, doch es war unmöglich. Etwas lag tonnenschwer auf seiner Brust, auf seinem Gesicht, auf seiner Nase, seinem Mund. Verzweifelt bäumte sich sein Körper auf, sein Bauch hob und senkte sich panisch, aber kein Sauerstoff erreichte seine Lunge. Er würde ersticken, nur noch ein paar Sekunden, er konnte nicht mehr. Luft!

Keuchend lag er im Bett, spürte den Schweiß, der seinen Rücken hinunterlief. Sein Herz raste, sein Mund war weit geöffnet. Gierig atmete er ein, sog den Sauerstoff in seine Lungen. Langsam beruhigte sein Köper sich, und er drehte vorsichtig den Kopf nach links.

Sie lag neben ihm, leise schnarchend. Unfassbar, wie diese Frau schlafen konnte. Sei froh, mahnte er sich. Bisher hatte sie von seinen Alpträumen nichts mitbekommen. Zum Glück. Denn wie hätte er ihr erklären soll, dass er plötzlich solche Angst vor dem Ersticken hatte?

Behutsam stand er auf und schlich ins Badezimmer. Das eisige Wasser auf seiner Haut war merkwürdig beruhigend. Er ließ sich auf den Badewannenrand sinken. Wann würde das jemals aufhören? Konnte er je vergessen?

Er stützte das Gesicht in seine Hände. So schwer fühlte es sich an, fast zu schwer, um es zu halten. Vielleicht war das ja die Strafe. Er wusste, dass er sie verdient hatte. Er war schuldig, und nun musste er büßen.

*

Marlene lag schwer atmend neben ihm. Konnte Ein- und Ausatmen glücklich klingen? Benno kam es so vor. Sein Atmen sprühte jedenfalls vor Glück. Aus halb geschlossenen Lidern beobachtete er die Staubkörner, die im Sonnenlicht tanzten. Er öffnete die Augen vollständig, als Marlene sich plötzlich aufschwang und nackt im Zimmer stand. »Ich mache Kaffee«, sagte sie. Benno stützte sich auf seinen Ellenbogen. »Warte!«

Marlene, die gerade nach ihren Klamotten greifen wollte, hielt inne. Fragend schaute sie Benno an.

Benno lächelte. »Kannst du dich noch mal drehen?«, fragte er.

»Blödmann!« Marlene nahm ein Kissen und schmiss es Benno an den Kopf. Er grinste, und kuschelte sich darauf. In dem Moment knurrte laut sein Magen. Seufzend blickte er an sich herunter. »Gibt es noch irgendetwas zu essen außer deinem einen Joghurt?«

»Ich habe Toast im Tiefkühlfach. Mach du den Kaffee, ich bin sofort wieder da.«

Sie schlüpfte in ihre Hose und Benno hörte die Wohnungstür zuschlagen.

Er hatte sich gerade angezogen und in der Küche die Kaffeemaschine gestartet, als sie abermals vor ihm stand, ein paar Eier in der Hand.

»Es geht doch nichts über gute Nachbarschaft«, sagte sie zufrieden. Während Marlene geschäftig die Eier in die Pfanne schlug, reichte Benno ihr den dampfenden Kaffeebecher.

»Danke. Mal her mit den Tellern.« Sie setzten sich an den schmalen Tisch in der Küche und aßen schweigend.

»Mann, war das gut.« Marlene schob den Teller von sich.

»Du meintest jetzt nicht das Frühstück, oder?« Benno grinste sie an.

Marlene lächelte. Dann blickte sie auf die Uhr. »Es ist schon nach zehn. Wir sollten nun aber wirklich loslegen.«

»Okay. Der Bankvorstand also. Ich habe gelesen, dass Holger Schlüter auch in Bad Oeynhausen wohnt. Weißt du, wie es mit Meyer und Kühme aussieht?«

»Ja. Kühme lebt in Minden, Meyer in Bielefeld. Sie ist übrigens die oberste Chefin, oder wie das bei Banken so heißt.«

»Vorstandsvorsitzende. Gut, dann lass uns erst Kühme einen Besuch abstatten und anschließend zu Schlüter und Meyer fahren.«

»Genau so.« Marlene ging ins Wohnzimmer hinüber und raffte ein paar Zettel zusammen. »Wir können im Auto noch mal alles durchgehen«, sagte sie und nickte zur Tür. »Bist du fertig?«

Benno fuhr sich durch seine verwuschelten Haare. »Klar«, antwortete er. War ihm doch egal, wie er aussah. Marlenes Augen glänzten genauso wie seine. Mehr war in diesem einen Moment nicht wichtig auf der Welt.

*

Ron blickte aus dem Fenster. Ein schöner Tag war das heute, die Sonne strahlte an einem blauen Himmel. Man konnte fast meinen, es sei warm draußen. Sonntag. Alle Geschäfte, Behörden und Ämter hatten zu. Er würde ein wenig spazieren gehen. Schließlich hatte er die Sauna, da konnte er die kalten Glieder wieder aufwärmen.

Aber morgen würde er endlich ein paar Fortschritte erzielen müssen, das war ihm klar. Die Zeit rann ihm durch die Finger.

Ron streckte die Füße aus und griff nach dem Tagebuch. Er näherte sich langsam dem Part, an dem er ins Spiel kam.

Broome, den 14. Oktober 1979

Mit meiner Farm läuft es weiterhin nicht so wie früher. Die verdammten Touristinnen wollen kein Geld mehr für gute Ware ausgeben. Kaufen sich lieber Billigschmuck.

Das ist allerdings nicht das Schlimmste. Das Schlimmste ist, dass ich betrogen werde. Inge hat mir immer noch keinen Sohn geschenkt. Dafür klammert sie sich an ihre Tochter, als gäbe es sonst nichts auf dieser Welt. Das Mädchen ist eine totale Memme. Hängt nur an dem Rockzipfel ihrer Mutter, die sie nicht eine Sekunde aus den Augen lässt. Die beiden nerven mich so, dass es kaum mehr zum Aushalten ist. Ich glaube, ich werde sie bald vor die Tür setzen. Aber vorher muss ich dem Kind noch ein wenig Respekt beibringen. Auch wenn sie ein Mädchen ist, ein Waschlappen soll sie nicht werden. Mein Blut fließt schließlich durch ihre Adern.

Broome, den 22. April 1980

Ich habe sie im Bad eingeschlossen. Sie muss endlich lernen, dass Widerworte nichts bringen. Dieses Kind ist unfassbar stur. Sie hat ihren eigenen Kopf. Ich habe ihr gesagt, sie kommt nicht aus dem Bad, bevor sie sich entschuldigt. Das war vor fünf Stunden. Kein Laut dringt über ihre Lippen. Soll sie ruhig, sie wird schon sehen, was sie davon hat. Meinetwegen kann sie die ganze Nacht dort verbringen.

Broome, den 1. September 1982

Mir reicht's. Jahre sind vergangen, und ein Sohn ist nicht in Sicht. Ich werde mir eine andere Frau suchen, eine, die mir endlich einen Stammhalter schenkt. Die Geschäfte laufen wie-

der besser. Habe hart gearbeitet dafür. Irgendwann soll mein Sohn sie übernehmen. Ich muss schauen, was genau ich mache. Inge gehorcht, kocht, putzt und ist willig, wann immer mir danach ist. Ich denke, ich werde sie behalten und eine weitere Frau für mein Projekt finden.

Inge hat letzten Endes auch kapiert, dass ihre Erziehung aus dem Mädchen eine Jammergestalt macht. Ich härte sie ab. Bis mein Sohn kommt, soll sie das Tauchen lernen. Sie hat keine Angst vor dem Meer. Vielleicht schlägt mein Blut durch und sie ist doch keine so große Memme. Wir werden sehen.

Broome, den 8. Dezember 1982

Sie taucht. Sie ist wie ein Fisch im Wasser. Erinnert mich an die Aborigine-Frauen, von denen mein Vater so schwärmte. Nur dass sie helle Haut hat, natürlich. Sie passt sich an, tut, was ich ihr sage. Trotzdem ist sie nur ein Mädchen. Ich verbringe deshalb seit einiger Zeit die Nächte mit Charlotte. Charlotte ist vernünftig. Ich habe ihr gesagt, dass ich einen Sohn von ihr möchte. Dann muss sie sich finanziell keine Sorgen mehr machen. Sie hat eingewilligt. Gute Frau. Hoffentlich geht es bei ihr schneller als bei Inge. Ich werde auch nicht jünger. Falls nicht, ziehe ich weiter. Nächstes Jahr wird mein Sohn auf diese Welt kommen, so viel steht fest.

Ron ließ das Buch sinken. Charlotte. Seine Mutter. Sie hatte ihr Versprechen gehalten und ihm einen Sohn geboren. An das, was danach geschah, konnte Ron sich nicht wirklich erinnern. So oft hatte er seine Mutter gefragt, und sie hatte nur ausweichende Antworten gegeben. Doch seit er das Tagebuch gefunden hatte, wusste er, was passiert war.

So ein Mist!« Marlene schaute wütend auf das große Haus, das am Rande der Felder in der Nähe des Mindener Klinikums thronte. »Wo steckt Kühme denn bitte schön an einem Sonntagmorgen?«

Benno zuckte die Achseln. »Wir kommen auf dem Rückweg wieder. Dann fahren wir halt erst zu Holger Schlüter.«

Marlene kickte einen Stein zur Seite. »Okay«, seufzte sie, riss die Beifahrertür auf und schmiss sich auf den Sitz. »Fahr du doch bitte, ich möchte noch ein paar Notizen durchgehen.«

Benno lenkte den Wagen schweigend durch Porta Westfalica, nur das Rascheln der Papiere, die Marlene auf dem Schoß hielt, war zu hören. Er ließ seinen Blick zum Kaiser-Wilhelm-Denkmal schweifen. Es war zwischen den tiefliegenden Wolken kaum zu sehen. Er freute sich schon auf den Frühling, wenn das neue Café dort oben eröffnen würde. Vielleicht könnte man sogar mit einer Seilbahn den Berg hinuntergleiten. Das würde bestimmt ein Besuchermagnet in der Region werden.

»Also«, unterbrach Marlene seine Gedanken, »Schlüter ist verheiratet, seine Frau heißt Angelika, sie haben keine Kinder. Kühme ist ebenfalls verheiratet, zwei Kinder, vierzehn und sechzehn Jahre alt. Eva Meyer ist vierundvierzig, über sie habe ich nicht viel gefunden. Scheint allein zu leben, leitet die gesamte Bank OWL seit vier Jahren. Keiner der drei ist bisher polizeilich in Erscheinung getreten.«

»Fest steht«, sagte Benno, »dass Mordopfer ihre Mörder meistens kennen. Also, wir haben seine Arbeitskollegen. Dann natürlich seine Familie. Und zu guter Letzt die Affären. Hat Frau Diekmann dir eigentlich irgendetwas Konkretes dazu gesagt? Weiß sie, mit wem er ins Bett ging?«

Marlene schüttelte den Kopf. »Logisch, das wollte ich auch wissen. Aber sie meinte, sie habe keine Ahnung.« Sie zuckte mit den Schultern. »Ob das stimmt, ist eine andere Sache.«

»Hm. Rohlfing hat allerdings erzählt, dass Diekmann und Schlüter gut befreundet waren. Wir sind gleich bei ihm. Sonntagmorgen – da ist es sogar in Bad Oeynhausen möglich, ohne Stau vorwärts zu kommen.«

Schon kurze Zeit später hielt Benno den Wagen an. »Voilà«, sagte er. Marlene starrte auf das Haus. »Warum bin ich keine Bankerin geworden?«, fragte sie und ließ ihre Augen über das Grundstück wandern. Vor der Einfahrt blieben sie an einem Porsche hängen. »911 Carrera GTS«, murmelte sie. »450 PS, in 4,1 Sekunden von null auf hundert.«

Benno runzelte die Stirn. »Ich dachte, du stehst auf Motorräder«, meinte er.

»Klar.« Marlene öffnete die Autotür. »Trotzdem ´n geiles Teil.«

»Definitiv cooler als der BMW daneben«, stellte Benno fest. Während sie auf das Haus zugingen, flüsterte er Marlene zu: »Du weißt ja, was man über Männer mit so einem Auto sagt.«

Marlene verdrehte die Augen, grinste aber. »Hm«, antwortete sie. »Auf jeden Fall scheint er da zu sein.« Sie klingelte.

Benno stellte sie vor, und Marlene musterte den Mann, der im Türrahmen lehnte. Obwohl mitten im Winter, war seine

Haut stark gebräunt. Gab es wirklich noch Menschen, die regelmäßig in ein Sonnenstudio gingen? Ja, dieser bestimmt, schoss es ihr durch den Kopf. Sein Typ wurde noch unterstrichen durch das zu enge T-Shirt, unter dem sich seine Muskeln deutlich abzeichneten, und durch die noch engeren Jeans. Seine Haare waren entweder feucht oder stark zurückgegelt, da war Marlene sich nicht ganz sicher.

»Ich habe gerade Besuch, hoffentlich dauert es nicht lange«, hörte sie Schlüter sagen.

Marlene nickte ihm knapp zu. »Wenn ich es richtig verstanden habe, waren Sie und Ralf Diekmann gut befreundet. Dafür sollte man schon ein wenig Zeit erübrigen, denken Sie nicht auch?« Sie trat mit Benno in den Flur, der ungefähr so groß war wie ihr Wohnzimmer. Zwei breite Schwingtüren machten den Blick auf einen Raum mit einem schwarzen Ledersofa frei. Dort saß ein weiterer Mann, deutlich weniger trainiert, der sich eilig erhob, als sie eintraten.

»Sie sind von der Polizei?«, fragte er. »Ich bin Jörg Kühme. Ein furchtbarer Vorfall.« Er schüttelte den Kopf.

»Ah, Herr Kühme, wie schön. Wir waren eben schon bei Ihnen. Umso besser, dass wir Sie hier antreffen.«

»Ja ... ich helfe Ihnen gerne. Was für eine schreckliche Sache.« Kühme ließ sich schnaufend auf die Polster zurücksinken. Das Sofa knickte in der Mitte unter seinem Gewicht deutlich ein.

Holger Schlüter stand mit verschränkten Armen im Zimmer. »Wirklich schrecklich«, wiederholte er. »Wir sind alle ganz außer uns.«

Kühme nickte eifrig. Ein kleines Rinnsal Schweiß lief an seiner Stirn hinunter und sammelte sich in seinem linken Auge. Er wischte es mit einem Stofftaschentuch weg, das er aus der Hose gezogen hatte.

»Holger und ich beraten gerade, was nun zu tun ist«, sagte er dann. »Wir müssen Kirsten unter die Arme greifen, ihr bei der Beerdigung beistehen. Und wie es bei der Bank weitergeht, muss ebenfalls geklärt werden.«

»Das ist selbstverständlich erst einmal zweitrangig«, fuhr Schlüter schnell dazwischen. »Wichtig ist, dass wir den Diekmanns unsere Hilfe anbieten. Sie machen Furchtbares durch, besonders die Kinder. Ich denke, sie muss man nun sehr stark schonen.«

Kühme nickte erneut. »Wollen Sie sich denn nicht setzen?«, fragte er und zeigte auf das Sofa ihm gegenüber und die zwei schwarzen Ledersessel. Die Möbel waren um einen gläsernen Tisch drapiert, die Glasplatte wurde von dem Kopf einer Schlange getragen, die ihr Maul weit geöffnet hatte.

»Natürlich, entschuldigen Sie.« Nun kam auch Holger Schlüter in Bewegung. »Etwas zu trinken?«

»Nein, danke.« Marlene und Benno setzten sich, und Schlüter ließ sich ebenfalls auf einen Sessel fallen.

»Ich bin ganz durcheinander«, stöhnte er und strich sich durch seine Haare. »Was können Sie uns sagen? Wie genau ist er gestorben? Haben Sie eine heiße Spur?«

»Wir sind dran«, antwortete Benno. »Sie scheinen ja gut befreundet gewesen zu sein, deshalb möchte ich Sie gern darauf ansprechen: Frau Diekmann sagte uns, ihr Mann habe immer mal wieder eine Affäre gehabt. Was wissen Sie davon?«

»Immer mal wieder?« Kühmes Augen wurden groß.

Schlüter räusperte sich. »Nun ja, so viele waren es nun auch wieder nicht. Nur hier und da mal, soweit ich informiert bin. Und seine Frau wusste es ja. Es war also nicht Fremdgehen in dem Sinne.«

»Sieh an«, sagte Benno.

Kühme fuhr sich mit dem Taschentuch über die Stirn. »Immer mal wieder?«, wiederholte er. »Und das hast du gewusst? Verdammt, und mich hat Anna wegen eines einzigen Fehltritts verlassen. Und die Kinder gleich mit dazu.« Er schnaufte.

»Ist nicht unsere Sache, was Ralf und Kirsten in ihrer Ehe machen, oder?«, fragte Schlüter. »Ralf wusste schließlich, wie fertig du warst, da hat er dir seine Abenteuer bestimmt nicht auf die Nase gebunden.«

»Aber Ihnen?«, wandte sich Marlene an Schlüter.

»Nicht direkt.« Er starrte aus dem Fenster in den Garten. »Ich weiß nicht, mit wem er sich traf. Das waren halt nur Affären, gingen ja schnell wieder vorbei, da habe ich nicht jedes Mal nach dem Namen gefragt.«

»Sieh an «, sagte Benno erneut.

»Nun, aber Sie haben geredet, nehme ich an. Männergespräche – Aussehen, Figur, Bettgeschichten ... er hat sicherlich nicht nur still genossen, richtig?«, hakte Marlene nach.

»Was mir aufgefallen ist«, fiel Kühme dazwischen, »Ralf wirkte seit einiger Zeit irgendwie viel zufriedener. Oder, Holger? In den letzten paar Wochen hat er so oft gestrahlt. Er kam pfeifend ins Büro, und ich habe mir jeden Morgen gewünscht, auch so eine verdammt gute Laune haben zu können.«

»Kann sein«, brummte Schlüter, »das habe ich nicht bemerkt.«

»Doch, bestimmt. Auch bei unserem Coaching, da hat er viel häufiger gelacht als sonst.« Kühmes Blick schweifte aus dem Fenster.

»Apropos«, sagte Marlene. »Auf diesem Seminar wurde er, soweit uns bekannt ist, das letzte Mal lebend gesehen. Sind Sie am Freitag alle gleichzeitig abgefahren?«

Schlüter schüttelte den Kopf. »Ich bin schnell los, da standet ihr noch zusammen«, er nickte Kühme zu, »du, Eva und Ralf.«

»Ja«, stimmte Kühme ihm zu. »Aber nicht mehr lange. Wir wollten nach Hause. Ich habe mich verabschiedet und war nur ein paar Minuten nach dir weg. Da machten sich Ralf und Eva ebenfalls gerade zum Parkplatz auf.«

»Haben Sie gesehen, wie Diekmann in seinen Wagen stieg?«

Kühmes Wurstfinger kneteten an seiner Lippe herum. »Ich denke nicht. Ehrlich, ich habe nicht darauf geachtet. Während ich zum Auto ging, habe ich versucht, meine Frau am Telefon zu erwischen. Sie ... sie hat mir die Scheidungspapiere zugeschickt, genau an dem Mittwoch vor dem Seminar. Ich wollte noch einmal mit ihr reden. Das können Sie doch sicher verstehen.«

»Jörg, das ist wirklich schlimm, ich glaube allerdings nicht, dass die beiden wegen deiner Scheidung hier sind.« Schlüter erhob sich. »Wir würden Ihnen ja gerne mehr sagen.« Er öffnete seine Arme. »Aber bitte melden Sie sich, wenn wir noch etwas tun können.«

Marlene blieb sitzen und schaute Kühme an. »Sie hatten vorhin erwähnt, dass Sie sich wegen der Bankangelegenheiten besprechen wollten. Wer bekommt nun eigentlich Diekmanns Job?«

»Keiner«, kam Schlüter einer Antwort Kühmes zuvor. »Wir sind ein gutes Team und schaffen die Arbeit auch zu dritt. Ich denke, wir werden niemand Neues brauchen.«

»Ist das sicher?«, fragte Marlene. »Und bekommen Sie dann mehr Gehalt oder Boni?«

Kühme fuhr auf. »Worauf wollen Sie hinaus?«, rief er erbost.

»Schon gut, Jörg.« Schlüters Stimme klang beschwichtigend. »Sie machen nur ihren Job.« Er wandte sich an Marlene. »Sicher ist bisher gar nichts. Und das ist zu guter Letzt auch nicht unsere Entscheidung. Deshalb diskutieren Jörg und ich ja das weitere Vorgehen.«

»Fehlt denn da nicht die Dritte im Bunde?« Marlene zog die Augenbrauen hoch.

»Sie haben noch nicht mit Eva geredet«, stellte Schlüter fest. »Wenn es so wäre, dann wüssten Sie, dass man mit Eva nicht berät. Eva schafft Fakten. Da sollte einem vorher klar sein, wohin der eigene Weg führen soll.«

»Okay.« Nun erhob Marlene sich ebenfalls. »Ich glaube, das war es erst einmal.« Sie warf Benno einen fragenden Blick zu. Der nickte. Marlene sah im Hinausgehen in den Garten. Riesig. »Ach«, sagte sie und blieb stehen. »Ist das da ein Pool?« Sie zeigte auf eine längliche Kuppel, die sich auf der rechten Grundstücksseite etwa zweieinhalb Meter über dem Rasen erhob. Sie bestand aus mehreren Teilen und ließ sich im Sommer wohl zusammenschieben.

»Ja. Ich schwimme gerne. Jeden Morgen, das gehört für mich dazu. Und meine Frau ist auch eine wirkliche Wasserratte.«

»Wo ist Ihre Frau eigentlich?«, fragte Benno.

»Bei ihrer Mutter. Die ist leider ziemlich krank.« Schlüters Stimme hörte sich bedauernd an.

»Und der Pool ist nicht nur im Sommer, sondern auch im Winter zu benutzen?«

»Selbstverständlich. Er ist überdacht, wie Sie sehen, und auch beheizt.«

»Enthält er Süß- oder Salzwasser?« Marlene schaute Schlüter interessiert an. Der runzelte die Stirn. »Denken Sie darüber nach, sich einen Pool zulegen?«

»Ich ziehe es in Erwägung«, antwortete Marlene und dachte an ihren etwa 30 m² großen Garten.

»Salzwasser«, sagte Schlüter. »Meine Frau hat eine leicht reizbare Haut, da wollten wir Chlor vermeiden.«

»Dann wäre er garantiert auch hervorragend für mich geeignet.« Marlene lächelte Schlüter an und gab ihm ihre Karte. »Falls Ihnen noch etwas einfällt, Sie wissen schon.«

»Natürlich.« Schlüter steckte die Karte ein. »Fahren Sie nun zu den Diekmanns?«, fragte er beiläufig.

»Das hatten wir heute eigentlich nicht vor. Sollten wir denn?«

»Nein, nein.« Schlüter hob abwehrend die Hände. »Ich nahm an, dass Sie vielleicht noch ein paar Fragen hätten. Aber es ist gut, wenn Sie die Familie trauern lassen. Sie brauchen ihre Zeit.«

»Bestimmt. Auf Wiedersehen.« Benno öffnete die Haustür und trat ins Freie. Marlene folgte ihm, und obwohl Schlüter die Tür sofort wieder schloss, meinte sie, seine Blicke in ihrem Rücken zu spüren.

*

Alles klar. Bist du sicher, dass das hier die richtige Adresse ist?« Marlene starrte auf das hohe, gusseiserne Tor. Es war in eine ebenfalls hohe Steinmauer eingelassen, die ein offenbar riesiges Grundstück umgab. Benno griff nach Marlenes Notizen. »Dornberg, Nachtigallenweg 13, das ist doch hier.«

»Ich kann zwar wegen der Mauer und all der Bäume dahinter nichts von dem Haus erkennen – aber von einem Bankergehalt, selbst im Vorstand, kann man sich so was bestimmt nicht leisten.« Sie öffnete die Autotür. Sofort fing eine Kamera ihre Bewegung ein und verfolgte sie, als sie auf das Tor zuging. Benno hatte das Fenster heruntergekurbelt. »Steht da ein Name?«, fragte er.

Marlene schüttelte den Kopf. »Es gibt allerdings eine Klingel. Mal sehen.« Sie drückte den kleinen, metallenen Knopf. Ungeduldig tippte sie mit dem Fuß auf den Boden und ließ ihren Blick über die Gegend schweifen. Ein solches Grundstück, mitten in Bielefeld, das musste ein Vermögen kosten. Okay, es war nicht München oder Hamburg, aber trotzdem.

»Ja?«

Marlene fuhr zusammen, als aus einem weißen Lautsprecher unter der Klingel plötzlich eine Stimme ertönte. »Wir sind von der Kriminalpolizei. Hauptkommissarin Marlene Borchert«, sagte sie.

»Bitte halten Sie Ihren Ausweis in die Kamera.« Trotz des *Bittes* hörte sich die Stimme scharf und befehlend an. Marlene hielt ihre Kripomarke hoch.

»In Ordnung«, schepperte es, »ich lasse Sie hinein. Fahren Sie vor bis zum Haus.«

Das Tor öffnete sich langsam. Marlene ging zum Wagen zurück. »Ich komme mir vor wie in einem schlechten Film«, sagte sie zu Benno, während sie das Auto durch eine Allee aus mächtigen Eichen fuhr. »Yep, wie in einem Film«, wiederholte sie, als am Ende der baumgesäumten Straße das Haus auftauchte. Haus war untertrieben. Irgendein Architekt musste sich hier ausgelassen und seinen modernen Traum vom luxuriösen Wohnen inmitten dieses alten Parks realisiert haben. Das Gebäude bestand aus mehreren Würfeln, die durch gläserne Brücken miteinander verbunden waren. In den riesigen Glasfronten spiegelte sich die matte Dezembersonne so intensiv, dass Marlene die Augen zusammenkneifen musste. Vor dem Eingang befand sich eine Art kleiner Teich, ein langer Holzsteg spannte sich über die schwarze, stille Wasserfläche bis zur Haustür.

Als die Frau ihnen die Tür öffnete, kam Marlene sich endgültig wie in einem Werbefilm vor. Eva Meyer und Schlüter passten zusammen. Beide waren an einem Sonntagmorgen so gestylt, als wollten sie auf den roten Teppich. Nur dass Meyer mehr Eleganz ausstrahlte. Im Gegensatz zu Schlüter war ihre Haut blass, ihre Figur sehr schlank. Auch sie trieb eindeutig Sport, unter ihrem weißen Kleid konnte Marlene bei jeder Bewegung das Zusammenspiel der Muskeln erkennen. Da Benno nichts sagte, stellte Marlene ihn und dann sich selbst vor. »Dürfen wir einen Augenblick hereinkommen?«, fragte sie anschließend.

»Natürlich. Hier entlang.« Eva Meyer führte sie in ein Wohnzimmer, das durch hohe Fenster den Blick auf eine stattliche Terrasse bot, die in einen symmetrisch angelegten Garten überging.

»Setzen Sie sich.« Meyer zeigte auf eine helle Couchlandschaft und ließ sich den beiden gegenüber in einem Sessel nieder. »Sie sind also wegen Ralf hier. Eine tragische Sache. Was ist überhaupt genau passiert?«

»Wir stecken mitten in den Ermittlungen. Vielleicht können Sie uns ja weiterhelfen.«

Marlene schaute die Frau an. Sie war noch schöner als auf dem Foto. Die kurzen, blonden Haare lagen perfekt, ihre blauen Augen blickten frisch und strahlend. Sollte diese Frau dort wirklich Mitte vierzig sein? Wahrscheinlich hatte sie ein extra Regal voll mit grünen Smoothies im Kühlschrank, die sie mit ihrem auffällig großen Mund beim Fitnessprogramm trank. Marlene wünschte sich plötzlich, sie hätte heute Morgen doch wenigstens zehn Minuten im Bad verbracht. Schnell wischte sie den Gedanken beiseite. Sie warf einen prüfenden Blick auf Benno. Der lächelte und machte noch immer keine Anstalten zu reden.

»Natürlich helfe ich Ihnen, wo ich kann. Was möchten Sie denn wissen?« Meyer lächelte ebenfalls, wirkte allerdings trotzdem kühl. Marlene verstand auf einmal, was Schlüter gemeint hatte, als er sagte, mit Eva diskutiere man nicht.

Marlene setzte sich aufrechter hin. »Wir haben eben mit ihren Kollegen Schlüter und Kühme gesprochen. Auf dem Seminar wurde Ralf Diekmann am Freitagabend zum letzten Mal lebend gesehen, wie es scheint, von Ihnen.«

»Wenn ich das gewusst hätte!« Eva Meyer seufzte und schloss für einen Moment die Augen. »Aber wer kann so was schon ahnen? Ralf und ich sind gemeinsam zum Parkplatz gegangen. Jörg und Holger waren kurz vor uns aufgebrochen, wir hatten noch ein paar wichtige Dinge für die neue Woche besprochen. Ralf stieg in sein Auto und machte sich auf den Weg.«

»Das haben Sie gesehen, ja?«

Meyer nickte. »Ich war genau hinter ihm. An der Hauptstraße musste er jedoch nach links Richtung Autobahn und ich nach rechts.«

Marlene machte sich in Gedanken eine Notiz. Bisher war Diekmanns Wagen nicht aufgetaucht. Er musste gefunden werden, das wollte sie in der morgigen Besprechung als Priorität festhalten.

»Wie hat Diekmann in letzter Zeit auf Sie gewirkt? Gab es irgendwelche Probleme?«, fuhr sie fort.

»Nein, er war so wie immer.«

Nun räusperte Benno sich. »Kühme kam Diekmann besonders gut gelaunt vor. Fast wie verliebt.«

»Tatsächlich?« Eva Meyer hob eine Augenbraue. »Nun, über das Privatleben haben wir kaum gesprochen. Doch ich freue mich, wenn er mit Kirsten glücklich war.«

»Kennen Sie seine Familie?«

»Ich habe Kirsten ein paar Mal gesehen, bei Empfängen oder anderen Anlässen. Befreundet sind wir allerdings nicht.«

»Hatte er denn Schwierigkeiten bei der Arbeit, gab es unzufriedene Kollegen oder Kunden? Und wieso wird sein Vorstandsposten nicht neu besetzt?«, übernahm Marlene wieder.

»Oh, das steht noch nicht hundert Prozent fest. Aber es stimmt, es wird schon länger darüber nachgedacht, den Vorstand zu verkleinern. Die Banken leiden unter den niedrigen Zinsen, wir werden einige Filialen schließen müssen. Neben mir an der Spitze sollen dann voraussichtlich nur zwei weitere Vorstandsmitglieder stehen.«

»Kühme und Schlüter.«

»Richtig. Aber glauben Sie mir, das wäre kein Grund für die Männer, ihrem Freund deshalb etwas anzutun.«

Marlene blickte sie stirnrunzelnd an. »Die beiden wussten allerdings, dass eine Veränderung bevorsteht. Mal angenommen, Diekmann lebte noch – wer müsste in diesem Fall den Posten räumen?«

»Das ist ja alles spekulativ. Es ist bisher nichts definitiv entschieden«, wich Meyer aus.

»Sie haben trotzdem darüber beraten. Wer fällt denn solche Entscheidungen überhaupt?«

»Der Aufsichtsrat. Und gut, wahrscheinlich hätte Kühme gehen müssen.«

Marlene nickte. Sie trommelte mit den Fingern gegen ihre Wange. »Kommen Sie eigentlich von hier?«, fragte sie plötzlich. »Ich meine, einen winzigen Akzent in Ihrer Stimme zu hören. Sind Sie vielleicht aus Süddeutschland?«

Eva Meyer schaute Marlene erstaunt an. »Nein, meine Familie stammt gebürtig aus Ostwestfalen. Aus Minden. Deshalb arbeite ich dort auch. Es geht doch nichts über die eigene Heimat.« Sie lächelte, aber wieder erreichte das Lächeln ihre Augen nicht.

»Auf jeden Fall muss Ihre Familie eine Stange Geld haben.« Marlene holte mit den Armen weit aus. »All das kann man sich selbst von einem Vorstandsgehalt bestimmt nicht leisten.«

Eva Meyers Mundwinkel zuckte. »Das habe ich mir erarbeitet, ich ganz allein«, sagte sie kühl. »Ich kenne mich nun mal mit Finanzen gut aus. Wenn es um Anlegen und Spekulieren geht, habe ich eindeutig den richtigen Riecher.« Plötzlich lächelte sie wieder. »Ich kann Ihnen übrigens auch sehr gerne bei Ihren Geldangelegenheiten zur Seite stehen«, sagte sie.

»Danke, das ist nicht nötig«, erwiderte Marlene, doch Benno unterbrach sie.

»Warum denn nicht? Ich weiß nie, wem man bei Geldanlagen vertrauen kann. Ehrlich, viele Banker verkaufen doch das, wofür sie am meisten Provision bekommen, oder?«

»Kommen Sie gern einmal vorbei. Dann können wir erörtern, was ich für Sie tun kann.« Meyer nickte Benno freundlich zu.

»Gut.« Marlene erhob sich. »Das wäre es erst mal. Bitte melden Sie sich bei uns, falls Ihnen noch etwas einfällt.« Sie legte ihre Karte auf den Tisch. »Benno?«

»Oh, ja, natürlich.« Benno stand ebenfalls auf. »Danke, es hat mich sehr gefreut.«

Diesmal erwiderte Meyer Bennos Lächeln. »Mich auch«, sagte sie und für einen Moment war die Kühle aus ihrer Stimme verschwunden.

»Ach ja«, Marlene blickte aus der großen Terrassentür nach draußen. »bei Schlüter konnten wir seinen tollen Pool bewundern. Haben Sie etwas ähnlich Schönes im Garten?«

»Nein.« Sie schüttelte den Kopf. »Das wäre mir viel zu ungemütlich, selbst mit Überdachung. Ich habe einen Wellnessbereich im Keller.«

»Aha. Einen Wellnessbereich.« Marlene nickte. »Ich nehme an, ein Schwimmbad gehört dazu.«

»Ja, das war mir wichtig, mit einem Sprungbrett. Ich hebe gern ab und habe dafür einen extrahohen Keller anlegen lassen.«

Marlene ging nicht weiter darauf ein, etwas anderes interessierte sie viel mehr. »Und ist das Bassin mit Salzwasser gefüllt?«

»Oh Gott, nein. Ich hatte Jörg davon abgeraten, als er seinen Pool anfertigen ließ. Das ist erst ein gutes Jahr her. Mit Salzwasser rosten häufig die Rohre, und der Instandhaltungsaufwand ist höher. Aber er wollte sich partout nicht von der Idee abbringen lassen. Nun gut, seine Entscheidung.« Bei den letzten Worten klang ihre Stimme wieder frostig.

»Hat Kühme eigentlich auch einen Pool?«, fragte Benno.

»Natürlich. Was Holger hat, braucht Jörg genauso. Sie haben ihn zeitgleich bauen lassen. Der Einzige, den das nicht interessiert hat, war Ralf. Allerdings, das muss man ehrlich sagen, passt in sein Haus tatsächlich kein Schwimmbecken hinein. Und das Grundstück ist ebenfalls relativ klein.«

Na ja, dachte Marlene, kommt drauf an, wie man klein definiert.

*

Jörg Kühme schloss gerade die Haustür auf, als sein Telefon klingelte. Schnell huschte er in den Flur, um dem Wind zu entkommen, der an seiner Jacke zerrte.

»Ich bin's. Anna.« Die Stimme seiner Frau klang reserviert.

»Anna.« Er fiel fast über ein Paar Schuhe, das im Weg lag, taumelte, fing sich, stolperte ins Wohnzimmer und ließ sich auf seinen Lieblingssessel sinken.

»Bist du noch da?« Die Frage enthielt nun auch einen genervten Unterton.

»Ja, ja, natürlich. Wie schön, dass du dich meldest.«

»Ich wollte nur wissen, wann du endlich die Scheidungspapiere unterschreibst. Ich habe sie dir vor einer Ewigkeit gegeben.«

Kühme fuhr sich über die schweißnasse Stirn. »Ich habe nur gedacht ... vielleicht könnten wir noch einmal reden.«

»Da gibt's nichts mehr zu reden.«

»Anna ... ich habe einen furchtbaren Fehler gemacht. Ich ... ich habe mich einfach treiben lassen. Ralf und Holger, die haben so gesoffen und mein Glas immer nachgefüllt. Und dann haben sie diese Frauen angegraben ... ich wollte das gar nicht, ehrlich.«

»Ist schon klar. Schieb die Schuld ruhig auf die anderen, darin bist du ziemlich gut.«

»Okay, okay. Ich hätte da nicht mitmachen dürfen. Aber ich war total hinüber. Bitte, jeder Mensch baut mal Mist. Verzeih mir dieses eine Mal. Wie soll ich denn leben ohne dich? Und die Kinder. Ich vermisse sie. Euch alle.«

»Das hättest du dir vorher überlegen sollen. Also, wann bekomme ich die Papiere? Und ich habe dir gesagt, dass ich meinen Anteil von unserem Haus haben möchte.«

»Ich weiß. Aber Anna, ich habe nicht so viel Geld herumliegen. Wir haben eine Menge investiert, um das hier zu schaffen. Der neue Pool, die Gartenlaube, der Fischteich ... Ich habe dir ja bereits erklärt, dass wir verkaufen müssten. Das willst du doch nicht, oder?«

»Ist mir egal.« Annas Stimme klang nun gereizt. »Ich habe keine Lust mehr, dort zu wohnen, wo mich sämtliche Dinge an meinen Ex-Mann erinnern. Ich möchte mein Geld, das ist alles. Ich habe ein Anrecht darauf.«

»Anna.« Jörg Kühme versuchte, ruhig und sachlich zu reden. »Du sollst dein Geld ja kriegen. Hör zu, ich stecke mitten in neuen Gehaltsverhandlungen. Ich bekomme mehr Verantwortung im Vorstand, wir strukturieren um. Da eröffnen sich ungeahnte Perspektiven für mich. Hab nur noch ein kleines bisschen Geduld, dann werde ich eine gute Lösung für uns finden. Unser Haus möchte ich nicht verkaufen.«

»Unterschreib die Papiere. Und beeil dich mit dem Rest. Ich will nicht unnötig lange darauf warten.«

»In Ordnung. Ich werde ...« Bevor er den Satz zu Ende sprechen konnte, hatte Anna aufgelegt. Kühme starrte auf das Telefon. Er würde dieses Haus nicht verkaufen. Und er würde Anna zurückgewinnen. Wenn man es recht bedachte, lief es im Moment doch ganz gut. Und alles andere würde er auch noch hinbekommen.

*

Ich kannte bisher niemanden mit einem Pool. Jetzt sind es gleich drei an einem Tag.« Marlene schüttelte den Kopf, während sie das Auto durch Meyers Allee zurück zur Straße steuerte. »Ehrlich, wir haben den falschen Beruf gewählt.«

»Vielleicht kann ich mir ja bald ebenfalls einen leisten. Meyer scheint zu wissen, wie man Geld vermehrt. Ich sollte wirklich einmal mit ihr reden.« Benno trommelte ein imaginäres Lied auf seiner Jeans.

»Sie weiß jedenfalls, was sie will. Ich vermute, im Vorstand tanzen sie alle nach ihrer Pfeife. Und dich hat sie auch ganz schön schnell um ihren Finger gewickelt.« Marlene warf ihm einen prüfenden Blick zu.

»Quatsch. Ich habe nur versucht, die Infos zu bekommen, die wir brauchen.«

»Natürlich.« Marlene schwieg. Benno biss sich auf die Lippe. War das gerade etwa ein Funken Eifersucht, der aus Marlene sprach? »Sie ist verdammt hübsch«, sagte er. »Aber sie ist so kühl wie dieser Dezembermorgen.« Eine Kombination fast wie bei dir, fügte er in Gedanken hinzu, hütete sich jedoch, das laut auszusprechen.

Marlene nickte. Sie war schon wieder bei dem Fall und fasste zusammen: »Diekmann ist an dem Abend nach dem Seminar also weggefahren. Sein Auto haben wir bis heute nicht gefunden. Und er muss noch ungefähr zwei Wochen lang gelebt haben. Das schreit nach einem Verbrechen.« Während sie mit der einen Hand lenkte, wickelte sie mit dem Zeigefinger der anderen ihre Haare auf. »Ich hoffe, Rohlfing hat morgen etwas Konkretes für uns.«

»Diekmann war bestimmt nicht so dumm, Namen und Treffen mit irgendwelchen Damen in seinem Laptop zu speichern oder in den Kalender zu schreiben«, gab Benno zu bedenken.

»Na ja, seine Frau wusste Bescheid. Eventuell also doch.«

»Hm.« Benno seufzte. »Ich finde das immer noch eine wirklich merkwürdige Art, eine Beziehung zu führen. Aber du hast Recht, vielleicht wird genau diese Offenheit uns helfen. Richtig planen sollten wir jedoch erst morgen nach der Teamsitzung, wenn wir alle bisherigen Ergebnisse zusammengetragen haben. Und weißt du was?«

»Nein.« Marlene warf ihm einen fragenden Blick zu.

»Es ist schon früher Nachmittag. Ich habe einen riesigen Hunger. Dein tolles Eiertoast hält auch nicht ewig an. Lass uns etwas essen gehen.«

»Okay. Worauf hast du Lust?«

Auf dich, dachte Benno. »Griechisch?«, fragte er.

»Super. Wir kommen in Porta am Grill vorbei. Wunderbare Pita. Danach stinken wir allerdings höllisch nach Knoblauch.«

»Wenn wir beide so riechen, dann stört's beim Küssen nicht«, sagte Benno leichthin.

»Ach, so ist das.« Marlene starrte auf die Straße.

»Ja«, antwortete Benno und lächelte, »so ist das.«

*

Ron zitterte. Jedes Mal, wenn er diese Seiten las, musste er sich fast übergeben. Es war eine Gnade, dass er sich nicht daran erinnern konnte. Andererseits hatte all das, was passiert war, irgendetwas mit ihm gemacht, das spürte er tief in sich.

Broome, den 3. November 1983

Ich habe einen Sohn. Charlotte hat ihr Wort gehalten. Eigentlich wollte ich ihn, sobald er geboren war, zu uns bringen und bei uns aufziehen. Drei Tage nach der Entbindung habe ich ihn geholt. Charlotte hat geweint und gefleht, dass ich ihn noch ein wenig bei ihr lasse, dieses dumme Weib. Ich nahm ihn mit, und das gottverdammte Kind schrie sich die Lunge aus dem Leib. Wollte die Flasche nicht nehmen, die Inge ihm

gab. Ich habe ihr gesagt, dass sie ihn brüllen lassen soll, ir-
gendwann würde es der Hunger schon reintreiben. So war es
dann auch. Allerdings nicht für lange. Er brüllte andauernd.
Hat mich in den Wahnsinn getrieben, dieses Balg. Manchmal
habe ich ehrlich gezweifelt, ob er mein Fleisch und Blut ist. Ich
habe früher nie so einen Aufstand gemacht. Das hätte mein
Vater mir ewig vorgehalten.

Inge hatte immer ganz kleine, rote Augen, weil er sie nicht
mehr schlafen ließ. Damit ich dieses ewige Geheule nicht er-
tragen musste, habe ich die beiden schließlich im Schuppen
einquartiert. Aber Inge wurde unaufmerksam, hat den Haus-
halt nicht mehr richtig hinbekommen. Und wie sollte sie mir
zur Verfügung stehen, wenn sie woanders schlief? Gefiel mir
nicht. Also ging ich zu Charlotte und machte einen Deal. Sie
sollte ihn zurücknehmen, bis er vier, fünf Jahre alt war. So alt,
dass er gehorchen würde, einfach tat, was man ihm befahl.
Dann würde er wieder zu mir kommen. Charlotte heulte vor
Glück, fiel auf die Knie vor mir. Ich sagte ihr, sie solle ihn bloß
zu einem Mann erziehen. Ich würde das streng kontrollieren.
Ein zweites Mädchen kann ich weiß Gott nicht gebrauchen.

Ron ließ das Buch sinken. Langsam nahm er eine verblichene
Fotografie heraus, die hinten zwischen den Seiten steckte.
Vorsichtig fuhr er darüber. Er lächelte. Sie hatte versucht, ihn
zu beschützen. Und es hatte geholfen. Sein Vater kam ihn
nicht mehr holen. An seinem fünften Geburtstag, dem Tag, als
er endgültig zu seinem Vater hatte zurückkehren sollen, war
der ganz plötzlich gestorben.

*

Uff.« Benno strich sich über den Bauch. »Das war wirklich gut.«

»Stimmt.« Marlene nickte zufrieden und blickte durch die große Glasscheibe des Imbisses nach draußen. »Und jetzt kämpft sich die Sonne richtig durch die Wolken.«

»Wir haben alles erledigt, was an einem Sonntag getan werden kann. Der Rest muss morgen geplant werden. Wie wär es also mit einem schönen Spaziergang an der frischen Luft?« Benno schaute Marlene erwartungsvoll an.

»Warum nicht. Guck mal, genau gegenüber auf der anderen Straßenseite geht es zum Kaiser-Wilhelm-Denkmal hoch. Aber warst du schon mal bei der Wittekindsburg?«

»An der Stelle fliegen doch die Drachenflieger los, oder? Ja, da war ich schon einmal, ist allerdings ewig her.«

»Dann wirst du dich wundern, dort oben ist viel passiert. Die Burg wird renoviert, und der Kiosk hat wieder auf. Da ist jetzt richtig viel los, auch viele tolle Veranstaltungen. Musiker spielen, und es lesen dort sogar Krimiautoren aus der Region.« Marlene grinste ihn an. »Das wäre doch mal was für uns, oder?« Sie stand auf und griff nach seiner Hand.

Er bereute, dass der Weg zum Auto nur ein paar Meter betrug und er sie so bald wieder loslassen musste.

Marlene steuerte das Fahrzeug die sich windende Straße in Richtung Denkmal hoch, bog jedoch, kurz bevor sie es erreichten, rechts in einen engen Waldweg ein.

»Alles klar«, sagte Benno und klammerte sich an den Haltegriff, während der Wagen über die unbefestigte Piste holperte, »gut, dass das ein Dienstwagen ist ...« Marlene stoppte an einem kleinen Parkplatz und deutete auf den Weg daneben, der weiter steil geradeaus nach oben führte. »Ab hier gehen wir zu Fuß«, meinte sie.

Sie stapften schweigend den schmalen Waldweg hinauf. Bennos Blick fiel auf Marlenes Hand. Trotz des Windes hatte sie die Handschuhe nicht angezogen. Er griff danach. »Marlene?«

Sie blieb stehen und schaute ihn an. Er blickte in ihre Augen, blau wie der Winterhimmel, strahlend und gleichzeitig ein wenig wie Eis. Wenn er das Eis doch nur zum Schmelzen bringen könnte.

»Benno?« Sie neigte ihren Kopf zur Seite. »Ich ... ich weiß nicht ...« Sie hielt inne.

»Wer weiß schon?«, antwortete Benno, legte seine Finger unter ihr Kinn und zog sie zu sich heran. »Phantasie ist wichtiger als Wissen, denn Wissen ist begrenzt.« Er kam mit seinen Lippen dicht an ihr Ohr und flüsterte: »Und meine Phantasie geht mit mir durch, sobald du vor mir stehst.«

Einen Moment lang zögerte sie. »Phantasie ist unser Genius oder Dämon«, flüsterte sie zurück.

»Dann lassen wir doch die Dämonen frei.«

Sie lächelte. »Darin bin ich gut«, sagte sie, während sie ihn an sich zog.

*

W ow.« Benno ließ seinen Blick über die Felder streifen, die sich tief unter ihm erstreckten. Die Aussicht war wirklich unglaublich. Marlene stand neben ihm und reckte ihr Gesicht in die Sonne. Direkt rechts von ihnen befand sich die Rampe für die Drachenflieger. Benno drehte sich um und schaute auf die Burg, die einige Meter von ihnen entfernt erhöht am Waldesrand thronte. »Wenn das Turmzimmer fertig renoviert ist, möchte ich da oben mit dir eine Nacht verbringen«, meinte er. »Im Dunkeln muss es hier der Wahnsinn sein, mitten im Wald, ohne Lichter, nur mit den Sternen um uns.« Marlene öffnete die Augen. »Ja, du hast tatsächlich viel Phantasie«, sagte sie, lächelte jedoch.

»Lass uns noch eine heiße Schokolade am Kiosk trinken.«

Benno nickte. In dem Augenblick klingelte Marlenes Handy. Stirnrunzelnd blickte sie auf das Display. »Die Nummer kenn ich nicht«, murmelte sie. Sie meldete sich und innerhalb von zwei Sekunden veränderte sich ihr Gesichtsausdruck. Benno war sich nicht sicher, ob es Freude, Überraschung oder Entsetzen war, was sich in ihrem Blick spiegelte. Vielleicht alles zusammen. Sie wandte ihm den Rücken zu und ging ein paar Schritte in den Wald hinein. Er konnte nicht hören, was sie sagte. Aber ihr ganzer Körper signalisierte höchste Aufmerksamkeit. Sie war wie eine Raubkatze direkt vor dem Sprung, fast konnte Benno die Spannung spüren, die ihren Körper erfasst hatte. Wer zur Hölle sprach da mit ihr?

Sie redete nur kurz, blieb jedoch, nachdem sie aufgelegt hatte, einige Minuten unter den hochgewachsenen Bäumen im Schatten stehen. Als sie sich umdrehte und auf ihn zuging, war ihr Gesicht ausdruckslos.

»Was ist?« Benno schaute sie fragend an. »Gibt es etwa einen zweiten Toten?« Mit einem mulmigen Gefühl erinnerte er sich an ihren letzten Fall, als zwei Morde Minden erschüttert hatten. Marlene versuchte zwar, es zu verbergen, aber so aufgewühlt hatte er sie bisher nicht erlebt.

Sie räusperte sich. »Das war Florian.«

Benno erstarrte. »Florian?« Seine Stimme klang rau.

»Ja.« Marlene blickte zur Seite und beobachtete einen Spatz, der heruntergefallene Kuchenkrümel aufpickte.

»Du meinst deinen Ex-Freund.« Benno formulierte es nicht als Frage. Es gab nur einen Florian, der Marlene so aus dem Konzept bringen konnte. Verdammt, der sie *immer noch* so aus dem Konzept bringen konnte. Soweit er wusste, hatte sie ihn seit über fünfzehn Jahren nicht mehr gesehen.

»Er ist in Herford.« Unverwandt betrachtete Marlene den Vogel, als sei er das interessanteste Objekt der Welt.

»Aha.« Benno biss sich auf seine Lippen. Sein Gehirn war plötzlich leergefegt.

»Er will mich sehen.« Marlene kickte kleine Steinchen mit dem Fuß die Böschung hinunter.

»Und willst du das auch?« Benno fiel es schwer, die Worte im Mund zu formen. »Seit er dich verlassen hast, hast du ihn doch nicht mehr getroffen, oder?«

Marlene schüttelte den Kopf.

»Wie alt warst du da – achtzehn? Er war viel älter, nicht wahr?«

»Vierundzwanzig.«

»Richtig. Und er hat dir das Herz gebrochen. Wieso willst du ihn jetzt wiedertreffen, nach all der Zeit? Und wieso will er *dich* wiedersehen?« Bennos Stimme war lauter geworden. Er hätte schreien mögen. Warum musste dieses gottverdammte Arschloch genau jetzt auftauchen? Jetzt, wo Marlene gerade begann, sich auf ihn einzulassen. Was wollte er hier? Was wollte er von ihr? Und warum, in aller verfluchter Welt, benahm sich Marlene so merkwürdig? Bennos Gedanken jagten, am liebsten hätte er sie Marlene an den Kopf geschleudert. Er fuhr sich durch das Gesicht.

»Seine Mutter ist ganz überraschend gestorben. Er ist in Herford, um die Beerdigung zu regeln.« Marlene kickte nach wie vor Steinchen zur Seite.

Auch das noch. Benno stöhnte innerlich auf. Ein trauernder, betrübter Mann. Bestimmt brauchte er Trost. Von Marlene.

»Wann trefft ihr euch?« Benno versuchte, die Frage so neutral wie möglich zu stellen. Marlene zuckte mit den Schultern. »Wir telefonieren morgen deswegen, er hat einige Termine, die er wahrnehmen muss.«

Benno nickte. »Okay.« Er wartete darauf, dass Marlene etwas sagte, doch sie schwieg. Schließlich deutete er mit dem Kopf zum Kiosk. »Komm, die heiße Schokolade wird uns aufwärmen.«

Marlene fuhr mit dem Zeigefinger über ihre Lippen. »Ich bin irgendwie total müde. Ich glaube, ich muss mal richtig schlafen. War wirklich ein bisschen viel die letzten Tage.«

Benno atmete tief aus. »Vielleicht hast du Recht«, meinte er langsam. »Acht Stunden durchschlafen wäre mal wieder angebracht.«

Marlene schaute immer noch auf den Vogel, während sie nickte.

»Dann gehen wir wohl am besten zum Auto zurück.« Benno wollte gerade den Weg zur Burg hinaufstapfen, als Marlene ihn endlich anblickte. Er erstarrte. Ihre Augen strahlten. Alles an ihnen leuchtete – ein tiefer, blauer See.

Benno fühlte sich, als würde er darin ertrinken, als würde ihm jegliche Luft genommen. Schnell wandte er sich um und eilte mit großen Schritten auf die Burg zu.

*

Benno schaute auf seine Uhr. Sie war immer noch nicht da. Nervös lächelte er seinen Kollegen zu, die vor ihm saßen, wechselte hier und da ein paar Worte. Wo steckte sie bloß? Sie kam sonst nie zu spät. Nun war es schon neun, jetzt genau sollte die Besprechung beginnen. Das hatte er selbst so angeordnet.

Er atmete tief ein. Hatte Florian sie gestern Abend doch noch angerufen und sogar getroffen? Lag sie vielleicht gerade mit ihm in ihrem Bett, die langen weichen Haare auf seiner Schulter? Sie war nach dem Telefonat vollkommen anders gewesen. Hatte im Auto die ganze Zeit aus dem Fenster gestarrt und sich, als sie bei ihrer Wohnung angekommen waren, nur mit einem flüchtigen Kuss auf die Wange verabschiedet. Benno war wie bedröppelt nach Bielefeld gefahren, hatte sich früh hingelegt und trotzdem keinen Schlaf gefunden.

»Entschuldige, was hast du gesagt?« Benno schaute zu Marcus, der auf seine Uhr tippte.

»Ich habe gefragt, ob wir nicht anfangen wollen?«, wiederholte Marcus.

Benno setzte gerade zu einer Antwort an, als Marlene die Tür aufriss und in den Raum trat. Ihre Haare waren zerzaust, ihr Atem ging schnell, sie lächelte. Benno vermied es, sie anzusehen. Er hatte Angst, in ihren Augen etwas zu erkennen, das er lieber nicht sehen wollte. »Wir waren schon im Begriff, loszulegen«, sagte er stattdessen und blickte demonstrativ auf die Uhr.

»Tut mir leid, viel Verkehr.«

Viel Verkehr, dachte Benno und diese zwei Worte dröhnten in seinem Kopf. »Okay«, rief er laut, »wir sind jetzt vollzählig. Marlene wird zuerst berichten, anschließend hören wir uns an, was ihr bisher herausgefunden habt.« Das Gemurmel verstummte sofort, und alle Blicke richteten sich erwartungsvoll auf Marlene. Die schaltete den Beamer an. »Ich habe gestern Abend zusammengetragen, was Benno und ich an Informationen bekommen haben. Eure würde ich gern hinzufügen, sodass sich dieses Bild hier langsam vervollständigt.« Auf der Wand erschien ein Foto von Ralf Diekmann. Von diesem zweigten Linien ab, an deren Ende Marlene *Familie, Affären, Arbeit* und *Sonstiges* geschrieben hatte. Viele Punkte waren schon unter den einzelnen Kategorien aufgelistet. Während er darauf starrte, beruhigte sich Bennos Herzschlag etwas. Wenn sie das gestern noch gemacht hatte, dann war ein Treffen mit Florian ziemlich unwahrscheinlich. Marlene berichtete ausführlich von ihren Besuchen am gestrigen Sonntag.

»Fassen wir zusammen«, schloss sie. »Diekmann starb in Salzwasser und wurde in die Weser verfrachtet. Er war verbrüht, die Wunde unbehandelt. Sein Auto ist verschwunden. Diese Umstände sprechen dafür, dass er einem Verbrechen zum Opfer fiel. Wichtig ist es, seinen Wagen zu finden. Die Taucher haben einen großen Bereich der Weser abgesucht – nichts.«

»Das heißt«, meldete sich eine Kollegin zu Wort, »dass Diekmann eher nicht mitsamt seines Autos in den Fluss gestoßen wurde.«

Marlene nickte. »Die Wahrscheinlichkeit ist gering.« Sie setzte sich vor ihren Laptop. »Marcus, Andrea, ihr wart in dem Seminar-Hotel.«

»Richtig. Der *Bielefelder Hof* in der Innenstadt direkt gegenüber vom Hauptbahnhof.«

»Was habt ihr dort erfahren?«

»An dem Coaching haben fünfzehn Personen teilgenommen«, führte Andrea aus, »darunter natürlich Diekmann und die drei, die schon auf deiner Liste stehen: Meyer, Kühme, Schlüter. Mit Schlüter war Diekmann befreundet, das bestätigen mehrere Teilnehmer. Sie haben oft zusammengestanden und sich unterhalten, viel gelacht. Aber mit Meyer und Kühme ist Diekmann wohl ebenfalls gut ausgekommen. Er schien überhaupt ein umgänglicher Mensch gewesen zu sein, wenn man seinen Kollegen glauben darf. Wir haben von den elf anderen Bankern, die bei dem Seminar waren, gestern mit sieben gesprochen. Sie waren offenbar aufrichtig betroffen von Diekmanns Tod.«

»Das stimmt«, bekräftigte Marcus. »Sie sagten auch, dass ihnen während der zwei Tage nichts besonders aufgefallen ist, außer vielleicht, dass Diekmann sehr gut gelaunt war.«

»Interessant. Das hat Kühme uns genauso berichtet. Vielleicht war er frisch verliebt?«

»Sollten wir uns dann nicht auf seine Affären konzentrieren?«, warf Becker, ein älterer Kollege, ein.

»Oder auf seine Frau«, kam die Stimme von Milena Oberst. Wie immer wurde sie rot, sobald sie sprach.

»Diese Dinge sprechen eher für einen männlichen Täter.«
Marcus blickte in die Runde. »Wie Hagel uns mitteilte, konnte
Diekmann nicht nach Luft schnappen, als er starb. Das bedeutet,
er ist nicht mehr an die Oberfläche gekommen, weil ihn jemand
untergetaucht hat. Dazu muss man ganz schön stark sein. Ein
Mensch wehrt sich, setzt ungeahnte Kräfte frei, vor allem in To-
desangst. Diekmann war ein großer, sportlicher Mann. Ich glaube nicht, dass eine Frau den mal eben so untertauchen konnte.«

»Vielleicht war er gefesselt«, gab Milena zu bedenken.

»Darauf weist an dem Leichnam allerdings genauso wenig
hin wie auf irgendeine Form der Gewalteinwirkung«, wider-
sprach Marcus.

»Jedenfalls soweit Hagel noch erkennen konnte«, schaltete
Benno sich ein. »Bei dem Zustand der Leiche lässt sich das
nicht mit Sicherheit sagen. In Ordnung, wir müssen den aus-
führlichen Autopsiebericht abwarten. Erst dann wissen wir
auch, ob Diekmann zum Beispiel betäubt wurde.«

»Auf jeden Fall«, knüpfte Andrea an ihre Ausführungen
an, »bestätigen die Hotelangestellten an der Rezeption, was
Eva Meyer euch erzählt hat: Sie und Diekmann verließen das
Hotel als Letzte. Auf dem Parkplatz haben sie sich kurz unterhalten. Diekmann stieg anschließend in sein Auto, Meyer fuhr
einige Minuten später.«

»Das haben sie gesehen, ja?«, hakte Benno nach. Andrea
nickte. »Außerdem gibt es an dem Parkplatz eine Schranke.«
Sie schaute auf einen Notizzettel. »Diekmann passierte diese
um achtzehn Uhr vier, Meyer um achtzehn Uhr fünf.«

Marlene kaute auf ihrer Lippe. »Er ist an der Kreuzung
nach links Richtung Bad Oeynhausen abgebogen. Ab dort ver-
liert sich seine Spur.«

»Hat irgendjemand der Teilnehmer etwas von einer Verbrühung berichtet?«, fragte Becker.

Marcus schüttelte den Kopf. »Zwei von ihnen, Joachim Wessel und Christian Krause, waren am Donnerstagabend kurz mit ihm im Hotelpool schwimmen. Da hatte er die Verletzung definitiv nicht.«

»Apropos schwimmen. Kühme und Schlüter haben beide einen Pool mit Salzwasser.« Milena Oberst hob die Hand. »Ich habe einen Bekannten, der Schwimmbäder baut. Das Geschäft boomt offenbar, allerdings eher mit Süßwasserbecken. Er schätzt, dass es in Minden ungefähr sechzig Pools mit Salzwasser gibt, im Umkreis vielleicht knapp hundert.«

»Gut«, Marlene lächelte Milena zu, »dann finde bitte heraus, ob aus Diekmanns Umfeld noch jemand einen Salzwasserpool besitzt.«

»Doch zuerst müssen wir wissen, wer überhaupt seine Affären waren. Thomas, hast du etwas dazu herausfinden können?« Marlene blickte den Kollegen aus Bad Oeynhausen an.

Rohlfing nickte. »In seinem Lederterminkalender, den er offenbar in seiner Tasche immer bei sich trug, finden sich keine vollständigen Namen, nur erste Buchstaben mit einem Punkt. Er hat allerdings sein Handy, das bisher noch nicht aufgetaucht ist, mit seinem Computer synchronisiert. Wir mussten das Passwort knacken, konnten anschließend aber auf dem PC seine Termine ablesen. Dort standen ein paar mehr Infos, zum Beispiel Vornamen oder Zeiten. Wir haben das ganze Wochenende dran gesessen, seine Mails gelesen und versucht, Verbindungen herzustellen. Jetzt gibt es eine Liste, einige Buchstaben haben wir leider nicht zuordnen können.« Er hielt kurz inne. »Ich kannte ihn ja vom Sport«, fuhr er dann fort. »Ehrlich, ich habe gar nicht mitbekommen, dass er da einiges am Laufen hatte. Trotz allem scheint er mir ziemlich diskret vorgegangen zu sein.«

Marlene nickte ungeduldig. »Also, welche Namen hast du?«

»Diekmann hat seine Mails regelmäßig gelöscht. Aber wir konnten ein paar davon wieder herstellen. Die erste an eine Frau, an der er offensichtlich interessiert war, reicht fünf Jahre zurück. Sonja Hofmann. Die letzte traf drei Wochen vor seinem Verschwinden ein, von einer«, Rohlfing schaute auf seinen Laptop, den er auf den Knien balancierte, »Nele Flechtner. Sie schrieb: OMG, was für eine Nacht! Wann sehen wir uns wieder?«

»OMG?« Milena verzog das Gesicht. »Er stand offensichtlich auf jüngere Frauen.«

Rohlfing zuckte mit den Schultern. »Ich habe es noch nicht geschafft, die Frauen zu überprüfen, das liegt nun an.« Er wandte sich an Marlene. »Du bekommst die ganze Liste, warte kurz.« Es dauerte nur wenige Sekunden, bis Marlene die Mail empfangen und sie unter *Affären* eingefügt hatte.

»Die Aufstellung ist zeitlich sortiert, enthält alles, was wir aus den letzten fünf Jahren gefunden haben«, sagte Rohlfing. »Davor war er entweder treu, oder es gibt keine Belege mehr für seine außerehelichen Abenteuer. Wäre wirklich gut, wenn wir auch sein Handy hätten. Wir haben allerdings die Verbindungsnachweise angefordert, die werden bestimmt weiterhelfen.«

»Das sind ja fünfzehn Frauen«, rief Milena.

»Nicht schlecht, was?« Marcus grinste. »Wenn du das aber auf fünf Jahre aufteilst, ist es auch wieder nicht so viel.«

»Immerhin durchschnittlich drei pro Jahr. Das haben manche in ihrem ganzen Leben«, murmelte Junis.

Marcus haute ihm auf die Schulter. »Sprichst du hier aus Erfahrung, alter Junge?«

»Genug jetzt!« Marlenes Stimme klang scharf. »Junis und Milena, ihr nehmt euch die Frauen vor, von denen wir Vor- und Nachnamen haben. Benno und ich fahren heute noch ein zweites Mal zu Frau Diekmann und zeigen ihr die Liste.«

»Lass die mal nicht in Ohnmacht fallen.« Marcus zog die Augenbrauen hoch. »Selbst wenn sie wusste, dass ihr Mann in fremden Betten umherhüpfte – diese Zahl wird sie vermutlich schocken. Und das sind ja nur die Affären, von denen wir eine Spur gefunden haben.«

Benno zeigte auf die Liste. »Nele Flechtner, offensichtlich seine letzte Eroberung, müssen wir ebenfalls dringend sprechen. Wenn sie es war, in die er verliebt war ...« Er ließ das Ende des Satzes unausgesprochen.

Marlene klatschte in die Hände. »Es gibt viel zu tun. An die Arbeit also!«

»Sobald jemand auf was Wichtiges stößt, sofort im Intranet an alle Kollegen weiterleiten«, ergänzte Benno. »Morgen früh treffen wir uns wieder hier.«

Während die Beamten laut diskutierend den Raum verließen, wandte sich Marlene Benno zu. »Frau Diekmann wartet«, sagte sie. »Rohlfings Aufstellung muss unbedingt vervollständigt werden. Kommst du?«

»Klar.« Benno stand auf.

Marlene schaute ihn stirnrunzelnd an. »Alles in Ordnung mit dir?«

»Ja doch!« Benno nickte. »Alles in Ordnung, dann mal los.« Er stieß die Tür auf und trat in den dunklen Flur.

Marlene drückte auf das Gaspedal. Der Wagen schoss über die A2. »'ne Menge Arbeit, deine Grafik zu Diekmann«, durchbrach Benno schließlich die Stille. »Hast du gestern noch lange daran gesessen?«

»Yep.« Marlene nickte. »Ich habe versucht, meine Gedanken zu sortieren und die Fakten zu gliedern. Das ist doch wirklich ein verdammt merkwürdiger Fall. So viele Dinge passen nicht zusammen. Nimm Diekmann selbst. Er wird als nett und umgänglich beschrieben, hat eine tolle Familie, treibt sich allerdings mit anderen Frauen herum. Dann ertrinkt er. Ich kann seine Persönlichkeit einfach nicht erfassen. Was war das für ein Mensch? Diese Frage hat mich die halbe Nacht beschäftigt.«

»Wolltest du nicht schlafen?« Benno schaute sie an. Marlene zuckte mit den Schultern. »Ich habe es probiert. Aber du kennst mich ja.«

»Ja.« Benno lächelte kurz. »Ja, ich kenne dich.«

»Siehst *du* ihn denn?« Marlene blickte fragend zu Benno hinüber.

»Wen?« Für einen Augenblick war Benno irritiert.

»Na, den Menschen Diekmann. Was war ihm das Wichtigste? Wo sollen wir ansetzen?« Marlene trommelte auf das Lenkrad.

»Hm.« Benno zog die Stirn kraus. »Marcus hält es für unwahrscheinlich, dass eine Frau etwas damit zu tun hat. Ich glaube das ehrlich gesagt auch. Trotzdem sollten wir nichts ausschließen. Da wären also seine Affären. Aus enttäuschter

Liebe ist man zu vielem fähig.« Er hielt inne. »Kämen somit entweder seine Ehefrau oder eine verprellte Liebhaberin in Frage«, sagte er dann.

»Wir müssen heute gut auf Kirsten Diekmann achten. Weiß sie mehr, als sie zugibt? Kennt sie einige der Liebschaften?«

»Oder es war einer der betrogenen Ehemänner, rasende Eifersucht«, fuhr Benno fort. »Ebenfalls ein starkes Motiv.«

Marlene nickte nachdenklich. »Nehmen wir mal an, es war so. Rache oder verschmähte Liebe. Warum so ein Aufwand? Verbrühungen. Ertränken. In die Weser schmeißen. Würdest du so ein Aufheben machen? Warum nicht ein Messerstich ins Herz, eine Kugel in den Kopf?«

Benno grinste kurz. »Das hast du aber schön gesagt.« Dann wurde er wieder ernst. »Uns fehlen einfach ein paar Puzzlestückchen. Denn was du ansprichst, trifft ja auch auf seine Arbeitskollegen zu. Unzufriedenheit, Neid, Missgunst ... Egal was der Beweggrund nun ist, eine Kugel würde genügen.«

»Eben!« Marlene richtete sich auf ihrem Fahrersitz auf. »Letzten Sommer. Die beiden Morde, da war es doch genauso. Die Art, wie sie umgekommen sind, hat uns letztlich zum Täter geführt. Benno, ich denke, auch hier müssen wir so vorgehen. Umdenken. Vorrangig ist erst einmal nicht die Frage: Wer war der Täter? Sondern: Warum ist Diekmann so gestorben?«

»Gut.« Benno beugte sich ein wenig vor. »Das ergibt Sinn. Also, er starb im Wasser. Keine Zeit mehr, Luft zu holen. Untergetaucht.«

»Untergetaucht.« Marlene wiederholte das Wort langsam. »Könnte es symbolisch gemeint sein? Ist Diekmann irgendwann untergetaucht? Hat sich vielleicht einer Verantwortung nicht gestellt?«

Benno runzelte die Stirn. »Hm. Ehrlich, das hört sich sehr weit hergeholt an. Aber wir sollten sein Leben auf jeden Fall genauer unter die Lupe nehmen. Bisher sehen wir nichts, was mit Wasser zu tun hat. Kein großer Schwimmer, kein Taucher. Es gibt allerdings bestimmt eine Menge, was wir noch nicht wissen. Was noch unter der Oberfläche verborgen liegt.«

»Da kommt wieder seine Frau ins Spiel. Wenn möglich, sollten wir heute auch mit seiner Tochter sprechen. Die ist doch schon siebzehn. Ich denke, wir können von den Frauen einiges darüber erfahren.«

Marlenes Telefon klingelte, sie schaltete auf den Freisprecher. »Ich bin's, Thomas«, meldete sich Rohlfing. »Wir haben die Verbindungsliste für Diekmanns Handy bekommen. Seinen letzten Anruf machte er am Freitagabend um achtzehn Uhr acht. Und ratet mal, wen er angerufen hat?«

»Keine Ahnung, mach es nicht so spannend«, erwiderte Marlene ungeduldig.

»Angelika Schlüter.« Rohlfings Stimme klang ein wenig triumphierend. »Das Gespräch hat nur eine knappe Minute gedauert. Danach war sein Handy weiterhin angeschaltet. Die letzte Standortverbindung haben wir aus Herford. Nach neunzehn Uhr war seine Leitung tot.«

»Herford. Was hat er denn da gemacht?« Marlenes Finger trommelten wieder.

»Gute Frage. Wir haben angefangen, herauszubekommen, zu wem die unbekannten Nummern gehören. Offiziell werden die Telefondaten zehn Wochen gespeichert. Aber wir wissen ja, dass einige Telefonanbieter die Daten viel länger aufbewahren. Aber nicht mehr als ein Jahr«, fuhr Rohlfing fort. »Ein paar der Namen stimmen jedenfalls mit Frauen auf der Liste überein, die ich dir geschickt habe.«

»Perfekt«, sagte Benno, »mail bitte die neuen Erkenntnisse an alle. Die Kollegen können dann die Damen näher unter die Lupe nehmen. Und wir schauen jetzt mal, was Frau Diekmann uns zu sagen hat.«

Nachdem sie aufgelegt hatten, stöhnte Marlene auf. Inzwischen standen sie auf der Mindener Straße, wie üblich eingequetscht zwischen mehreren Lastwagen. Rechts von ihnen lag der Werrepark. Sie nickte zur Rückbank. »Da hinten liegt mein Tablet. Ruf doch mal Thomas' Liste ab, die können wir Frau Diekmann gleich zeigen.«

»Ganz schön brutal, falls sie nichts damit zu tun hat«, warf Benno ein.

»Wenn sie unschuldig ist, hat sie aber ein großes Interesse, dass wir den Täter fassen. Dazu muss man manchmal der Wahrheit ins Gesicht sehen.«

Marlene hupte genervt, als sich ein Auto in die winzige Lücke vor ihr schob. Benno starrte unterdessen nachdenklich auf den Bildschirm. »Einige der Eintragungen in seinem Kalender im Oktober und November sind nur ein A mit Punkt.«

»Alles klar«. Marlene hupte wieder. »Sobald wir endlich da sind und mit Frau Diekmann gesprochen haben, sollten wir wohl den Schlüters noch einmal einen Besuch abstatten. Ich bin gespannt, was Angelika Schlüter zu dem letzten Anruf mit Diekmann zu sagen hat.«

»Oh ja.« Benno lächelte in sich hinein. »Und auf Schlüters Gesicht, wenn wir ihn damit konfrontieren, freue ich mich auch schon.«

Marlene schaute ihn stirnrunzelnd an. »Du kleiner, fieser Kerl.«

»Oh«, sagte Benno, »Nur bei Männern, die ich nicht ausstehen kann. Nur bei denen.«

*

Ausdruckslos blickte Kirsten Diekmannn auf die Liste. Nur ihr Augenlid zuckte. »Ich wusste nicht, dass es so viele waren«, meinte sie schließlich und wandte sich Marlene und Benno zu. Sie reichte Benno das Tablet zurück.

»Kommen Ihnen Namen bekannt vor?«, fragte der und schaute abwechselnd von der Liste auf das Gesicht der Frau.

Kirsten Diekmanns Blick wanderte zum Fenster, sie starrte in die Ferne, während sie sprach: »Dort steht ein A, das Angelika zugeordnet wurde. Oh Gott, sie war die Letzte, die mit ihm telefoniert hat?« Sie stockte, drehte sich zurück und fixierte Marlene. »Heißt das hier ... heißt das, Ralf und sie hatten eine Affäre?«

»Das wissen wir noch nicht.« Marlene lächelte ihr zu. »Die Anfangsbuchstaben haben wir in seinem Lederkalender gefunden. Das bedeutet nicht unbedingt, dass Ihr Mann mit jeder dieser Frauen eine Beziehung hatte.«

»Aha.« Kirsten Diekmann nahm Benno das Tablet wieder ab. Dabei zitterten ihre Hände leicht. Sie blickte erneut auf den Bildschirm. »Nele Flechtner und Mara Gieseking«, sagte sie schließlich. »Ich bin mir ziemlich sicher, dass sie ebenfalls in der Bank arbeiten.«

»Kolleginnen also.« Marlene nickte aufmunternd. »Deshalb stand er vielleicht mit ihnen in Mailkontakt.«

»So lange«, flüsterte Kirsten Diekmann plötzlich. Benno schaute sie fragend an. »Vier Monate. Mit Mara. Das scheint das Längste gewesen zu sein …« Sie hielt inne. »Einen ganzen Sommer lang …« Ihre Stimme verstummte.

»Wir würden uns gern erst einmal auf das letzte Jahr konzentrieren. Kennen Sie außer Frau Schlüter und den beiden Bankmitarbeiterinnen eine der anderen Frauen, deren Namen wir schon ermitteln konnten?«

Kirsten Diekmann schüttelte den Kopf. »Nein. Von denen habe ich noch nie gehört.« Sie legte das Tablet mit einem Ruck auf den Tisch und erhob sich. Unruhig lief sie im Zimmer umher. Dann blieb sie mit verschränkten Armen am Fenster stehen.

»Er hatte nichts mit Angelika«, sagte sie. »Das glaube ich einfach nicht. Sie ist nicht sein Typ. Wir … wir«, sie räusperte sich.

»Ja?«, hakte Marlene vorsichtig nach.

»Wir haben uns manchmal über sie lustig gemacht.« Frau Diekmann sprach nun schneller. »Sie und Holger – die sind so fitnessbesessen. Andauernd in die Muckibude und anschließend auf die Sonnenbank. Ralf und ich mussten oft darüber lachen.« Ihr Blick schweifte aus dem Fenster in die Ferne. Als die Wohnzimmertür sich öffnete, fuhr sie herum.

»Mama, ich habe …« begann das Mädchen, das dort stand, stockte aber, als sie Marlene und Benno erblickte.

»Karo, das sind Frau Borchert und Herr Erdmann von der Kriminalpolizei.«

»Oh.« Die Augen des Mädchens glitten rasch über die beiden. »Dann will ich nicht stören, ich hatte Sie gar nicht gehört.« Sie wollte die Tür schon wieder schließen, als Benno sagte: »Nein, bitte bleiben Sie doch einen Augenblick.«

Karolin zögerte, trat dann jedoch langsam in den Raum. Abwartend blieb sie neben ihrer Mutter stehen. Marlene lächelte ihr freundlich zu. »Es tut uns sehr leid, was Ihrem Vater passiert ist«, fing sie an. »Ist Ihnen in letzter Zeit irgendetwas aufgefallen? Hat sich Ihr Vater anders als sonst verhalten?«

Karolins Blick schoss zu ihrer Mutter hinüber. Sie zuckte mit den Schultern. »Ich weiß nicht«, meinte sie.

»Sie wissen was nicht?« Marlenes Stimme klang noch immer mitfühlend, doch ihr Tonfall verlangte eine klare Antwort.

»Na ja, er war wirklich ein bisschen verändert.« Erneut blickte das Mädchen zu ihrer Mutter.

»Frau Diekmann, wäre es möglich, ein Glas Wasser zu bekommen?«, fragte Benno. Für eine Sekunde runzelte die Frau die Stirn. Schließlich nickte sie. »Natürlich«, sagte sie und ging zur Wohnzimmertür hinüber. Dort drehte sie sich kurz um, verließ dann aber den Raum.

Karolin schaute ihr unschlüssig hinterher. Marlene trat näher an das Mädchen heran. »Karolin, alles kann uns helfen. Vielleicht erscheinen Ihnen manche Dinge nicht so wichtig, doch jede Kleinigkeit ist vielleicht von Bedeutung. Also, was war mit Ihrem Vater?«

»Na ja ...«, Karolin knetete ihre Finger. »Er war glücklich, glaube ich.«

»Okay.« Marlene nickte. »Das war er sonst nicht?«

»Nicht so.« Karolin blickte auf die Tür. »Besonders glücklich«, stieß sie schnell hervor. »Er hat im Bad gepfiffen, einmal sogar unter der Dusche gesungen. Mann, das hörte sich schrecklich an.« Sie lächelte kurz. »Mama hat Ihnen erzählt, dass er Affären hatte«, fuhr sie fort. »Aber es muss etwas passiert sein. Ich denke, er war verliebt.«

In dem Augenblick kam Kirsten Diekmann zurück ins Wohnzimmer. Falls sie den letzten Satz ihrer Tochter gehört hatte, so ließ sie sich nichts anmerken. Sie reichte Benno ein Glas Wasser. »Sind wir dann fertig?«, fragte sie reserviert.

»Natürlich. Vielen Dank für Ihre Zeit.« Marlene ging zur Tür. Im Türrahmen drehte sie sich um. »Nur das noch schnell: War Ihr Mann ein guter Schwimmer? Hat er mal getaucht? Waren Sie oft am Meer?«

Kirsten Diekmann schüttelte den Kopf. »Was heißt oft?«, sagte sie. »Wir haben einige Ferien am Meer verbracht, Urlaub halt. Aber ich würde nicht sagen, dass Ralf ein besonders passionierter Schwimmer war. Tauchen konnte er gar nicht, das steht fest.«

»Warum wollen Sie das denn wissen?«, mischte Karolin sich ein.

»Er ist ja ertrunken, deshalb.« Marlene lächelte den beiden Frauen noch einmal freundlich zu und verabschiedete sich schnell.

Vor der Haustür blickte sie auf ihr Handy. »Ich habe vorhin Schlüters Adresse eingegeben. Sie wohnen direkt um die Ecke, da können wir laufen. Angelika Schlüter scheint ja nicht zu arbeiten, ich hoffe, wir treffen sie zu Hause an.«

Während Marlene den Weg wies, meinte Benno grübelnd: »Nun fangen einige Dinge an, sich zu häufen. Mehrere Personen behaupten, dass Diekmann verliebt wirkte. Wollte er seine Frau verlassen? Wollte eine andere Frau ihre Familie für ihn verlassen? Egal, was es war: Es waren Emotionen im Spiel.

Hier sehe ich den Ansatzpunkt, Marlene. Vielleicht hat eine Kugel nicht gereicht. Vielleicht sollte er leiden.«

Marlene nickte nachdenklich. »Alles schön und gut«, erwiderte sie. »Unser Beruf hat uns gelehrt, dass Leidenschaft und Hass furchtbare Antriebsmotoren für noch furchtbarere Taten sein können. Trotzdem. Nehmen wir mal an, du bist total eifersüchtig. Rasend.«

Benno biss sich auf die Lippe und schaute schnell auf den Boden. Marlene sprach bereits weiter. »Du bist so wütend auf mich, dass du mich umbringen könntest. Wäre dann das Erste, das dir in den Sinn käme, mich zu ertränken?«

Benno atmete tief aus. »Ich verstehe, worauf du hinauswillst. Nein, wäre es nicht. Mir käme alles Mögliche in den Sinn, aber das wohl nicht.«

»Eben!« Marlene war stehengeblieben. »Das ist es doch, Benno. Ertränken käme ganz hinten irgendwo, vielleicht sogar an letzter Stelle. Es sei denn, es gibt einen Grund. Wir brauchen die Verbindung: Diekmann und Wasser oder Täter und Wasser. Oder besser – beide und Wasser.« Sie deutete nach vorne. »Schau mal, wir sind schon fast da. Vielleicht zeigen uns die Schlüters ja mal ihren Pool.«

*

Er saß zusammengekauert auf dem Stuhl, das Gesicht in den Händen vergraben. Manchmal wünschte er sich, es würde für immer so schwarz bleiben, ein tiefes, endloses Schwarz, in das er sich fallen lassen konnte. »Nun sitz doch nicht so herum!« Die Stimme seiner Frau riss ihn aus seinen Gedanken. »Du lässt dich aber auch wirklich gehen«, fuhr sie ihn an. »Wann hast du das letzte Mal Sport gemacht?« Als er nicht antwortete, musterte sie ihn kritisch. »Gott, du siehst aus wie der Tod.«

»Ich schlafe seit einiger Zeit nicht gut«, erwiderte er. Warum ging sie nicht einfach und ließ ihn in Frieden.

»Du solltest dich mal untersuchen lassen. Irgendetwas stimmt nicht mit dir, das sieht ein Blinder mit dem Krückstock.«

Da hast du Recht, dachte er. Mühsam erhob er sich. »Schon gut, mir fehlt nichts.« Er rang sich ein Lächeln ab. »Ich werde eine Runde joggen. Das bringt meine Geister bestimmt in Schwung.«

Als er sich von ihr wegdrehte, wurde sein Gesicht erneut zu einer ausdruckslosen Maske. Er brauchte seine Geister nicht in Schwung bringen – er brauchte einen Weg, ihnen zu entkommen. Doch die Geister, die er gerufen hatte, wurde er nicht wieder los.

Draußen sog er die Luft tief in seine Lungen. Atmen ist leicht, dachte er. Ich atme, und es gibt genügend Luft.

Während er schwerfällig die Straße hinunterlief, versuchte er, alle anderen Gedanken zu verdrängen. Es-gibt-ge-nü-gend-Luft, wiederholte er immer wieder. Aber als seine Schritte über den Boden hämmerten, wurde der Satz stetig kürzer. Schließlich hallte nur noch ein Wort durch seinen Kopf: Luft ... Luft ... Luft.

Schwer atmend blieb er vor einer Eiche stehen und lehnte seine Stirn an den kühlen Stamm. Als seine Fäuste den Baum trafen, zuckte er zusammen. Der nächste Schlag war härter.

Die Haut an seinen Knöcheln riss auf. Er achtete nicht darauf. Während der Stamm sich unter seinen Händen langsam rot färbte, spürte er nur eins: Sein Kopf war endlich leer.

*

J a, sie hatte Recht. Während Marlene sich an Kirsten Diekmanns Worte erinnerte, musterte sie die Frau, die ihnen die Tür geöffnet hatte. Schlank und muskulös, eine gute Figur. Sie hatte einen noch dunkleren Teint als ihr Mann, wasserstoffblonde Haare, stark geschminkt. War sie wie ihr Mann um die vierzig? Sie sah eindeutig älter aus, durch ihr Gesicht zogen sich viele kleine Falten.

Marlene lächelte, während Benno sie vorstellte. »Kommen Sie rein.« Angelika Schlüter winkte sie ins Wohnzimmer. Sie deutete auf das Sofa. Sie selbst ging zur Terrassentür, öffnete sie und zog eine Packung Zigaretten hervor. »Holger mag es nicht, wenn ich rauche«, sagte sie und steckte sich genüsslich die Zigarette an. Sie inhalierte tief.

»Wo ist Ihr Mann überhaupt?«, fragte Benno.

»Joggen. Dabei kommt er immer zur Ruhe. Er ist heute nicht zur Bank. Der Tod von Ralf hat ihn ganz schön mitgenommen.« Sie stieß den Rauch durch die Tür nach draußen. »Ich bin mit meinem Sportprogramm für heute schon fertig.«

»Apropos Sport«, griff Marlene ihren Satz auf, »Ihr Mann meinte, sie schwämmen gern.«

»Richtig. Jeden Tag mindestens ein Mal, genauso wie er. Im Winter muss man sich allerdings ein bisschen überwinden, obwohl der Pool überdacht ist.« Sie zog die Stirn kraus. »Aber Sie wollen sich doch nicht mit mir über Sport unterhalten, oder?«

»Nein. Sie waren das letzte Mal nicht hier. Wie standen Sie denn zu Ralf Diekmann?«

Sie zog an der Zigarette. Während sie redete, paffte sie den Rauch in kleinen Stößen an die Luft. »Ich kann das gar nicht glauben. Echt eine merkwürdige Sache, dass er tot ist.«

»Merkwürdig inwiefern?«, hakte Benno nach.

»Ja, wer sollte ihm was antun wollen?« Sie schwieg. Benno und Marlene schauten ebenfalls aus dem Fenster. Eine Zeit lang sprach niemand. »Er war wirklich ein netter Kerl«, hob Angelika Schlüter erneut an. Ihr Kopf fuhr herum, als sie die Tür zuschlagen hörte. Eilig schnippte sie den Filter in den Garten und schloss die Terrassentür.

»Bin wieder da«, ertönte Schlüters Stimme. »Ich springe schnell unter die Dusche.«

»Warte, Schatz.« Sie lief zur Wohnzimmertür. »Wir haben Besuch.«

»Oh.« Schlüter sah verschwitzt aus. Er nickte Marlene und Benno zu. »Heute lieber keinen Handshake«, sagte er, »meine Handschuhe sind schweißgetränkt.« Er hob seine Hände mit den dünnen Laufhandschuhen hoch und öffnete seine Jacke ein wenig.

Na, wirklich betroffen sieht der nicht gerade aus, dachte Marlene.

»Worum geht es denn?«, wollte Schlüter wissen. »Haben Sie etwas Neues herausgefunden?«

»In der Tat.« Benno beobachtete genau Angelika Schlüters Gesicht. »Wir haben die Verbindungsdaten von Diekmanns Handys bekommen.«

»Und?«, fragte Schlüter. Seine Frau schaute ihn ebenfalls interessiert an.

»Nun«, sagte Benno zu Angelika Schlüter, »Sie waren die Letzte, die mit ihm gesprochen hat.« Schlüters Kopf schnellte herum. Er starrte seine Frau an. In deren Augen spiegelte sich Überraschung.

»Das ist nicht möglich!«, rief sie.

»Was meinst du?«, fuhr ihr Mann sie an. »Kannst du dich etwa nicht daran erinnern?«

Sie blickte grübelnd aus dem Fenster. »Ich verstehe nicht ...«, murmelte sie. Dann veränderte sich ihr Gesichtsausdruck und sie sagte langsam. »Doch, da war was. Er hat sich bei mir an dem Tag gemeldet, als euer Seminar zu Ende war. Ich war gerade mit Duschen fertig.«

Holger schlug sich gegen die Stirn. »Und das fällt dir jetzt erst ein?«

»Entschuldige bitte!« Ihre Stimme klang schnippisch. »Er hat häufiger mit mir gesprochen, wenn er dich nicht erreicht hat. Das war nun echt nichts Besonderes.«

»Ja, hat er denn gesagt, worum es ging?«

Sie schüttelte den Kopf. »Ich habe aber auch nicht nachgefragt. Ich stand tropfend im Badezimmer und sagte ihm, ich würde ihn gleich zurückrufen. Das war's.«

»Das war's?« Holger war erbost. »Das ist so typisch für dich. Ralf stirbt, du bist die Letzte, die ihn am Telefon hat und erinnerst dich an nichts.«

»Haben Sie ihn zurückgerufen?«, fragte Marlene.

Angelika Schlüter wich ihrem Blick aus. »Na ja, Susanne, meine Freundin hat direkt nach Ralf angerufen. Sie hat einen neuen Freund, wollte mir das alles haarklein berichten. Ich habe mich ein wenig mit ihr unterhalten. Als ich danach bei Ralf durchklingelte, war sein Handy aus.«

»Kann es sein«, sagte Marlene, »dass das ungefähr eine Dreiviertelstunde später war?«

»Nun ja ... vielleicht.«

Holger Schlüter ließ sich auf einen Sessel fallen. »Unglaublich!«, stöhnte er.

»Woher sollte ich denn wissen, dass es sein letztes Telefonat war?« Ihre Stimme klang verlegen. »Ich dachte, er will uns wieder mal zum Essen einladen oder hat verbaselt, dir was zu sagen oder was weiß ich. Unwichtiger Kram halt.«

»Ja, klar. Da war deine Susanne natürlich viel wichtiger!« Schlüter sprang auf und lief im Raum umher.

»Wie gesagt«, wandte sie sich an Marlene, »ich habe es einfach vergessen. Ich denke nicht, dass es für den Fall eine Rolle spielt.«

Marlene lächelte knapp. »Diese Entscheidung überlassen Sie lieber uns. Wann haben Sie Ralf Diekmann davor das letzte Mal gesprochen beziehungsweise gesehen?«

Angelika Schlüter schob ihre Hände in die Taschen der Jogginghose. »Keine Ahnung«, sagte sie.

»In Gottes Namen, ist dein Gehirn ein Sieb?« Schlüter ging erbost zu seiner Frau hinüber.

»Wieso ist das denn wichtig?« Sie schaute Marlene fragend an.

Holger Schlüter fuhr sich durch die Haare. »Richtig, wieso ist das überhaupt wichtig?«, wiederholte er.

»In so einem Fall ist alles von Bedeutung. Wir setzen ein Bild zusammen, und je mehr Stücke wir bekommen, umso besser.«

»Da müssen Sie aber nicht bei uns suchen«, brauste Schlüter auf. »Wir waren seine Freunde, Herrgott. Kümmern Sie sich doch eher mal um Mara.«

»Mara? Mara Gieseking?«, schaltete sich Benno an.

»Ja, genau die. Arbeitet bei uns in der Bank. Sie war total verschossen in Ralf. Bin mir nicht sicher, ob ihr Mann das so toll fand.«

»Aha«, sagte Benno. Er stand auf und ging ebenfalls zu dem Ehepaar hinüber. Dicht vor Holger Schlüter blieb er stehen. »Und warum rücken Sie damit erst jetzt heraus?«

»Das ist nur eine Vermutung. Ich will hier niemanden zu Unrecht verdächtigen. Doch wenn Sie schon so groß austeilen, dann nehmen Sie sich besser die vor, die wirklich was auf dem Kerbholz haben.«

»Aber Mara Gieseking ist verheiratet«, warf Marlene ein.

»Ja, und ihr Mann hat das mit der Affäre herausgefunden. Kam wie von der Tarantel gestochen in Ralfs Büro geschossen. Obwohl der die Tür sofort geschlossen hat, konnte ich alles hören – ich habe das Büro direkt daneben. Ralf war hinterher ziemlich fertig, der Gute. Hat mir gesagt, dass er die Sache mit Mara noch am selben Tag beenden würde.«

»Und?«

»Nichts und. Er hat es gemacht, soweit ich weiß. Aber ich bekomme ja auch nicht alles mit. Vielleicht ist die alte Liebe neu entflammt. Das sollten sie mit Mara und ihrem Mann klären.«

Marlene erhob sich ebenfalls. »Dann danken wir Ihnen für dieses aufschlussreiche Gespräch.« Sie drehte sich in der Tür noch einmal um. »Und falls Ihnen weitere Dinge einfallen, die Sie irgendwie vergessen hatten – sie haben ja unsere Nummer.«

Die Schlüters sind eindeutig mit allen Wassern gewaschen. Da sollten wir am Ball bleiben, rauskriegen, was sie verbergen. – Apropos Wasser.« Marlene saß hinter dem Lenkrad, aber sie startete den Wagen nicht. »Benno, lass uns an die Kollegen eine Nachricht rausschicken. Wir brauchen die Verbindung zum Wasser. Vorrangig. Das hatten wir zwar schon angesprochen, es scheint mir allerdings wichtiger denn je. Darum sollten sich alle mit oberster Priorität kümmern, was meinst du?«

»Okay.« Benno holte das Tablet aus der Tasche und reichte es Marlene. »Schreib du das Memo. Du bist viel schneller«, sagte er.

Marlene stellte den Autositz zurück und tippte. Schließlich sah sie auf. »So, erledigt. Jetzt wäre ich dafür, der Bank einen Besuch abzustatten. Da können wir uns Mara Gieseking und Nele Flechtner vorknöpfen. Eva Meyer wird bestimmt ebenfalls dort sein.«

»Ja, dann kann ich sie gleich mal nach meiner Geldanlage fragen.«

Sie schüttelte den Kopf. »Arbeit und Privates sollte man nicht mischen.«

»Ich dachte, das hätten wir schon, Arbeit und Privates gemischt.« Er schaute sie an.

Marlene erwiderte seinen Blick nicht und startete den Wagen. »Eben. Und ich bin mir nicht sicher, ob das gut ist.«

Bevor er darauf antwortete, atmete er tief aus. »Seit wann hältst du dich überhaupt an so bescheuerte Regeln? Arbeit und Privates soll man nicht mischen«, äffte er sie nach. »Das ist genauso beknackt wie: Wer A sagt, muss auch B sagen. Mann, Marlene, das Leben macht doch erst richtig Spaß, wenn man sich durch solche Gedanken nicht einengen lässt.« Er blickte aus dem Fenster. »Der Kopf ist rund, damit das Denken die Richtung ändern kann. Genau darum geht es doch.«

Marlene schwieg. Dann prustete sie plötzlich los.

Benno runzelte die Stirn. »Hatte ich eigentlich nicht als Witz gemeint«, sagte er, musste aber ebenfalls grinsen.

»Tut mir leid.« Marlene lachte noch immer. Sie knuffte Benno in die Seite. »Ist ja gut, Herr Philosoph«, sagte sie, »Botschaft angekommen.«

Benno wollte gerade etwas erwidern, als das Telefon klingelte.

Marlene zuckte kurz zusammen und starrte auf die Rufnummernanzeige. Dann nahm sie an.

»Hagel hier«, dröhnte der Rechtsmediziner durch die Freisprecheinrichtung. »Kleines Update: Diekmann hatte keine Betäubungsmittel, Drogen oder Ähnliches im Blut. Wobei ich festhalten muss, dass einige Mittel auch nach drei Wochen nicht mehr nachweisbar sind. Er lag höchstens neun Tage im Wasser und er starb in keinem natürlichen Gewässer, also nicht im Meer. Es muss künstlich angelegtes Salzwasser gewesen sein. Ich weiß, das haben wir schon vermutet, aber Vermuten ist nicht Wissen. Keine Anzeichen sexueller Gewalt, keine Kampfspuren. Die Verbrühung muss durch einen heißen, zielgerichteten Dampfstrahl erfolgt sein. Das war's, ich hoffe, es hilft Ihnen weiter.«

»Danke.« Marlene legte auf und schnalzte mit der Zunge. »Diese Verbrühung, was soll das bloß?«, grübelte sie. »Ich kenn so einen heißen Strahl nur von einem Hochdruckreiniger.«

»Ein Hochdruckreiniger«, wiederholte Benno langsam. Beide schwiegen eine Weile. »Ich habe keine Idee, wie das zusammenpasst«, sagte Benno schließlich. »Irgendwie treten wir auf der Stelle. Hoffentlich erfahren wir etwas Brauchbares in der Bank.«

»Aber erst lass uns was essen, ich komme um vor Hunger!« Marlene klopfte sich auf den Bauch. »Das Mittagessen ist längst überfällig.«

»Weihnachtsmarkt?«, fragte Benno.

»Super.« Marlene nickte zufrieden. »Hast du schon mal Langosch probiert? Dieses heiße, fettige Fladenbrot mit viel Schafskäse darauf? Ein Traum.«

»Hört sich perfekt an.« Benno lächelte. Irgendwann musste er mit Marlene einmal abends einen Glühwein trinken gehen. Wenn sie den Fall gelöst hatten. Spätestens dann.

*

Ron schlenderte durch die Mindener Innenstadt. Überall waren kleine Buden aufgebaut. »Weihnachtsmarkt« nannte man das, hatte er erfahren. So etwas gab es in Australien nicht. Da rannten die Nikoläuse in Shorts durch die Straßen, und die Leute trafen Vorbereitungen für das nächste Picknick.

Als er mit einem dampfenden Glühwein in der Hand auf die Menschen blickte, fing er fast ein wenig an, sich mit dem deutschen Winter anzufreunden. Nett sah es hier aus. Große

Sterne waren zwischen den Häusern angebracht und leuchteten, obwohl es noch mitten am Tag war. Doch eine düstere Wolkendecke hatte den Himmel verhangen.

Das Kaufhaus vor ihm hatte einen Adventskalender auf die Fassade gemalt, und ein Trompeter blies aus einem der Fenster ein Weihnachtslied in die Luft. Dazu rieselte in Ermangelung des echten Schnees künstlicher auf die Leute hinab. Den Mindenern kam dieses Wetter bestimmt warm vor, es waren um die zehn Grad. Er ließ seinen Blick zu dem imposanten alten Rathaus schweifen. Inzwischen kannte er sich in dem Gebäude sehr gut aus. Aber weitergebracht hatte ihn das bisher nicht.

Vorsichtig zog er das Foto aus seinem Mantel, legte es behutsam vor sich auf den Holztisch, der vor der Glühweinbude stand, und betrachtete es. Dann schaute er sich um. Sollte die Weihnachtszeit nicht eigentlich besinnlich sein? Ihm kam der Gesichtsausdruck der meisten Menschen eher gehetzt und abgearbeitet vor. Vielleicht waren sie aber auch nur von der grausamen Dudelmusik aus dem Karussell genervt, die mit dem Trompeter um die Wette dröhnte. Zwei junge Frauen am Stehtisch direkt neben ihm kicherten, sie waren beide mit ihren Handys beschäftigt. Dann lachten sie so laut auf, dass er zu ihnen blickte. Was war so lustig? Er verfolgte ihr angeregtes Gespräch mehr nebenbei, horchte jedoch plötzlich auf. Interessant! Um sie besser zu verstehen, beugte er sich vor. Wäre das eine Idee? Ja, das könnte gehen. Hm. Warum war er darauf nicht schon eher gekommen?

Einen Versuch war es wert. Er trank hastig seinen Glühwein aus, steckte das Foto sorgfältig ein und stiefelte los.

Mara Gieseking?« Die Frau lächelte Benno und Marlene an. »Es tut mir leid, aber sie hat gerade Urlaub. Vielleicht kann ich Ihnen weiterhelfen?«

»Ist Frau Meyer im Haus?«, fragte Benno.

Die Dame am Sparkassentresen runzelte die Stirn. »Ich glaube, sie ist in einem Gespräch«, erwiderte sie. »Einen Augenblick, ich sehe nach. Wen darf ich anmelden?«

Marlene nannte ihre Namen, die Frau telefonierte kurz und kam anschließend zurück. »Bitte warten Sie einen Moment, ich bringe Sie in ein paar Minuten zu Frau Meyers Büro.«

»Wir würden uns auch gern mit Nele Flechtner und Sonja Hofmann unterhalten«, erklärte Benno. »Wären die beiden zu sprechen?«

»Gleich haben Sie alle Angestellten durch«, murmelte die Frau, »Sonja Hofmann sagt mir allerdings nichts.« Sie tippte auf ihrem Computer herum. »Nein, bei uns arbeitet keine Frau Hofmann«, wandte sie sich dann an Benno, »Frau Flechtner hat sich vor einigen Monaten in eine andere Filiale versetzten lassen.«

Sie schaute auf ihre Uhr. »Okay, kommen Sie.« Sie winkte Marlene und Benno hinter sich her in den seitlichen Teil des Gebäudes. Hier lagen einzelne Büros nebeneinander, das erste gehörte der Vorstandsvorsitzenden, wie ein Schild an der Tür verriet. Die Frau klopfte vorsichtig an. »Herein«, ertönte Meyers Stimme von innen. Die Angestellte öffnete die Tür. »Frau Borchert und Herr Erdmann.« Sie wurde rot, als sie sprach, und verabschiedete sich hastig.

Eva Meyer drehte ihren schweren schwarzen Chefsessel in Richtung Tür, stand jedoch nicht auf. Sie deutete auf zwei Stühle vor ihrem Schreibtisch. »Setzen Sie sich doch«, sagte sie. »Wie kommen Ihre Ermittlungen voran?«

Marlene war für einen Augenblick irritiert. Meyer benahm sich ungefähr wie ihr Vorgesetzter Kriminalrat Rösener, wenn er eine Auskunft verlangte. Benno hatte sich aber schon auf einen Stuhl fallen lassen. »Gut«, erwiderte er, »danke der Nachfrage.«

Marlene ging zum Fenster hinüber und blieb mit verschränkten Armen stehen. Meyer zog die Augenbrauen hoch. »Was kann ich für Sie tun?«, fragte sie.

Marlene musterte sie. Diese Frau sah wieder wie aus dem Ei gepellt aus. Sie hatte sich nach Mara Gieseking erkundigen wollen, fragte allerdings stattdessen: »Wie gut kannten Sie und Ralf Diekmann sich eigentlich?«

Meyers Augenbrauen schraubten sich weiter in die Höhe. »Wir waren Kollegen«, antwortete sie kühl. »Wenn ich es richtig mitbekommen habe, dann ging bei Ralf die Beziehung zu einigen Damen bei uns aus der Filiale jedoch über das reine Arbeitsverhältnis hinaus. Ich nehme an, dass Sie deswegen hier sind.«

»Exakt«, sagte Benno. »Es müssen sich Dramen zwischen diesen Wänden abgespielt habe. Offenbar hat er gleich mit drei Frauen angebändelt: Hofmann, Flechtner und Gieseking.«

»Ja, er war kein Kind von Traurigkeit.«

»Haben Sie das so offen mitgekriegt? Schließlich war er verheiratet.«

Meyer zuckte mit den Schultern. »Giesekings Mann hat solch einen Aufstand veranstaltet, ich glaube, da wusste die ganze Bank Bescheid. Und Nele Flechtner hat ihn so offensichtlich angehimmelt, dass es schon peinlich war. Als es selbst ihm zu bunt wurde und er die Affäre beendete, war ihr Herz gebrochen. Sie ließ sich versetzen, um ihm nicht mehr jeden Tag über den Weg zu laufen.«

»Es hört sich an, als sei Frau Flechtner noch relativ jung.«

Eva Meyer nickte. »Gerade mal fünfundzwanzig. Da war er mit Mara besser dran, sie ist achtunddreißig. Aber gut, dafür hat Nele keinen Ehemann, der zum feuerspeienden Drachen wird.«

»Scheint ein spannender Arbeitsplatz zu sein, hier bei Ihnen«, warf Marlene vom Fenster aus ein.

Meyer lächelte kurz. »Ich behalte die Kontrolle«, sagte sie

»Da bin ich mir sicher. Und wenn Sie keine Angst um das Betriebsklima haben ... Könnten Sie uns bitte die Adressen von Flechtner und Gieseking heraussuchen? Wir würden gern mit ihnen reden.«

»Kein Problem. Frau Hähnle, die Sie hergebracht hat, wird das erledigen. Kann ich sonst noch etwas für Sie tun?«

»Nein, danke.« Marlenes Lächeln war ebenso kühl wie das von Eva Meyer. »Wir bedanken uns für Ihre kostbare Zeit.«

»Einen Moment«, sagte Meyer, während Marlene bereits auf die Tür zusteuerte. Marlene drehte sich um, doch Meyer wandte sich an Benno. »Ihre Geldanlage. Jetzt, wo Sie hier sind, könnten wir gleich einen Termin für unser Gespräch abmachen. «

Benno zuckte mit den Schultern. »Klar, warum nicht. Wann passt es Ihnen denn?«

Eva Meyer klickte mit ihren perfekt manikürten Fingern auf ihrem Computer herum. »Heute Abend um viertel vor sechs würde es noch klappen.«

»Oh, heute Abend. Okay.« Benno lächelte, erhob sich und folgte Marlene zur Tür. »Dann bis später«, sagte er.

»Auf Wiedersehen.«

Marlene schloss die Tür. »Um viertel vor sechs, mitten in einem Fall. Vielleicht haben wir da was Besseres zu tun!«

»Wir arbeiten rund um die Uhr. Da werde ich ja wohl eine halbe Stunde erübrigen können.«

Als sie den großen Bankraum betraten, eilte Frau Hähnle schon auf sie zu. »Die gewünschten Adressen«, erklärte sie und übergab Marlene einen Zettel. Die warf einen kurzen Blick darauf. »Na super, Gieseking wohnt in Detmold«, stöhnte sie. »Und Flechtner hat sich nach Bad Salzuflen versetzten lassen.«

Benno seufzte. »Scheint wirklich ein langer Tag zu werden.«

In dem Augenblick klingelte Marlenes Handy. Sie schaute auf das Display.

»Entschuldige mich einen Moment«, sagte sie und trat schnell aus der Bank nach draußen. Erst dort nahm sie das Gespräch an.

*

Benno versuchte, nicht auf Marlene zu schauen. Aber das war schwer, wenn man bedachte, mit wem sie da gerade telefonierte. Die erste Liebe ... Er zwang seinen Kopf in die entgegengesetzte Richtung. Veronika. Das war seine erste Flamme gewesen. Na ja, mehr als das. Er verliebte sich in sie, als er fünfzehn war, brauchte allerdings ein Jahr, um all seinen Mut zusammenzunehmen und ihr einen Kinobesuch vorzuschlagen. Er konnte sein Glück kaum fassen, als sie einwilligte. Sie blieben bis zum Abitur zusammen. Selbst Bennos Auslandsjahr in Australien überstand die Beziehung, wenn auch mit einigen kleinen Rissen. Doch dann wollte jeder in einer anderen Stadt studieren, sie Tiermedizin, er bei der Polizei. Zuerst hatten sie sich noch bemüht, die Distanz zu überwinden, die sich zunehmend nicht nur in den Kilometern äußerte, schließlich jedoch hatten sie einsehen müssen, dass es Zeit für etwas Neues wurde.

Er stellte sich vor, dass Veronika ihn plötzlich anrufen würde. Ja, das wäre bestimmt ganz nett. Wie ging es ihr, hatte sie Kinder, war sie eine glückliche Tiermedizinerin? Allerdings, da war er sich sicher, würde er bei ihrer Stimme nicht so zusammenzucken, wie Marlene zusammengezuckt war. Er würde nicht so verharren, als liefe eine gespannte Sehne durch seinen Körper. Genauso sah Marlene aber gerade aus. Bennos Blick war unwillkürlich zu ihr zurückgewandert. In dem Moment nahm sie das Handy vom Ohr. Schnell starrte Benno auf die sich drehende Säule, die vor ihm in der Bankhalle stand, und studierte interessiert die Plakate darauf.

Er hörte, wie Marlene hinter ihn trat. »Entschuldige«, sagte sie nochmals.

»Florian?«, fragte er.

»Ja. Er ist für heute mit seinen Terminen durch. Er würde mich gern um vier Uhr treffen.«

Benno schaute auf seine Uhr. »Das ist ja schon in einer guten Stunde«, stellte er fest.

»Ich weiß. Anders passt es ihm jedoch nicht. Könntest du vielleicht alleine nach Bad Salzuflen und Detmold fahren?«

Er drehte sich zu ihr um, vermied es aber, ihr in die Augen zu blicken. Sie machte Stress, weil er sich nach sechs eine halbe Stunde mit Eva Meyer unterhalten wollte, ließ ihn jetzt allerdings den gesamten Nachmittag im Stich. »Okay«, sagte er.

»Danke!« Marlene lächelte. »Ich rufe dich nachher an, dann kannst du mir erzählen, wie es bei Gieseking und Flechtner gelaufen ist.«

Er nickte. »Also sehen wir uns morgen früh zur Besprechung, ja?«

»Klar.«

Er nickte nochmals. Fang nichts mit diesem Idioten an, wollte er ihr zurufen. Aber er biss sich auf die Zunge und ging, ohne sich noch einmal umzusehen, durch die Drehtür nach draußen.

*

Benno trat auf das Gaspedal. Mein Gott, bestimmt hatte er mehr als die Hälfte des Tages im Auto verbracht. Heute Morgen in Bad Oeynhausen, dann Bad Salzuflen, Detmold und nun wieder zurück nach Minden. Ihm war bereits vor über einer Stunde klar geworden, dass er es nicht pünktlich zu dem Termin mit Eva Meyer schaffen würde. Als er jedoch absagen wollte, hatte sie gemeint, er könne ruhig später kommen, sie habe sowieso noch einiges zu tun.

Benno blickte auf die Uhr über seinem Tacho – 18:17 Uhr blinkte es dort. Die Gespräche mit Mara Gieseking und Nele Flechtner waren eine gute Ablenkung gewesen. Er hatte kaum

Zeit gehabt, an Marlene und Florian zu denken. Doch jetzt, in der Stille des Wagens, kehrten seine Fragen zurück. War Marlene schon zu Hause? Wie war das Treffen verlaufen? Hatte Florian sich verändert? Hatte sie sich verändert?

Benno trommelte auf das Lenkrad. Hör auf, dich verrückt zu machen, dachte er. Er drehte das Radio auf und ließ seine Gedanken zu der Bad Salzuflener Bankfiliale zurückschweifen. Die hatte zwar bereits für Kunden geschlossen, er war aber nach Vorzeigen seines Ausweises hereingelassen worden und hatte Nele Flechtner tatsächlich angetroffen. Als er sie auf Diekmann ansprach, dauerte es keine drei Minuten, und sie hatte die Fassung verloren. Sein Tod schien ihr wirklich zuzusetzen. Benno hatte Mühe, durch ihr Schluchzen zu verstehen, wovon sie sprach. Ralf Diekmann war ihre große Liebe gewesen, so viel hatte er ihren Worten entnehmen können, und auch, dass sie gehofft hatte, er würde seine Frau für sie verlassen. Dass er das nicht gewollt hatte, schien sie förmlich zu zerreißen, noch immer.

Benno war froh, als er sich verabschieden konnte. Doch wenn er gedacht hatte, dass es bei Mara Gieseking ruhiger zugehen würde, so hatte er sich getäuscht. Zeitgleich mit ihm war ein BMW in die Einfahrt des schönen Hauses am Rande von Detmold gerauscht, und er hatte Mara Giesekings Mann kennengelernt. Stefan. Als er hörte, warum Benno da war, färbte sich sein Gesicht dunkelrot. »Ich will seinen Namen hier nicht mehr hören«, brüllte er so laut, dass es durch ganze Nachbarschaft dröhnte. Eine besorgte Mara hatte die beiden ins Haus gezogen und sich wiederholt bei Benno entschuldigt.

»Entschuldige dich nicht bei ihm«, schrie ihr Mann weiter, »mich hast du betrogen, mich!« Schließlich hatte er sich so weit beruhigt, dass Benno Mara Gieseking einige Fragen stellen konnte, aber oft knackte der Kiefer des Mannes dabei gefährlich.

»Sie kann Ihnen auch nichts sagen«, unterbrach er letztendlich, »wie Sie hören, ist diese unglückselige Geschichte schon ein bisschen her. Mit seinem Tod haben wir nichts zu tun, obwohl ich nicht gerade traurig bin, dass dieser elende Scheißkerl endlich da ist, wo er hingehört.«

Es hatte nicht Maras verzweifeltes Lächeln gebraucht, um Benno zu zeigen, dass er das Gespräch besser beenden sollte. Stefan Gieseking schien ein echter Choleriker zu sein. Über ihn wollte er ein paar Dinge in Erfahrung bringen und anschließend noch einmal mit seiner Frau allein sprechen.

Liebe. Liebe und Verzweiflung. Liebe und Hass. Warum bist du gestorben, Ralf Diekmann? Benno trommelte weiter auf das Lenkrad ein. Wer hat dich so geliebt, dass es nicht mehr ohne dich ging? So gehasst, dass es nur noch ohne dich ging?

Ohne es recht zu merken, war er in Minden angekommen. Er wählte Meyers Nummer. Sie hatte gesagt, er solle sie anrufen, dann würde sie ihn in die Bank hineinlassen. Die Filiale lag schwarz und verlassen vor ihm. Nur hinter einem Fenster brannte ein einsames Licht.

Kaum stand er vor der Tür, wurde diese geöffnet. »Schön, dass Sie da sind.« Eva Meyer lächelte ihn an.

»Danke, dass Sie so lange auf mich gewartet haben.«

»Kein Problem. Kommen Sie!« Eva Meyer führte Benno wieder in ihr Büro. Wie anders das Gebäude wirkte, so dunkel und ausgestorben, ein Gegensatz zu dem bunten Treiben vorhin.

»Kaffee?« Ohne seine Antwort abzuwarten, hatte Meyer schon eine Tasse genommen und Benno eingegossen.

»Haben Sie Frau Flechtner und Frau Gieseking angetroffen?«, fragte sie dann interessiert. Benno nickte nur. »Ich verstehe, Sie können nicht darüber reden.« Eva Meyer hatte sich ebenfalls einen Kaffee eingeschenkt. Sie deutete in eine Ecke ihres Büros, in der zwei Schwingstühle und ein kleiner Tisch standen. »Setzen wir uns doch.« Nachdem Benno Platz genommen hatte, griff sie nach Block und Stift.

»Okay, also legen Sie mal los. Die Hauptfrage ist, wie lange Sie Ihr Geld anlegen wollen und ob Sie eher traditionell oder eher risikofreudig veranlagt sind.« Sie legte ihren Kopf schief und schaute Benno an. »Eher traditionell, würde ich sagen.« Benno lehnte sich ein wenig zurück. Obwohl Meyer lächelte, hatte er das Gefühl, sie würde ihn durchleuchten. Und als läse sie ganz einfach in ihm wie in einem offenen Buch.

Doch nach einer halben Stunde hatte er zum ersten Mal die verschiedenen Anlagemöglichkeiten wenigstens ansatzweise verstanden. Außerdem fing er an, sich zu entspannen. Eva Meyer wusste, wovon sie redete, und ihre Worte hatten eine seltsam beruhigende Wirkung auf ihn. Als er sich dann nach weiteren dreißig Minuten endlich entschieden hatte, was mit seinem Ersparten passieren sollte, war er erstaunt, wie schnell die Zeit vergangen war.

»Ich danke Ihnen«, sagte er zufrieden. »Nun ist aber wirklich Feierabend!«

Eva Meyer erhob sich. »Sind Sie auch fertig für heute? Haben die Mörder für eine Nacht Ruhe vor Ihnen?«

»Ja, so wird es wohl sein.« Benno lächelte.

Eva Meyer räumte die Tassen zur Seite. »Ich bin ziemlich hungrig. Hätten Sie Lust, einen Happen mit mir zu essen?«

Benno war so überrascht von dieser Frage, dass er einen Augenblick dachte, er habe sich verhört. Doch Meyer blickte ihn abwartend an. Benno schluckte. »Äh, das ist sehr freundlich«, antwortete er schließlich. »Aber es ist schon spät.«

Eva Meyer zuckte mit den Achseln. »Dann nicht. Vielleicht ein andermal. Warten Sie, ich komme mit hinaus.«

Während sie ihren Mantel überstreifte, zog sie eine Visitenkarte von ihrem Schreibtisch. »Hier«, sagte sie und reichte sie Benno, »falls Sie noch Fragen haben oder weitere Informationen benötigen. Rufen Sie jederzeit an.«

*

Was war das denn? Benno saß hinter seinem Lenkrad, hatte den Wagen jedoch nicht gestartete. Hatte Eva Meyer ihn gerade ernsthaft zum Essen eingeladen? Benno runzelte die Stirn. Quatsch, wahrscheinlich interpretierte er da zu viel hinein. Sie war bestimmt einfach nur höflich gewesen. Kopfschüttelnd startete er das Auto. Was für ein verrückter Tag. Er würde jetzt nach Bielefeld zurückfahren, heiß duschen und dann versuchen, zu schlafen. Marlene hatte versprochen, sich noch zu melden. Er würde an ihrer Stimme erkennen, wie der Abend verlaufen war. Das hoffte er zumindest. Und dass sich ihre Stimme sachlich und unemotional anhörte, jedenfalls, wenn sie von Florian sprach.

Die Filiale lag in der Mindener Innenstadt, und Benno fuhr in Richtung Weserbrücke. Montagabend in Minden, wie immer waren die Straßen fast menschleer. Doch als er sich der Brücke näherte, konnte er ein paar einsame Gestalten ausmachen, die durch die Bäckerstraße zum Weihnachtsmarkt gingen. An der Ampel musste er halten und schaltete das Radio an. *You are as cold as ice* dröhnte es aus dem Lautsprecher. Schönes Lied, hatte er schon ewig nicht mehr gehört. Benno summte leise mit. Dabei wanderte sein Blick nach rechts. Ein Pärchen stand engumschlungen in der Nähe des Brunnens. Kein Interesse für die Umgebung um sich herum, versunken in sich selbst. Benno wollte seine Aufmerksamkeit gerade wieder auf die Straße richten, als ein heißer Feuerstrahl durch seine Eingeweide schoss und er laut aufkeuchte. Diese schwarze Lederjacke. Die langen blonden Haare. Kurz schloss er die Augen und betete, dass er sich getäuscht hatte. Die Ampel sprang auf Grün, doch Benno bemerkte es nicht. Vorsichtig öffnete er seine Lider und blickte das Paar erneut an. Sie war es. Dort stand Marlene. Arm in Arm mit einem Mann, der niemand anderes sein konnte als Florian. Und als wäre das nicht genug, fasste Florian sie in dem Augenblick unter ihr Kinn und küsste sie.

Etwas explodierte in Bennos Kopf. Wie benommen starrte er aus dem Fenster. Das konnte nicht sein. Durfte nicht sein. Wer war dieser verdammte Typ, der nach mehr als fünfzehn Jahren daherkam und sie einfach so küsste?

Erst als ein Auto hinter ihm hupte, dämmerte Benno wieder, wo er sich befand. Langsam fuhr er an, ein Stück die Straße hinunter. Anschließend bog er links ab, zum Parkplatz am Schwanenteich, und blieb stehen. Er keuchte so, als sei er gerade einen Marathon gelaufen. Schweiß lief ihm in kleinen Bächen die Stirn herunter. Benno lehnte sich zurück in den Autositz. Das war es also. Er hatte über ein Jahr gebraucht, um wieder einen Kuss von ihr zu bekommen, eine Nacht mit ihr. Und dann hatte sie ihm stets aufs Neue signalisiert, dass sie nicht sicher sei. Und dieser Florian spazierte eben mal so daher und nahm sich, was er wollte. Sie liebte ihn noch. Und ihn, Benno, liebte sie nicht. Wie hatte er nur so blind sein können? Er hatte schließlich gehört, wie sie von Florian redete. Und vor allem, was mit ihrem Blick passierte, wenn sie von ihm sprach.

Benno hasste sich dafür, aber seine Augen füllten sich mit Tränen. Machtlos strich er sich durch das Gesicht. Heul nicht, schalt er sich.

Er starrte auf den dunklen Schwanenteich. In dem Augenblick klingelte sein Handy. Für eine winzige Sekunde hoffte er, dass es Marlene sei. Dass er sich doch geirrt hatte und alles nur ein riesengroßes Missverständnis war.

»Ja?«, meldete er sich knapp. Seine Stimme klang heiser.

»Hallo, hier ist Eva Meyer. Mir ist eben aufgefallen, dass Ihr Schal in meiner Tasche liegt. Er muss vorhin dort hineingerutscht sein.«

Der Schal ist mir scheißegal, dachte Benno, und wie er in deine verdammte Tasche gefallen ist, ebenfalls. Laut sagte er: »Kein Problem, ich hole ihn morgen in der Bank ab.«

»In Ordnung. Dann wünsche ich Ihnen ...«

Sie sprach nicht weiter, denn Benno unterbrach sie. »Wissen Sie was?«, sagte er. »Ich habe gerade ziemlichen Hunger bekommen. Sind Sie bereits auf der Autobahn, oder wollen wir doch etwas essen?«

Eva Meyer schwieg einen Moment. »Ich sitze im *Böhmer Wald*. Kennen Sie das Restaurant? Es befindet sich ganz nah an unserer Filiale«, antwortete sie schließlich. »Möchten Sie herkommen?«

»Klar. Ich bin in fünf Minuten da.«

Benno versuchte, nicht zu denken. Alle Gedanken aus seinem Kopf zu verbannen. Er würde jetzt mit Eva Meyer essen. Sich nett unterhalten. Sie war eine wunderschöne, attraktive Frau. Wer brauchte schon Marlene?

*

Seine Lippen waren weich. Weich und zärtlich. Irgendetwas fühlte sich jedoch falsch an. Er öffnete die Augen und schaute fragend. Marlene löste sich langsam aus der Umarmung. »Es tut mir leid«, sagte sie. »Ich ... ich kann nicht.«

»Oh.« Seine Stimme klang heiser. Er nahm ihre Hand in seine und räusperte sich. »Kommt wohl alles ein bisschen plötzlich, was?«

Sie lächelte schwach. »Ja.«

Dann blickte sie ihn an. »Als du damals gingst«, begann sie, stockte und setzte erneut an. »Als du gingst ... da dachte ich, ich würde mich nie wieder ganz fühlen. Erst sind meine Eltern gestorben, und später hast du mich verlassen.«

Er machte eine hilflose Bewegung. »Ich weiß. Ich habe so oft darüber nachgedacht. Ich hatte Angst, weißt du. Du hast mich so sehr gebraucht, dass es mir Angst gemacht hat.«

Marlene nickte. »Jetzt kann ich das verstehen. Weil ich mich verändert habe. Für einen Moment, heut Abend, glaubte ich, es fühle sich an wie früher. Ich wollte, dass es sich so anfühlt. Aber das tut es nicht.«

»Okay.« Florian stand unschlüssig da. »Und was machen wir nun?«

»Jetzt fahren wir nach Hause.« Marlene drückte seine Hand. »Du nach Herford, ich zum Glacis. Zur Beerdigung deiner Mutter werde ich allerdings kommen, das verspreche ich dir.«

»Gut. Das ist gut.« Er zog sie an sich. »War echt schön, dich wiederzutreffen«, flüsterte er.

»Ja, das war es.« Marlene ließ ihre Finger behutsam aus seinen gleiten.

»Also bis übermorgen. Um elf Uhr an der Kapelle auf dem Friedhof Ewiger Frieden.«

»Ich werde da sein.«

Florian nickte und wandte sich zum Gehen. Marlene blickte ihm lange nach. Er drehte sich noch einmal zu ihr um und winkte. Sie winkte zurück.

Anschließend stand sie eine Weile einfach vor dem Brunnen. Der Himmel war bewölkt, kein einziger Stern war zu sehen. Dafür strahlten die Weihnachtssterne vor ihr in der Bäckerstraße um die Wette. Schön sah das aus. Marlene lächelte. Dann zog sie langsam ihr Handy aus der Hosentasche und scrollte zu Bennos Nummer.

*

Im *Böhmer Wald* war Benno bisher nicht gewesen. Von außen sah das Restaurant imposant aus. Wie eine alte Burg, eingerahmt von den hohen Bäumen des Glacis. Auch innen wirkte alles edel und schick. Die Umgebung passte genau zu Eva Meyer, die sich nahtlos in sie einfügte wie in einen Werbekatalog. Sie lächelte, als er auf sie zukam.

»Wie schön«, sagte sie. »Ich habe uns bereits eine Vorspeise bestellt. Rot- oder Weißwein?«

»Ich muss noch fahren.«

»Ich ebenfalls. Aber ein Glas zum Essen wird möglich sein, nehme ich an?«

»Okay.« Benno setzte sich. »Ich wohne auch in Bielefeld, allerdings nicht annähernd so hübsch wie Sie.«

»Ach ja? Wo leben Sie denn?«, fragte Eva Meyer interessiert.

»Praktisch direkt in der Innenstadt. Sie kennen doch bestimmt die neue City-Passage?«

»Das LOOM? Ja, natürlich.«

»Von dort ist es nicht weit zu unserer Wohnung.«

»Unserer?«

»Ich lebe mit meinem Bruder Fabian zusammen. Wir verstehen uns ziemlich gut.«

»Beneidenswert, wenn man so tolle Geschwister hat.« Eva Meyer lächelte. In dem Augenblick klingelte ihr Handy. Sie schaute auf das Display und seufzte. Dann drückte sie den Anruf weg. »Ich hasse diese Dinger«, sagte sie. »Wozu muss man immer und ständig erreichbar sein? Wissen Sie was«, sie hantierte auf der Tastatur herum, »ich stelle es ganz aus.«

»Keine schlechte Idee.« Benno nickte. Wer sollte ihn schon anrufen? Marlene knutschte mit ihrem Ex-Lover, und Fabian war bei seiner Freundin. Einen Durchbruch im Mordfall würde es heute Nacht sicherlich auch nicht geben. Er würde jetzt mit Eva Meyer essen und sich danach sinnlos besaufen. Das hatte er ewig nicht mehr gemacht – aber heute war der passende Abend dafür. Benno nahm sein Smartphone und stellte es ebenfalls aus.

»Nun kann uns niemand mehr stören.« Sie klang zufrieden und lächelte.

Benno schaute sie an. Flirtete sie etwa mit ihm? Er war sich nicht sicher. Irgendwie schienen seine Antennen in letzter Zeit versagt zu haben. Er hatte doch wirklich gedacht, Marlene würde etwas für ihn empfinden. Und diese unglaublich gutaussehende Frau da vor ihm wollte gewiss einfach nur nett sein und ein wenig unterhalten werden. Nur, dass er dafür heute Abend bestimmt nicht der Richtige war. Er rang sich ein Lächeln ab.

Eva Meyer musterte ihn. »Sie sehen gestresst aus«, stellte sie fest. »Viel gestresster als vorhin bei dem Gespräch. Ist irgendetwas passiert?«

Verdammt, diese Frau redete nicht um den heißen Brei herum. »Ich bin ein bisschen überarbeitet.« Benno fuhr sich durch das Gesicht.

Sie lehnte sich nach vorne. »Wie ist es, einen Menschen zu jagen, der andere tötet?«, fragte sie.

Er dachte einen Augenblick über diese Frage nach. »Anstrengend«, sagte er schließlich. »Man will ihn unbedingt bekommen. Versucht, sich in ihn hineinzuversetzen. Und dann sind da noch die Angehörigen. Bisweilen ist es schwer, sich emotional abzuschotten.«

Sie nickte. »Das kann ich mir vorstellen. Wie schaffen Sie es trotzdem?«

»Manchmal schaffe ich es nicht. So wie jetzt.« Benno war froh, dass er eine Ausrede für seine schlechte Stimmung gefunden hatte.

»Ich versteh es nicht.« Sie klang ehrlich betroffen. »Wer sollte Ralf so etwas antun? Gut, er war kein Engel. Aber wer von uns ist das schon?«

»Ja«, seufzte Benno, »wer ist das schon?« Langsam strich er mit den Fingern über die blütenweiße Tischdecke. »Ich frage mich die ganze Zeit, was so besonders an ihm war«, fuhr er fort. »All diese Affären. Frau Flechtner war am Boden zerstört, als ich sie vorhin gesehen habe. Was war Diekmann für ein Mensch? Sie kannten ihn doch gut. Beschreiben Sie ihn mir!«

Für einen Moment wirkte Eva Meyer unschlüssig. »Hm«, begann sie, studierte die Speisekarte und sagte dann: »Sie hätten danach lieber die Frauen fragen sollen, die mit ihm zusammen waren, meinen Sie nicht?«

»Frau Flechtner hat nur geweint. Und mit Frau Gieseking konnte ich wegen ihres Mannes nicht offen reden. Also?« Er schaute sie fragend an.

Eva runzelte die Stirn. »Ich glaube nicht, dass es nur sein Aussehen war. Ja, darüber wurde auch geredet, jedenfalls, was ich so mitbekommen habe. Aber er konnte zuhören. Diese Gabe ist vielen Menschen verloren gegangen.« Sie schaute aus dem Fenster, überlegte kurz und sagte schließlich energisch: »Ich vermute, dass es das war, was die Frauen anzog. Er gab ihnen das Gefühl, sie zu verstehen.«

Bennos Magen zog sich zusammen. War auch Florian ein

guter Zuhörer? Vielleicht mehr als er selbst? Fühlte Marlene sich deshalb so zu ihm hingezogen?

Eva Meyer unterbrach seine Gedanken. »Sie müssen sich doch inzwischen auch eine Theorie zurechtgelegt haben. Was ist denn Ihrer Meinung nach mit Ralf passiert?«

Benno zuckte mit den Schultern. »Es tut mir leid, darüber kann ich nicht mit Ihnen reden.« Er schwieg einen Augenblick. »Aber Sie kannten Diekmann doch viel besser als ich. Was ist Ihre Vermutung? Wer hätte ihm etwas antun wollen?«

Sie lachte kurz auf. »Nun gut«, sagte sie dann bedächtig. »Haben Sie sich die Schlüters schon mal näher angeschaut?«

Er runzelte die Stirn. »Ja, das haben wir«, sagte er.

Sie nickte. »Glauben Sie, dass Holger und Angelika Schlüter sich lieben?«

»Ich habe sie nur einmal zusammen getroffen. Über ihre Ehe zu urteilen, ist deshalb schwer.«

»Hm.« Sie zog die Augenbrauen hoch. Das schien sie wirklich gern zu machen, dachte Benno. »Ihre Ehe ist nur noch eine Farce. Meiner Meinung nach jedenfalls.«

»Und worauf stützen Sie diese Ansicht?«, fragte er.

Sie tippte an ihre Schläfe. »Ich beobachte«, erwiderte sie. »Und das tue ich sehr genau. Mir spielt niemand so leicht etwas vor.« Sie lächelte Benno an. »Sie, zum Beispiel. Sie sind nicht nur überarbeitet. Sie sind verletzt.« Sie warf Benno erneut einen prüfenden Blick zu. »Gut, das ist offensichtlich ein anderes Thema. Holger Schlüter, da bin ich mir sicher, liebt seine Frau nicht mehr.«

»Das ist ja schön und gut. Aber was hat das alles mit Diekmann zu tun?«

»Nun«, Eva Meyer wiegte den Kopf, »vielleicht sollten Sie sich einmal fragen, wem Holgers Herz gehört.«

*

Enttäuscht ließ Marlene ihr Handy in die Hosentasche gleiten. Benno hatte sein Telefon ausgestellt. Gut, die letzten Tage waren sehr anstrengend gewesen. Wahrscheinlich war er schon im Bett und wollte einfach nur zwölf Stunden durchschlafen. Langsam ging sie zu ihrem Motorrad hinüber, das sie beim BÜZ geparkt hatte. Sie atmete tief ein. Frei fühlte sich das an, fast ein bisschen, als hätte sie lange Zeit in einem Haus gesessen und vergessen, wie schön es war, in den Garten zu gehen. Sie wollte gerade ihren Helm aus dem Kasten holen, als ihr Handy klingelte. Benno, dachte sie, und ihr Herz machte einen Sprung.

»Hier ist Barbara.« Bei der Stimme ihrer Pflegemutter verlangsamte Marlenes Herzschlag sich augenblicklich.

»Hey, wie geht es euch?« Marlene ließ sich an die Maschine sinken.

»Manfred ist im Krankenhaus.« Barbara hörte sich ängstlich an.

Marlene stöhnte innerlich auf. So was brauchte sie im Moment wirklich überhaupt nicht. »Was ist passiert?«, fragte sie.

»Die Ärzte wissen es bisher nicht genau. Vermutlich eine Art Schlaganfall. Wir saßen eben noch am Tisch und haben gegessen. Plötzlich guckte er so komisch und kippte einfach zur Seite weg.«

»Oh! Seid ihr im JWK?«

»Wo?«

»Na, im Johannes-Wessling-Kinikum.«

»Ach so. Ich bin ganz durcheinander. Ja, da sind wir.«

»Ich bin in zehn Minuten da.«

Sie legte auf und zog sich den Helm über. Wieder eine Nacht ohne Schlaf. Dann schalt sie sich für diese Gedanken. Ihrem Pflegevater ging es schlecht, und sie dachte nur an sich selbst. Sie atmete tief aus. Es lag daran, dass Manfred auch immer nur an sich gedacht hatte. Sogar als sie noch klein gewesen und nach dem Brand, bei dem ihre Eltern starben, zu ihm und Barbara gekommen war. Er hatte sich nie großartig um sie gekümmert, und sie hatte sich häufig gefragt, weshalb die beiden sie überhaupt aufgenommen hatten. Wahrscheinlich, um die Leere, die sie umgab, irgendwie zu füllen.

Marlene schüttelte den Kopf. Egal. Das war einmal. Aus und vorbei.

Sie setzte sich auf ihr Motorrad und preschte die verwaiste Portastraße hinunter.

*

Benno starrte Eva Meyer an. »Haben Sie dafür irgendwelche Beweise?«, fragte er.

Sie nickte langsam. »Ich denke schon«, antwortete sie. Sie ließ ihren Blick durch den *Böhmer Wald* schweifen. »Warum fahren wir nicht nach Bielefeld? Kommen Sie noch kurz mit zu mir herein, dann kann ich Ihnen zeigen, was ich meine.«

»Okay. Wir treffen uns bei Ihnen.«

Benno musste sich Mühe geben, gerade zu laufen, als er zu seinem Wagen zurückging. An dem einen Glas Wein lag das bestimmt nicht. Er dachte vielmehr, sein Gehirn würde aus dem Kopf springen. Marlene und Florian knutschend am Brunnen. Er und Eva Meyer flirtend in einem Restaurant. Und jetzt – wenn Eva die Wahrheit sagte – Holger Schlüter und Karolin Diekmann, ein Altersunterschied von über zwanzig Jahren. Er rieb sich die Augen. Er spürte, wie sie direkt aus seinem Herzen kroch – eine tiefe Traurigkeit, die sich schnell in seinem Körper ausbreitete und ihm fast die Luft raubte.

Was war das für eine verdammte Welt! Ehemänner betrogen ihre Ehefrauen. Freunde hintergingen ihre Freunde. Männer machten sich an Minderjährige ran. Frauen verfielen ihren Ex-Lovern. Was für eine beschissene, gottverlassene Welt! Benno fluchte, als die Autotür sich nicht sofort öffnete. Wütend trat er gegen den Reifen. Dann schmiss er sich hinter das Lenkrad. Sein Handy klemmte in seiner Hosentasche, er nahm es heraus und schaute kurz darauf. Sollte er es anstellen? Wozu? Er schleuderte es auf den Beifahrersitz. Scheiß drauf, dachte er und startete den Wagen.

*

Seufzend blickte Marlene auf die vielen Schreibtischschubladen. Zum Glück war Manfred sehr penibel. Wahrscheinlich brauchte sie nicht lange suchen, um die erforderlichen Dokumente zu finden. Sie öffnete die erste Schublade. Dass Barbara aber auch überhaupt keine Ahnung hatte, wo genau sich welche Unterlagen befanden. Unglaublich, wie diese Frau alle entscheidenden Dinge ihrem Mann überließ und glücklich am Herd werkelte oder ihre Blumen pflegte. Wenn man sie mal eben in die Vierziger- oder Fünfzigerjahre gebeamt hätte, so hätte das für sie keinen Unterschied gemacht.

Marlene seufzte wieder. Während ihre Finger mechanisch die abgehefteten Stapel durchkämmten, wunderte sie sich, wie wenig sie empfand.

Es sei ernst, hatte der Arzt ihnen mitgeteilt. Ein Schlaganfall, Manfred müsse in ein künstliches Koma versetzt werden. Er könne zurzeit nicht sagen, welche Schäden Manfred davontragen würde. Aber sie brauchten die Papiere, Versicherungsunterlagen und vor allem die Patientenverfügung, die er, ebenso wie seine Frau, unterschrieben hatte. Marlene hatte sich allzu gern bereit erklärt, alles zu holen. Sie hasste Krankenhäuser. Sie hasste den Geruch, den fragenden Blick der Menschen. Barbaras tränennasse Wangen. Ihre zitternden Hände, die ständig nach Marlenes griffen.

Marlene zog einen schmalen weißen Ordner heraus. Da stand es vorne in großen Buchstaben: Patientenverfügung. Gut, jetzt hatte sie alle Papiere zusammen. Sie ließ sich in den Schreibtischstuhl sinken. Eigentlich hatte sie noch keine Lust, in das Krankenhaus zurückzufahren. Da würde sie vermutlich die ganze Nacht sitzen müssen. Sie war gerade im Begriff, die Schublade wieder zu schließen, als ihr etwas auffiel. Sie runzelte die Stirn. Dann beugte sie sich vor. Diese Schublade war nicht so hoch wie die anderen. Jedenfalls von innen. Marlene zog sie bis zum Anschlag zu sich. Vorsichtig klopfte sie gegen den Boden. Das gab es doch nicht. Sie legte alle Unterlagen auf den Fußboden, nahm die Schublade aus der Verankerung und stellte sie auf ihren Schoß. Sie brauchte ein wenig, um den Boden anzuheben, schaffte es aber mit Hilfe des Brieföffners. Dahinter kamen zusammengefaltete Papiere und diverse Zeitungsberichte zum Vorschein. Marlene fummelte sie heraus und wog sie in den Händen. Manfred, ihr überkorrekter, steifer, konservativer Pflegevater hatte ein Geheimfach in seinem Schreibtisch. Wollte sie tatsächlich wissen, was er dort verbarg?

Sie atmete tief ein, dann faltete sie die Bögen auseinander.

Als sie beim letzten Blatt angekommen war, zitterte ihre Hand so, dass sie kaum weiterlesen konnte. Die Buchstaben verschwammen vor ihren Augen. Marlene schluckte. Ihr Kopf war leergefegt. Sie fühlte sich, als ginge sie auf verbranntem, glühendem Boden. Sie hatte alles erwartet, wirklich alles – nur nicht das.

*

Er saß auf Eva Meyers weißem Ledersofa und starrte sie an. »Warum haben Sie uns das nicht schon vorher mitgeteilt?«

Eva Meyer ließ sich neben Benno auf die Polster fallen. »Holger ist nicht nur mein Kollege, ich bezeichne ihn auch als Freund. Wissen Sie, wie schockiert ich selbst war, als ich ihn so mit Karolin entdeckte, zufällig, auf einem Spaziergang?«

»Und das Erste, das Ihnen in den Sinn kam, war ein Foto von den beiden zu machen?« Benno blickte stirnrunzelnd auf das Bild, das ihm von Meyers Smartphone entgegenleuchtete. Eindeutig hielt Holger Schlüter darauf Karolin Diekmann im Arm und küsste sie.

Eva Meyer zuckte die Schultern. »Ich dachte, er würde sich bestimmt rausreden, wenn ich ihn zur Rede stelle, deshalb habe ich es aufgenommen.«

»Und wie hat er reagiert?«

Sie seufzte. »Ich habe es ihm bisher nicht gezeigt.«

»Was?« Er verzog ungläubig den Mund. »Wieso nicht?«

»Nun, ich war mir nicht sicher, ob ich zuerst mit Holger oder doch gleich mit Ralf sprechen sollte. Der arme Mann ahnte ja nichts. Ich wollte noch ein bisschen darüber nachdenken.« Sie knetete ihre Hände. »Sie müssen verstehen, egal, was ich gemacht hätte, ich hätte vieles zerstört. Auch im geschäftlichen Bereich. Wir arbeiten schließlich alle zusammen, das wäre nach so einer Enthüllung auf jeden Fall komplizierter geworden, wenn nicht gar unmöglich.«

»Wann haben Sie dieses Foto denn geknipst?«

»Kurz vor Ralfs Verschwinden. Es muss so zwei, drei Tage vorher gewesen sein. Seit er tot ist, hatte ich erst recht keine Ahnung, wie ich mit der Situation umgehen sollte.«

Benno atmete tief aus. »Sie hätten sofort damit zu uns kommen müssen. Das ist Ihnen hoffentlich klar, oder?«

Eva Meyer nickte betreten. »Ich weiß.« Dann lächelte sie. »Doch nun wissen Sie ja Bescheid. Wenn Sie Ihr Handy wieder anstellen, schicke ich Ihnen das Bild gleich zu. Morgen können sie als Erstes dieser Spur nachgehen und selbst sehen, was Sie damit anfangen.«

»Okay.« Benno zog sein Telefon aus der Hosentasche. Während er es anschaltete, rückte Eva Meyer näher an ihn heran. Fast berührten sich ihre Arme, und er konnte ihren Duft riechen – ein wenig herb, aber gleichzeitig sinnlich. Schnell gab er seine PIN ein und wartete auf das Piepen, das die Bilddatei ankündigte. Danach blickte er sie an. »Ich fahre jetzt wohl besser«, sagte er.

»Ach nein. Trinken Sie nicht noch ein Glas Wein mit mir?« Benno schüttelte den Kopf. »Meine Kollegen sollten mich nicht mit einer Alkoholfahne erwischen.«

»Kein Problem.« Eva Meyer fasste seinen Arm. »Ich kann Ihnen auch einen wunderbaren alkoholfreien Cocktail mixen.«

Dort, wo sie ihn anfasste, begann die Wärme seinen Arm emporzukriechen. »Na gut. Warum nicht.«

Sie strahlte, ging in die Küche und kam bald mit zwei gut gefüllten Cocktailgläsern wieder, in denen eine gelb-orange-farbene Flüssigkeit schwappte. Sie gab Benno ein Glas, legte lächelnd ihren Kopf ein wenig schief und fragte: »Wollen wir uns nicht duzen?«

Benno zögerte einen Moment, dann zuckte er mit den Schultern. Eva schlug ihr Glas leicht gegen seins. »Eva«, sagte sie.

»Benno.« Er trank einen Schluck .»Hm, schmeckt wirklich lecker.« Wider Erwarten war der Cocktail nicht süß. Meyer hatte sich abermals neben ihn gesetzt und lächelte ihn über den Rand ihres Glases an. Mein Gott, was wird das hier, dachte Benno. Plötzlich sehnte er sich nach seinem Bett, einer Flasche Whiskey und Einsamkeit. Er beeilte sich, schnell zu trinken. Anschließend erhob er sich. »Jetzt muss ich aber ...«, begann er. Doch Meyer stand schon vor ihm. Sie war fast so groß wie er, ihr Gesicht war ganz nah vor seinem. Gleichzeitig spürte er ihre weichen Hände an seiner Wange. »Bleib«, flüsterte sie in sein Ohr. »Ich will dich.« Ihre Finger wanderten seinen Körper hinunter. Dann zog sie ihn an sich.

*

Marlene war unfähig, sich aus dem Sessel zu bewegen. Barbara wartete bestimmt bereits ungeduldig. Hatte sie es gewusst? Sicher. Es war unmöglich, dass sie nichts davon mitbekommen hatte.

Marlenes Atem ging flach und schnell. Sie hatte ihn wieder in der Nase, diesen beißenden Qualm, der ihr die Lunge verstopfte, und sie sah die Schlafzimmertür ihrer Eltern, eine einzige, riesige, zischende Flamme.

Ein defektes Kabel. So hatte es ihr Brigitte Kesselbrink, die Heimleiterin, erzählt. Und das wiederholten auch Manfred und Barbara, als sie älter wurde und zu fragen anfing. Ein defektes Kabel habe den Brand ausgelöst, ein tragisches Unglück. Mit fünfzehn hatte sie mehr wissen wollen. Da holte Manfred schließlich einen Ordner mit vergilbten Zeitungsartikeln aus seinem Arbeitszimmer. Die Berichte waren ein oder zwei Tage nach dem Brand in der Zeitung erschienen. Ein Unglück, darüber waren sich alle einig.

Marlene blickte auf die Zeitungsberichte in ihren Fingern. Diese hier hatte Manfred ihr nie gezeigt. Sie waren erst später gedruckt worden. Nach genaueren Untersuchungen kam man zu dem Schluss, dass es vorsätzliche Brandstiftung gewesen sein musste. Jemand hatte den Brand gelegt. Sie hatten den Täter allerdings nicht gefunden.

Marlenes Hände zitterten so stark, dass mehrere Papiere zu Boden fielen. Kein Unglück. Jemand hatte ihre Eltern umgebracht. Und dieser Jemand lief irgendwo da draußen noch herum.

*

Barbaras Augenlid zuckte unkontrolliert. Sie griff nach Marlenes Hand, doch die zog ihren Arm weg.

»Wir wollten dich nur schützen«, flüsterte Barbara. Marlene starrte sie wütend an. »Schützen? Indem ihr mir verschweigt, dass meine Eltern getötet wurden?« Sie sprang auf und begann, zwischen den Stühlen auf dem Krankenhausflur auf und ab zu gehen wie ein eingesperrtes Wildtier.

»Du warst damals schließlich so klein, gerade zehn.« Barbara schaute sie an, ihre Augen nackt und blank. »Als wir dich aus dem Heim holten, da ging es dir ganz schlecht. Hast dich uns gegenüber gar nicht geöffnet. Meinst du, ich habe es nicht mitbekommen? Wie du nachts im Bett geweint hast, als du glaubtest, niemand würde dich hören.«

Marlene schüttelte den Kopf. *Du* hast mich gehört, dachte sie und wurde noch wütender. Und warum hast du mich nicht getröstet? In den Arm genommen?

»Ihr hättet es mir später sagen können. Als ich älter geworden war.«

Barbara wischte sich über ihr tränennasses Gesicht. »Manfred hielt es für besser, dir nichts zu erzählen. Du warst schon immer ... so verschlossen. Wir hatten große Sorge, dass du es nicht verkraften würdest. Dass du dich von allem und jedem zurückziehst, wenn du diese schreckliche Wahrheit erfährst.«

Marlene blieb vor Barbara stehen und atmete tief aus. »Jetzt bin ich selbst Polizistin. Ich jage Mörder, falls du das noch nicht bemerkt hast.«

Barbara guckte zu Boden. »Ich weiß. Aber ich habe Angst. Sie haben damals nichts gefunden. Und Bertram hat sich so fürchterlich angestrengt.« Sie hob den Blick und schaute Marlene flehentlich in die Augen. »Du wirst ebenfalls nichts finden. Und das wird dich zerstören. Deshalb, nur deshalb haben wir nichts gesagt.«

Marlene ließ sich neben Barbara auf den Stuhl fallen. »Bertram Witte?«, fragte sie. »Paps Partner?«

Barbara nickte. »Du kannst mir glauben, er hat jeden Stein umgedreht. Alles versucht. Sie kamen nicht dahinter, wer den Brand gelegt haben könnte. Und warum.«

Sie griff erneut nach Marlenes Hand. Diesmal ließ Marlene sie gewähren. »Vielleicht war es ein Verrückter. Ein Junkie. Jemand, der inzwischen nicht mehr lebt.«

»Vielleicht.« Marlene strich durch ihre Haare. »Vielleicht spaziert er aber auch lächelnd durch die Welt. Und das werde ich nicht zulassen.«

Barbara schluchzte. »Kind, wir haben schon genug Bürden zu tragen. Manfred liegt dort drinnen«, sie zeigte auf eine weiße Tür vor sich, »und ringt um sein Leben. Bitte, lass die Vergangenheit doch einfach ruhen.«

Marlene schüttelte den Kopf. »Das kann ich nicht.« Sie stand auf. »Ruf mich an, sobald es etwas Neues gibt. Ich muss dringend los. Morgen früh nach der Besprechung komme ich wieder.«

»Okay.« Barbaras Stimme hörte sich dünn an. »Ich habe vorhin Irene angerufen. Sie ist bereits auf dem Weg von Stuttgart hierher. Ich glaube, sie müsste bald da sein.«

»Gut.« Marlene nickte. Barbaras Schwester war jetzt die beste Hilfe. Sie selbst hatte andere Dinge zu tun, als hilflos auf einem Krankenhausflur herumzusitzen.

*

Scheiße.

Noch bevor Benno die Augen aufschlug, war dieses Wort in seinem Kopf und füllte sein Gehirn aus. Alles war scheiße, und er fühlte sich scheiße. Benno stöhnte und betastete vorsichtig seinen Schädel. Warum tat der so weh? Fast so, als hätte er zum ersten Mal gesoffen.

Langsam öffnete er seine Lider. Rabenschwärze umgab ihn. War es inzwischen mitten in der Nacht? Er hatte das Gefühl, sein Hirn würde in tausend Stücke bersten, also schloss er die Augen wieder. Mein Gott, was war passiert? Wie war er in sein Bett gekommen? Er versuchte, sich zu erinnern, aber ihm kam es vor, als würde er durch zähflüssigen Nebel schwimmen, der jedes Detail verschluckte.

In dem Moment sprang das Bild ihn an wie eine giftige Schlange, die ihren Zahn tief in sein Fleisch grub. Marlene. Marlene und Florian. Florian, der Marlene küsste. Benno biss sich auf die Lippe. Er gab sich Mühe, das Bild zu verdrängen. Was hatte er daraufhin gemacht? Richtig. Er hatte Eva Meyer getroffen. Sie hatten gegessen. Er war zu ihr nach Hause gefahren. Benno zuckte zusammen. Ein greller Blitz war durch seinen Kopf geschossen, und obwohl er die Augen geschlossen hielt, war es, als flimmerten kleine Sterne davor. Verdammt, was war passiert? Sie hatten etwas getrunken, und dann war sie ganz nah an ihn herangerückt. So nah ... Benno stöhnte auf. Ab diesem Augenblick wusste er nichts mehr. Verflucht, warum konnte er sich nicht erinnern? Was hatte er getan? Wer hatte ihn in sein Bett gebracht? Benno tastete nach rechts zu seinem Nachttisch. Er brauchte Licht. Suchend fuhr seine Hand durch das Dunkel. Nichts. Da stand kein Nachttisch. Benno stockte. Seine Finger strichen über die Matratze. Jetzt spürte er es. Das war nicht sein Bett. Dies hier war viel härter. Er drehte sich auf die Seite. »Eva?«, flüsterte er.

*

Marlene rieb sich verstohlen die Augen. Irgendwie musste sie schnellstmöglich diese Besprechung hinter sich bringen. Sie hoffte, dass ihre Kollegen ihr nicht ansahen, dass sie in der letzten Nacht nicht eine Minute geschlafen hatte.

Stattdessen war sie, kaum zu Hause angekommen, jeden Zeitungsartikel, den sie bei Manfred gefunden hatte, noch einmal gründlich durchgegangen. Dazu recherchierte sie im Internet und schrieb sich alles auf, was sie in die Finger bekam.

Morgens um sieben klingelte sie dann Bertram aus dem Bett. Er war über Jahre der Partner ihres Vaters im Polizeidienst und auch sein bester Freund gewesen. Marlene konnte sich vage an ihn erinnern – einen großen, breitschultrigen

Mann, der viel und gerne lachte. Inzwischen war er pensioniert und erschrak hörbar, als Marlene ihm erzählte, warum sie anrief.

»Ich habe es Manfred und Barbara gesagt«, erklärte er. »Mir war klar, dass du es irgendwann herausbekommen würdest. Hat mich, um ehrlich zu sein, gewundert, dass es so lange gedauert hat.«

Marlene beschloss, die Vorwürfe und Anschuldigen wegzulassen. »Du musst mir helfen«, sagte sie. »Ich will den Fall noch mal aufrollen.«

»Das wird schwer. Ohne neue Erkenntnisse oder Beweise wird das nicht funktionieren.«

»Das ist mir völlig schnuppe«, antwortete Marlene ungeduldig, »ich recherchiere auf eigene Faust. Kann ich heute Abend vorbeikommen?«

Bertram seufzte. »Du wirst keine Ruhe geben, nicht wahr? Selbst dann nicht, wenn ich dir sage, dass ich alles, wirklich alles getan habe, um das Arschloch zu kriegen.«

»Ich werde keine Ruhe geben«, bestätigte Marlene. »Also, sieben Uhr?«

»Okay.« Bertram hatte erneut geseufzt. »Bring eine große Pizza mit. Das wird dauern.«

Marlene fuhr sich durch das Gesicht und versuchte angestrengt, ihre Gedanken wieder auf die Besprechung zu fokussieren. Wie lange konnte ein Mensch ohne Schlaf auskommen? Ihr Handy vibrierte. Sie stöhnte auf, als sie die Nachricht las. Das war jetzt nicht sein Ernst. Jetzt musste sie die Besprechung leiten, das hätte sie gern Benno überlassen. Außerdem wollte sie sich unbedingt mit ihm austauschen. Er würde verstehen, dass sie den Mörder ihrer Eltern finden musste und sie aus dem Diekmann-Fall ein wenig herausnehmen. Und nun das.

Bin krank, las sie. *Werde heute nicht kommen können. Aber schau dir das hier an:*

Marlene starrte auf das Telefon. Zwei Sekunden darauf erschien ein Foto auf dem Display. Marlene runzelte die Stirn. Das durfte doch nicht wahr sein.

Dann piepte es abermals. *Ihr müsst Schlüter auf den Zahn fühlen. Melde mich später. Gruß, Benno.*

»Marlene?«

Sie schrak zusammen.

»Hey, alles okay?« Junis stand vor ihr. »Du siehst aus, als hättest du einen Geist gesehen.« Er zeigte auf die Uhr über der Tür. »Wollen wir nicht anfangen? Wo steckt Benno?«

»Krank.« Marlene seufzte. Sie sprang auf und hoffte, sie würde einen Elan vortäuschen, den sie nicht verspürte. Sofort verstummte das Stimmengemurmel, das den Raum erfüllt hatte.

»Guten Morgen«, sagte sie und schaltete den Beamer an. Ihre Übersicht zum Fall Diekmann prangte erneut an der Wand. »Ich denke«, fuhr sie fort, »dass wir nun einige Punkte hinzufügen können. Zuerst möchte ich euch aber zeigen, was Benno mir gerade geschickt hat. Er hat sich leider für heute krankgemeldet.«

Das Stimmengewirr brandete laut auf, als Holger Schlüter mit Karolin Diekmann groß auf der weißen Fläche erschien.

»Wo hat Benno das denn her?«, wollte Thorsten wissen.

Marlene zuckte mit den Achseln. Das musste sie ihn unbedingt gleich fragen, wenn sie ihn anrief.

»Fest steht«, rief Marcus, »dass Schlüter jetzt ein eindeutiges Motiv hat. Wie alt war die noch mal? Minderjährig, oder? Falls Diekmann das herausbekommen hat ...«

»Meint ihr, Schlüter ist unser Mann?« Becker schaute sich in dem Raum um.

Marcus nickte. »Ich halte das nicht für unwahrscheinlich. Schlüter vögelt Diekmanns Kleine. Der bekommt es irgendwie heraus und rast vor Wut. Er rennt zu Schlüter, es kommt zum Streit. Vielleicht reden sie im Garten, damit Schlüters Frau nichts mitbekommt. Nahe am Pool.«

»Ja.« Andrea nahm den Faden auf. »Diekmann ist so wütend, dass er Schlüter eine verpasst. Sie prügeln sich. Diekmann sagt, dass er Schlüter fertigmacht. Dass seine Karriere vorbei ist und er Karolin nie wiedersieht. Sie kommen an den Pool, der vom morgendlichen Schwimmen offen steht. Schlüter taucht Diekmanns Kopf ins Wasser. Der wehrt sich, Muskelprotz Schlüter ist allerdings stärker. Diekmann schafft es nicht, sich zu befreien. Es dauert keine zwei Minuten, und er ist tot.«

»Genau.« Marcus kratzte sich am Kopf. »Schlüter ist schockiert. Er weiß nicht, dass Salz- und Süßwasser einen Unterschied machen. Er ist panisch, hat schließlich gerade seinen Freund umgebracht. Also lädt er ihn ins Auto und schmeißt ihn am Abend in die Weser. Soll so aussehen, als sei er ertrunken.«

»Okay.« Marlene kaute auf ihrer Lippe. »Vieles von dem, was ihr da ausführt, ergibt Sinn. Einen erheblichen Punkt jedoch habt ihr vergessen: Diekmann war drei Wochen verschwunden, wurde aber erst vor inzwischen ungefähr dreizehn Tagen getötet. Wo war er die Zeit davor?«

»Scheiße, ja.« Marcus runzelte die Stirn. Wieder brandete aufgeregtes Stimmengemurmel durch den Raum, alle redeten durcheinander. Marlene hob die Hand. »Hat irgendjemand eine Idee?«

Niemand meldete sich zu Wort, betretenes Schweigen.

Marlene fuhr sich erneut durch das Gesicht. »Und dieses Szenario erklärt auch nicht, woher Diekmann die Verbrühung hat.«

Marcus seufzte. »Ich gebe zu, da sind momentan einige Fragen offen. Es passt also nicht, dass Schlüter Diekmann im Affekt getötet hat. Doch wer weiß. Vielleicht hat Diekmann Schlüter vor lauter Wut eingesperrt, wollte ihn ein wenig leiden lassen, dafür, dass er seine Tochter flachgelegt hat. Schlüter konnte sich befreien und hat den Spieß einfach umgedreht.«

Marlene lächelte müde. »Du solltest Krimis schreiben«, sagte sie. »Das sind zu viele Vielleichts. Wir brauchen Beweise.«

»Wir sollten Schlüter observieren«, mischte sich Karsten ein. »Er weiß nicht, was wir wissen. Er benimmt sich sorglos und begeht eventuell einen Fehler. Führt uns auf eine Spur.«

»In Ordnung, ich werde das in die Wege leiten. Aber alle anderen bleiben an ihren Aufgaben dran. Sucht weiterhin nach Verbindungen zu Wasser.« Marlene schaltete den Beamer aus. Motiv und Gelegenheit. Das waren die zwei Grundpfeiler ihrer Arbeit. Sie musste zugeben, dass Schlüter ein gutes Motiv hatte. Was den Rest anging, war sie sich allerdings nicht so sicher. Diekmann war nicht im Affekt getötet worden. Warum jedoch hätte Schlüter seinen Freund erst einsperren sollen? Weshalb verbrühen? Oder war Diekmann doch freiwillig verschwunden, bevor er sterben musste? Aber wieso? Es ergab einfach keinen Sinn.

Sie atmete tief ein. Sie würde jetzt zu Rösener und zu Schmidt gehen und die Observierung mit ihnen durchsprechen. Anschließend würde sie Benno anrufen. Gestern hatte er sich schließlich vollkommen gut gefühlt. Nun, vielleicht war es nur ein harmloser Infekt, und sie konnte zu ihm fahren und mit ihm sprechen. Sie brauchte seinen Rat, nicht nur bei dem Diekmann-Fall, sondern vor allem wegen ihrer Eltern. Denn während ihre Gedanken unaufhörlich wie ein Karussell um den Brand in ihrem Elternhaus kreisten, war ihr noch etwas eingefallen: Sie war ebenfalls in dem Haus gewesen in jener verhängnisvollen Nacht. Es war einzig und allein einem Wunder zu verdanken, dass sie nicht auch in den Flammen umgekommen war. Wer immer den Brandanschlag verübt hatte – er galt nicht nur ihren Eltern. Auch sie wäre fast verbrannt.

*

Marlene atmete erleichtert auf, als sie auf die Uhr schaute. Endlich war der Tag vorbei, und sie konnte sich auf den Weg zu Bertram machen. Ein letztes Mal griff sie zu ihrem Handy und wählte Bennos Nummer. Sein Telefon war wie die ganze Zeit zuvor ausgestellt. Komisch, das sah ihm gar nicht ähnlich. Ging es ihm wirklich so schlecht? Marlene nahm sich vor, morgen seine Festnetznummer herauszubekommen und dort anzurufen, falls sie ihn bis dahin noch nicht erreicht hatte.

Vielleicht konnte wenigstens Fabian ihr sagen, was mit Benno los war.

Bei Barbara musste sie sich ebenfalls unbedingt melden. Manfreds Zustand war unverändert. Aber Gott sei Dank war jetzt Irene da, die sich um ihre Schwester kümmerte.

Marlene schaltete seufzend ihren Computer aus. Schmidt hatte eine richterliche Anordnung erwirken können, Schlüter zu observieren, zunächst einmal für drei Tage. Marlene hatte die passenden Kollegen eingeteilt und die Übersicht um die Informationen ergänzt, die sie neu gewonnen hatten. Die standen nun im Intranet allen zur Verfügung.

Anschließend ging sie in das Archiv und besorgte sich die Akte zu dem Brand, der dreiundzwanzig Jahre zurücklag. Den Rest des Tages verbrachte sie mit Lesen. Unglaublich, dass ihr keiner gesagt hatte, was damals wirklich vorgefallen war. Jahrzehnte hatte sie geglaubt, dass ein Unglück geschehen war, und war gar nicht auf die Idee gekommen, dies in Frage zu stellen. Allerdings waren in der Zwischenzeit auch die Kollegen ihres Vaters entweder pensioniert oder sogar verstorben. Vermutlich wusste im Präsidium inzwischen niemand mehr, dass ein ungeklärter Fall in ihrem Keller vermoderte, der Marlene direkt betraf.

Auf dem Weg zu Bertram hielt sie an der Lübbecker Straße und kaufte eine riesige Familienpizza, danach fuhr sie weiter in Richtung Süd-Friedhof. Praktisch gegenüber wohnte Bertram in einem kleinen Häuschen mit einem gepflegten Garten. Die Tanne vor dem Haus war mit einer Lichterkette geschmückt, in den Fenstern glitzerten weiße Schneeflocken.

Sein Gesicht war genauso herzlich, wie sie es in Erinnerung hatte. »Komm herein«, sagte er und reichte ihr eine große Hand, die fest zudrückte. »Schön, dich wiederzusehen, nach all den Jahren.« Er betrachtete sie. »Du siehst ihm ähnlich.« Er lächelte sie an.

»Danke.« Marlene zeigte fragend auf den Pizzakarton.

»Hier entlang, am Esstisch haben wir den meisten Platz.« Er führte sie in das Wohnzimmer. »Meine Frau ist zu ihrer Freundin gefahren. Wir können uns also ausbreiten. Was möchtest du trinken?«

»Bitte nur Wasser.«

Während Bertram in der Küche verschwand und mit Gläsern, einem Wasserkrug und Servietten zurückkam, öffnete Marlene den Pizzakarton. Bei dem Duft, der ihr entgegenschlug, fing ihr Magen an zu knurren. In dem Moment fiel ihr auf, dass sie das Mittagessen mal wieder vergessen hatte.

Sie setzten sich gegenüber, jeder ein großes Stück Pizza vor sich. »Es tut mir leid, Marlene«, begann Bertram. »Nachdem Barbara und Manfred dich aufgenommen hatten, bin ich ein paar Mal bei ihnen gewesen – hauptsächlich, um zu sehen, ob es dir gutgeht. Ich war zwar froh, dass du nicht lange im Heim bleiben musstest, wollte aber sichergehen, dass du dich so wohl wie damals nur möglich fühltest. Und ich wollte ihnen mitteilen, wie es in dem Fall voranging. Ich habe immer dafür plädiert, dir die Wahrheit zu erzählen.«

Marlene nickte. »Sie wollten dich schützen«, sprach Bertram weiter. »Der Tod deiner Eltern hat dich völlig aus der Bahn geworfen. Verständlich, natürlich«, fügte er schnell hinzu.

Marlene atmete tief aus. »Ich habe heute den ganzen Tag die Akten gelesen«, sagte sie.

Bertram hob die Hände. »Dann hast du sicherlich bemerkt, dass wir wirklich alles Menschenmögliche getan haben, um den Kerl zu schnappen.« Er schloss für einen Moment die Augen. »Dein Vater war ein sehr guter Freund von mir. Ich ... ich wollte nichts lieber, als diese verdammte Sache aufzuklären, das kannst du mir glauben.«

Marlene legte das Stück Pizza vor sich ab. »Ich fasse einmal zusammen«, begann sie. »Unterbrich mich, wenn ich etwas vergesse oder falsch verstanden habe. Also, bei der genaueren Untersuchung hat sich herausgestellt, dass der Brand absichtlich gelegt wurde. Das war allerdings schwer zu erkennen, da war ein Profi am Werk, der viel von Elektronik verstehen musste.«

»Richtig.« Bertram nickte. »Exakt darauf haben wir unsere Ermittlungen konzentriert. Dieser Brand war geschickt gelegt worden, nicht leicht zu erkennen und gut ausgeführt. Jemand muss kurz davor bei euch in der Wohnung gewesen sein. Wir haben damals alle Nachbarn befragt – nichts.« Er schaute Marlene ernst an. »Und dich ebenfalls, aber nicht so direkt: Kannst du dich an etwas erinnern? Hattet ihr Besuch? War ein Elektriker bei euch?«

Marlene schüttelte verzweifelt den Kopf. »Ich war zehn, wie soll ich mich da an einen verdammten Elektriker erinnern, der vielleicht bei uns war? Hundert Mal und mehr habe ich mir heute gewünscht, ich könnte es.«

Bertram legte ihr vorsichtig die Hand auf den Arm. »Schon gut.«

»Nein«, Marlene verzog den Mund. »Nichts ist gut. Ich bin die Einzige, die hier was zur Lösung beitragen kann, und in meinem Kopf«, sie haute sich vor die Stirn, »ist einfach nichts.«

»Marlene.« Bertram hielt ihren Arm fest. »Mir ging es damals ähnlich wie dir. Ich wollte um jeden Preis herausfinden, was passiert ist. Das hat mich verrückt gemacht.« Er nahm ihre Hand in seine. »Auch wenn das schwer ist: Du darfst dich nicht zu sehr in die Sache hineinziehen lassen. Du brauchst den Blick von oben auf die Dinge, sonst hast du verloren.«

Marlene seufzte tief. »Wer wollte uns töten?«, fragte sie. Sie blickte Bertram an. »Das ist doch die zentrale Frage. Jemand legt absichtlich einen Brand. Offenbar so geschickt eingefädelt, dass ihr ihm überhaupt nur mit Glück auf die Schliche gekommen seid. Meine Eltern sind beide tot, und ich wäre ebenfalls fast gestorben. Wer immer es war, er muss bereit gewesen sein, eine ganze Familie auszulöschen. Ein Kind. Mich.« Sie schwieg. »Daraus spricht fürchterlicher Hass«, flüsterte sie dann.

»Ja.« Bertram ließ ihre Hand nicht los. »Wie du gelesen hast, haben wir euer ganzes Umfeld auseinandergenommen. Unser erster Verdacht fiel auf diejenigen, die dein Vater als Polizist hinter Schloss und Riegel gebracht hat. Und das waren einige, wie du ja weißt.«

Ein leises Lächeln huschte über Marlenes Gesicht. »Er war gut in dem, was er tat. Sehr gut.« Ihr Lächeln verschwand. »Aber diese Spur hat euch nicht weitergebracht, stimmt's?«

Bertram seufzte. »Leider nicht. Die Typen saßen entweder ein oder hatten wasserdichte Alibis. Natürlich gab es noch die Möglichkeit eines Auftragsmordes, das haben wir ebenfalls gecheckt. Jeden Stein haben wir umgedreht.« Er schaute Marlene an. »Anschließend war sogar eure Familie im Fokus. Heimliche Affären, böses Blut. Dort wurden wir jedoch auch nicht fündig. Ich wusste es vorher. Deine Eltern haben sich geliebt. Sie hielten zusammen. Und du«, er schluckte, »warst ihr Ein und Alles.«

Marlene beugte sich über den Tisch und verbarg so eilig die Träne, die sich aus ihrem Augenwinkel schlich. »Vergessen wir mal die Akten. Hattest du nicht irgendeinen Verdacht? Manchmal hat man doch so ein Bauchgefühl, aber nicht genug in der Hand.« Sie blickte Bertram eindringlich an.

Die Hoffnung in ihren Augen legte sich schwer auf ihn. »Da war so ein Typ, Ingo Ulrichs. Den hat dein Vater wegen Mordes dranbekommen. Er hat seine schwangere Freundin erschlagen. Ein Indizienprozess, Ulrichs behauptete immer, er sei unschuldig. Dass ich nicht lache. Unschuldig war der bestimmt nicht. Ich habe mit ihm gesprochen, ein ganz finsterer Geselle.«

»Und?« Marlene schaute ihn erwartungsvoll an.

»Irgendwie kam er mir komisch vor. Das Gesprächsprotokoll konntest du ja lesen. Allerdings saß er ein, und trotz aller Bemühungen war es unmöglich, ihm nachzuweisen, dass er eine solche Tat nach draußen in Auftrag gegeben hätte.«

»Okay.« Marlene nickte. Sobald sie zu Hause war, würde sie alles über diesen Ulrichs in Erfahrung bringen.

»Marlene, bitte pass auf dich auf.« Bertram nahm einen Zettel und schrieb eine Nummer darauf. »Das ist meine Handynummer, nicht das Festnetz. Hier kannst du mich erreichen, Tag und Nacht.« Er schob das Papierstück zu Marlene hinüber. »Falls du etwas herausfinden solltest, sag Bescheid. Oder, wenn du nur mal jemanden zum Reden brauchst. Melde dich, in Ordnung?«

»Danke.« Marlene lächelte Bertram an und steckte den Zettel in ihre Jackentasche. »Das werde ich.«

Es kam keine Antwort. Benno hatte das Gefühl, als würden die Wände seine Worte schlucken. »Eva?«, fragte er noch einmal, diesmal etwas lauter. Er tastete seine linke Seite ab. Schon nach wenigen Zentimetern spürte er den Rand der Matratze. Nein, da lag niemand. Da war gar kein zweites Bett. Er fuhr mit der Hand an der Matratze entlang und begriff in dem Moment, dass er auf dem Boden lag. Ruckartig drehte er sich nach rechts und ertastete dort das Gleiche. Benno legte sich auf den Rücken und atmete tief ein. Was sollte das hier? Wo zur Hölle war er? Seine Augen versuchten, die Dunkelheit zu durchdringen, aber es gelang ihnen nicht. Selbst als er seine Finger vor sein Gesicht hob, konnte er nichts von ihnen erkennen. Eine undurchdringliche Schwärze umgab ihn. Behutsam griff er sich an den Kopf, befühlte ihn nach einer Verletzung, danach glitten seine Finger, an den Haaren hinunter. Er lag auf einem kleinen Kopfkissen. Als er seine Beine bewegte, bemerkte er eine dünne Decke. Er hockte sich hin und tastete die Umrisse der Matratze ab. Sie schien wirklich mitten in einem Raum auf dem Fußboden zu liegen. Als Bennos Atem schneller wurde, durchzuckte ein erneuter Schmerz seinen Schädel. Er hielt inne und zog Bilanz. Schwer verletzt war er nicht, nur wütete eine Übelkeit durch seine Eingeweide und seinen Kopf quälten stechende Schmerzen, die ihn in Wellen überfluteten.

Langsam ließ er sich zurück auf die verschlissene Matratze sinken. Erinnere dich, hallte es durch sein Gehirn. Was ist passiert? Wo bist du? Er versuchte, sich zu konzentrieren. Es ging nicht. Eine weitere Schmerzwoge durchflutete seinen Körper mit solcher Wucht, dass er nach Luft schnappte. Doch das war es nicht, was ihm die Brust zuschnürte. In dieser Schwärze, in der es keinen Funken Licht zu geben schien, spürte Benno plötzlich nur noch eines – Angst.

*

Marlene schloss für einen kurzen Moment die Augen, als sie sich auf den Autositz fallen ließ. Beerdigungen hasste sie beinah so sehr wie Krankenhäuser. Sie hatte zwar fast tagtäglich mit dem Tod zu tun, konzentrierte sich bei ihrer Arbeit allerdings auf die Aufklärung der Verbrechen. Alles andere versuchte sie zu verbannen. Bei einer Beerdigung war das nicht möglich. Da erfüllte die Trauer der Menschen jeden Zentimeter der Kapelle, um sich schließlich in ihren Augenwinkeln einzunisten. Selbst die vielen Tränen konnten sie nicht fortspülen. Auch Florian hatte geweint. Als schließlich der Sarg in die Erde gelassen wurde, hatte er Rosenblätter auf das Grab seiner Mutter gestreut und dabei ein Gedicht zitiert. Einige Verse davon huschten noch durch Marlenes Gedanken. *Die Engel pflücken sich dein Lächeln und schenken es den Kindern. Die spielen Sonne damit.*

Das war ihr als Kind verwehrt geblieben ... *Sonne spielen.* Jedenfalls, nachdem ihre Eltern gestorben waren.

Marlene seufzte und startete das Auto. Florian hatte sie gefragt, ob sie zum Trauerkaffee mit zur Gaststätte »Zum Waldeskrug« käme. Doch sie hatte den Kopf geschüttelt und auf den Mordfall verwiesen, der ihren vollen Einsatz fordere. Da hatte Florian sie lange in den Arm genommen.

Abwesend sah Marlene die Landschaft an sich vorbeiziehen. Sie lenkte den Wagen automatisch, ihre Gedanken sprangen hin und her. Bisher hatte Schlüters Überwachung nichts ergeben. Er hatte die Nacht zu Hause verbracht, war morgens geschwommen, gejoggt und anschließend zur Arbeit nach Minden gefahren. Nun hielt er sich in der Bank auf.

An einer Ampel nahm Marlene ihr Smartphone, das sie bei der Beerdigung ausgeschaltet hatte, in die Hand und machte es an. Hatte Benno sich endlich gemeldet? Enttäuscht starrte sie auf das Display. Keine Nachrichten oder Anrufe. Nachdenklich ließ sie das Telefon sinken. Das sah Benno gar nicht ähnlich. Sie hatte zwar eigentlich vor, Ingo Ulrichs ausfindig zu machen, aber zuerst wollte sie herausfinden, was mit Benno los war. Von Herford aus war es bis Bielefeld nicht mehr weit. Sie würde zu ihm fahren.

Während sie den Wagen in Richtung Autobahnauffahrt lenkte, probierte sie ein weiteres Mal, ihn zu erreichen. Sein Handy war immer noch ausgeschaltet.

*

Benno zählte. Eins – einatmen, zwei – ausatmen, versuchte er seinen Atem zu kontrollieren. Langsam beruhigte sich sein Herzschlag etwas. Er atmete noch einmal tief ein, dann hockte er sich auf alle viere und kroch so lautlos er konnte von der Matratze herunter. Den rechten Arm hielt er lang ausgestreckt vor sich. Kurz darauf berührte er eine Wand. Benno tastete sie ab und richtete sich anschließend vorsichtig auf. Als er stand, streckte er sich weit nach oben. Auch als er sich auf die Zehenspitzen stellte, konnte er die Decke nicht berühren, wie hoch war sie? Mit beiden Händen an der Betonmauer schlich Benno vorwärts. Bei jedem Schritt schwenkte er seinen linken Arm in den Raum hinein. Nichts.

Er war drei Schritte gegangen, als er in der Wand Metall spürte. Sorgfältig erforschte er den Umriss. Das war eine Tür. Nachdem Benno sie komplett abgetastet hatte, schnappte er nach Luft. Ein Türgriff fehlte. Ein Schloss gab es, der Griff war jedoch abmontiert. Noch bevor ihn die Angst erneut übermannen konnte, tappte Benno weitere drei Schritte vor. Er ging weiter, passierte vier Ecken und kam wieder an der Tür an. Benno verfluchte abermals die undurchdringliche Finsternis, die ihn nichts erkennen ließ. Trotzdem, er musste hineingehen in den Raum, ihn erkunden. Er machte ein paar Schritte vorwärts und zuckte zusammen. Er war an einen Gegenstand gestoßen. Behutsam streckte Benno seine Hände aus und fuhr daran entlang. Glatt war er, groß und rund. Er konnte ihn nicht umfassen und nach oben kein Ende feststellen. Er folgte der Form mit seinen Fingern und stockte. Irgendetwas war an dem Teil befestigt. Was war das? Bennos Hände glitten fieberhaft über das Ding. Eine Leiter etwa?

Trotz der Schwärze, die ihn umkreiste wie ein wütender Geier, schloss Benno die Augen. Was ging hier vor sich? Wo war er?

Er lehnte sich mit dem Rücken gegen das kühle Teil. Wer kämpft, kann verlieren, dachte er. Wer nicht kämpft, hat schon verloren. Mit einem Ruck öffnete er die Augen und schrie so laut er konnte: »Was soll diese Scheiße? Mach das Licht an, verdammt noch mal.«

Schwer atmend blieb er stehen.

Ein greller Blitz durchzuckte den Raum, schien in seinen Kopf einzudringen, und er hob schützend die Arme. Nach der absoluten Dunkelheit traf das plötzlich entflammende Licht sein Gehirn mit der Wucht einer schlagenden Axt. Es dauerte ein paar Sekunden, bis er es wagte, den Arm zu senken. Mit zusammengekniffenen Lidern starrte er in den Raum. Als er begriff, was er sah, wünschte er sich die gnädige Schwärze, die ihn ein eingehüllt hatte, zurück.

*

Marlene war noch nie bei Benno gewesen. Er wohnte, seit er aus Hamburg zurückgekehrt war, in Bielefeld mit seinem jüngeren Bruder Fabian zusammen. Auch ihn hatte Marlene bisher nicht kennengelernt. Bevor sie aus dem Wagen stieg, schaute Marlene sich interessiert um. Ein Mehrparteienhaus, gepflegt, nette Umgebung. Zentral und für die Innenstadt trotzdem in einer relativ ruhigen Straße. In welchem Stock lebten sie? Während Marlene versuchte zu raten, ging sie zu dem Haus hinüber und fand sofort das Klingelschild. Sie drückte darauf und wartete. Nichts. Stirnrunzelnd klingelte sie abermals, diesmal länger. Keine Reaktion.

Marlene lief zur Straße zurück und blickte an der Hausfassade hoch. Wenn Benno krank war, dann musste er irgendwo da drinnen liegen. Wieso machte er die Tür nicht auf? Oder war er vielleicht gerade beim Arzt? Wo stellten sie hier die Autos ab? Marlene konnte keine Garagen entdecken, offenbar parkten die Anwohner ihre Wagen am Straßenrand. Suchend ließ sie ihren Blick über die Fahrzeuge schweifen. Bennos war nicht darunter.

Marlene ging zu ihrem Auto und lehnte sich dagegen. Ein leichter Nieselregen hatte eingesetzt, schwer und grau schoben sich die Wolken am Himmel entlang. Falls er beim Arzt war, hätte er doch sein Handy eingeschaltet?

Marlene googelte und wurde fündig: Benno und Fabian Erdmann. Sie wählte die angegebene Festnetznummer. Es klingelte vier Mal, bevor der Anrufbeantworter ansprang. Als sie Bennos fröhliche Stimme hörte, krampfte sich Marlenes Magen kurz zusammen. Schnell legte sie auf. Was hatte Benno noch mal gesagt, wo Fabian arbeitete? War es nicht irgendetwas mit Wasserpumpen gewesen? Marlene runzelte die Stirn und googelte erneut. Ja, das war es. Goodwater in Bielefeld. Sie gab die Nummer ein. »Könnte ich bitte mit Fabian Erdmann sprechen?«, fragte sie die freundliche Rezeptionistin.

»Natürlich, ich verbinde Sie.«

Marlene zuckte zusammen, als Fabian sich meldete. Seine Stimme klang fast genauso wie Bennos, am Telefon hätte sie die beiden kaum auseinanderhalten können.

»Hier ist Marlene«, sagte sie, »Marlene Borchert.«

»Marlene?« Fabians Stimme konnte man sein Erstaunen deutlich anhören.

»Ich rufe wegen Benno an. Ich erreiche ihn seit gestern nicht mehr. Ist er krank?«

»Krank? Ich habe keine Ahnung.« Nun mischte sich in Fabians Stimme Besorgnis. »Ich habe ihn das letzte Mal am Sonntagabend gesehen.«

»Ja, richtig, da wollte er nach Bielefeld fahren.«

»Als ich von der Arbeit kam, saß er bereits auf dem Sofa. Er war erledigt, sagte, er hätte zwei Nächte nicht geschlafen. Irgendwie war er ziemlich schlecht drauf.«

Fröstelnd zog Marlene mit einer Hand ihre Jacke enger, hielt den Stoff danach festumklammert. Das war der Tag gewesen, an dem Florian sich bei ihr gemeldet hatte, dort oben an der Wittekindsburg. »Und dann?«, fragte sie.

»Wenn ich mich recht erinnere, hatte er morgens um neun eine Besprechung. Ich war schon weg, als er aufstand, ich fange hier immer früh an. Deshalb habe ich nicht noch einmal mit ihm geredet.«

»Du hast ihn also seit Sonntagabend nicht mehr gesehen? Ist er heute nicht nach Hause gekommen?«

»Nein.« Fabian klang nun ernsthaft besorgt. »Ich dachte ehrlich, er sei bei dir. Ich ... wir ... er hat mir von dir erzählt.«

Marlene schluckte. »Vorgestern, am Montag, war er im Präsidium. Danach war ich abends mit einem alten Freund verabredet, und Benno hatte einen Termin in der Bank. Seitdem weiß ich nicht, wo er steckt. Sein Handy ist die ganze Zeit aus. Nur eine kurze SMS habe ich bekommen, dass er krank sei.«

»Entschuldige, wenn ich frage«, sagte Fabian langsam. »Meinst du mit *altem Freund* Florian, deinen Ex-Freund?«

»Ja.« Nun war Marlene überrascht. »Du weißt von ihm?« Trotz des Regens fing Marlene an zu schwitzen.

Fabian antwortete für einen Augenblick nicht. »Benno hat mir ... Ist ja auch egal«, wiegelte er dann ab. »Darüber sollte Benno lieber mit dir reden.« Er stockte. »Wo zur Hölle ist er?«

Marlene begann, unruhig auf und ab zu gehen.

»Sag mal«, hörte sie da Fabians Stimme, »du und Florian. Es geht mich ja nichts an. Aber habt ihr euch in Minden getroffen? Und ... ich meine ... verdammt, war da was? Könnte Benno euch gesehen haben?«

Marlene blieb abrupt stehen. Sie fuhr sich durch die Haare.

»Okay.« Fabian sprach das Wort sehr gedehnt aus. »Du antwortest nicht.« Er seufzte. »Das würde einiges erklären. Er hat euch gesehen.«

»Scheiße.« Marlene starrte auf das Haus.

»Ja, scheiße«, stimmte Fabian ihr zu. »Ich hätte zwar gedacht, dass er damit zu mir kommt. Eigentlich erzählt er mir alles. Aber na ja, vielleicht braucht er mal eine Auszeit.« Abermals schwieg er. Dann brach es plötzlich aus ihm heraus: »Sag ihm endlich, woran er ist, Marlene. Benno hat es nicht verdient, dass man mit ihm spielt. Verdammter Mist, er redet seit zehn Jahren von dir. Wenn du diesen Florian willst, gut. Das ist deine Sache. Aber klär es mit Benno. Lass ihn nicht so in der Luft hängen.«

Marlenes Mund war so trocken, dass sie nicht sprechen konnte. »Sag mir Bescheid, falls du von ihm hörst, ja?«, bat sie schließlich heiser.

»Na klar. Ich ruf mal seine zwei besten Freunde an, eventuell ist er bei denen. Melde du dich auch, solltest du was Neues erfahren.«

Nachdem Marlene aufgelegt hatte, blieb sie an den Wagen gelehnt stehen und blickte zum Himmel. War es wirklich möglich, dass Benno sie gesehen hatte? Ausgerechnet in diesem kurzen Moment am Brunnen? Auf dem Weg von der Bank zur Autobahn war er dort sicherlich vorbeigekommen. Sie musste

Eva Meyer anrufen und herausbekommen, wie lange ihr Gespräch gedauert hatte. Dann konnte sie abschätzen, wann er auf der Portastraße gewesen sein musste. Marlene atmete tief ein, während der Regen auf ihr Gesicht fiel.

*

Frau Borchert. Was kann ich für Sie tun?« Eva Meyer hörte sich wie immer kühl und professionell an. Ihre Stimme füllte das Auto. Marlene drehte die Lautstärke an der Freisprechanlage ein wenig leiser und dafür die Heizung auf. Ihr war kalt, der Regen hatte sie stärker durchnässt, als sie gedacht hatte.

»Haben Sie am Montagabend das vereinbarte Beratungsgespräch mit Herrn Erdmann geführt?«, kam Marlene gleich auf den Punkt. »Und wenn ja, wann waren Sie damit fertig?«

»Ach.« Meyer klang erstaunt. »Ist es nicht ein bisschen merkwürdig, dass Sie mich über Ihren Kollegen ausfragen?«

Marlene verdrehte die Augen. »Ich kann ihn nicht erreichen«, sagte sie. »Also, war er bei Ihnen?«

»Natürlich. Wir haben uns ungefähr eine Stunde unterhalten. Sein Geld wird nun gut angelegt.«

»Schön. Er ist demnach gegen sieben gefahren?« Marlene atmete auf. Um die Uhrzeit war sie mit Florian gerade von der Weinbar Bianco Rosso aufgebrochen. Sie waren über den Weihnachtsmarkt in Richtung Weser gebummelt. Eindeutig hatte sie später mit Florian am Brunnen gestanden.

»Nein, unsere Unterredung dauerte länger. Benno hatte sich verspätet, deshalb waren wir erst nach halb acht fertig.«

Bei diesen Worten zuckte Marlene innerlich zusammen. Kurz nach halb acht? Das konnte hinkommen. Sie schluckte. »Wollte Benno direkt nach Hause fahren?«, hakte sie vorsichtshalber noch einmal nach.

Meyer schwieg einen Augenblick. »Nein«, sagte sie schließlich.

»Nein?«

Meyer räusperte sich. »Er hatte Hunger und fragte mich, ob wir nicht einen Happen essen wollten. Das haben wir dann auch getan. Im *Böhmer Wald*.«

Marlene runzelte die Stirn. »Sind Sie dort zusammen hingefahren?«, wollte sie wissen.

»Natürlich nicht, wir hatten doch beide einen eigenen Wagen.« Meyers Stimme klang ungeduldig. »Hören Sie, ich plaudere ja gern mit Ihnen, aber ich habe viel zu tun. Wenn Sie mich also ...«

»Warten Sie. Ist er nach dem Essen nach Bielefeld gefahren? Ging es ihm gut oder fühlte er sich krank?«

»Es ging ihm gut.« Wieder zögerte Meyer. »Er fragte mich, ob ich Lust hätte, noch etwas zu trinken.«

»Etwas trinken?«

»Ja. Ich war ziemlich erledigt von dem Tag, da wir beide jedoch in Bielefeld wohnen, lud ich Benno auf einen Drink zu mir ein.«

»Aha.«

Benno. Sie hatte zum zweiten Mal *Benno* gesagt. Das hörte sich vertraut an. Zu vertraut für Marlenes Geschmack. Als Meyer nicht weitersprach, hakte sie nach. »Und dann?«

Während Meyer antwortete, umklammerte sie das Lenkrad fester.

»Nun ja, wir haben uns gut unterhalten. Es wurde später und später.« Sie stockte einen Moment. »Den Rest sollten Sie ihn vielleicht lieber selbst fragen.«

Marlene schluckte. »Wie gesagt, ich erreiche ihn gerade nicht.«

»Er hat mir vorhin eine SMS geschickt, er möchte heute Abend mit mir essen.«

»Oh.« Mehr als dieses Wort brachte Marlene nicht zustande. Ihr Mund fühlte sich plötzlich an wie eine ausgetrocknete Wüste.

Meyer schien ihre Überraschung zu spüren. »Keine Ahnung, warum er sich bei Ihnen nicht meldet«, sagte sie. »Ich denke, das sollten Sie miteinander klären. Haben sie daran gedacht, dass er eventuell ein wenig Abstand braucht? Ich kann ihn nachher ja einmal fragen.«

Marlene räusperte sich. »Nicht nötig. Danke.«

Schnell legte sie auf. Ihre Gedanken wirbelten durcheinander wie Laub bei einem Herbststurm. Benno war bei Eva Meyer gewesen. Sie hatten getrunken und gelacht. Aber der entscheidende Punkt war nicht, was Meyer ihr erzählt hatte, sondern was sie ihr *nicht* erzählt hatte. Über die weitere Nacht. Benno wollte Eva Meyer heute Abend wiedersehen. Und sie, Marlene, bekam nur eine SMS mit einer Krankmeldung!

Marlene schüttelte den Kopf und haute auf das Lenkrad. Für einen kurzen Moment dachte sie an den Morgen, an dem sie in seinen Armen aufgewacht war. Wie wohl sie sich gefühlt hatte. Dann wischte sie das Bild zur Seite. Er traf sich mit einer anderen Frau. Hatte er sie und Florian gesehen? Egal! Sie hatte nichts gemacht, während er log, sich versteckte und Spiele spielte. Gut, wenn es das war, was er wollte – bitte. Für so einen Kindergarten hatte sie keine Zeit. Sie musste sich um Schlüter kümmern. Manfred im Krankenhaus besuchen. Aber am allerwichtigsten: Sie musste herausfinden, ob Ingo Ulrichs etwas mit dem Tod ihrer Eltern zu tun hatte.

Marlene drückte auf das Gaspedal. Die wütend arbeitenden Scheibenwischer fegten dabei dicke Regentropfen von der Scheibe.

*

Benno hatte sich umgedreht und starrte auf den durchsichtigen zylinderförmigen Behälter, der unmittelbar vor ihm stand. Er war ungefähr zwei Meter hoch und bis an den Rand mit Wasser gefüllt. Unten umlief ihn kreisförmig eine im Boden eingelassene Rille, der Überlauf? Oben war er mit einem dicken, wahrscheinlich sehr schweren Deckel geschlossen. Wie ein riesiges Aquarium – nur dass die Fische fehlten.

Benno versuchte, nicht zu denken. Alles, was ihm durch den Kopf schoss, lähmte ihn. Langsam drehte er sich ein wenig nach links. Nackte, kahle Betonwände schlossen ihn ein. Der Raum war nicht groß, aber sehr hoch. Vor ihm an der Wand lag die Matratze. Gegenüber befand sich die Tür. Als das Licht angegangen war, hatte Benno direkt auf sie geblickt. Sie sah genauso aus, wie sie sich angefühlt hatte –massiv, aus Metall und ohne Türklinke. Bennos Blick wanderte die Wand neben der Matratze hoch. Dort hing eine gewaltige Uhr. Stoppuhr eher, denn sie hatte nur einen Zeiger, der reglos auf der Zwölf verharrte. Wie ein erhobener Zeigefinger. *Du warst böse. Du wirst bezahlen*, schien er zu zischen.

Benno fuhr sich durch das Gesicht und drehte sich um. Nun blickte er wieder auf die Tür.

Denk nach, ermahnte er sich. Wo bin ich? Wie bin ich hierhingekommen?

Seine Kopfschmerzen hatten ein wenig nachgelassen, statt des Nebels hatte er nun allerdings das Gefühl, die Schwärze, die ihn beim Aufwachen umgeben hatte, würde sein Gehirn durchdringen. Er konnte sich einfach nicht erinnern. War er von Eva aufgebrochen? Hatte ihn jemand überfallen? Aber wer, in Gottes Namen, und warum?

Langsam machte er einen Schritt mitten in den Raum. Dann breitete er die Arme aus. »Was willst du von mir?«, rief er. »Weshalb bin ich hier?«

Regungslos verharrte er, hielt den Atem an, lauschte auf eine Antwort. Doch die Wände blieben stumm. Still war es um ihn herum, ganz still.

*

Du siehst müde aus.« Junis schaute Marlene an, die in ihrem Büro auf dem Schreibtisch herumwühlte.

Marlene lächelte kurz. »Ganz toll, deine Art, Kollegen zu motivieren«, erwiderte sie.

»Immer wieder gern!« Junis grinste, blickte danach jedoch sofort wieder ernst. »Ich wollte mich nur für die nächsten paar Stunden abmelden. Ich habe die ganze Nacht mit Thomas vor Schlüters Haus gestanden, nun brauche ich eine Mütze Schlaf.«

»Richtig.« Marlene blickte auf. »Es ist nichts vorgefallen, oder?«

Er schüttelte den Kopf. »Angelika Schlüter hat oben im Bett gesessen und gelesen, er hat ferngesehen. Gegen halb zwölf haben sie das Licht ausgemacht. Das war's. Jetzt ist er in der Bank. Rüdiger und Matthias sind dran.«

Gedankenverloren nickte Marlene.

»Ich weiß nicht, ob wir so wirklich was herausfinden«, sprach Junis weiter. »Schlüter ist ja nicht dumm. Ich denke, wir sollten uns Karolin vornehmen. Die ist jung, lässt sich bestimmt beeinflussen. Vielleicht kann sie uns etwas Entscheidendes sagen.«

Marlene seufzte. »Die Observierung ist für drei Tage angeordnet, schon allein deshalb werden wir es durchziehen. Und du weißt ja – wir haben nichts gegen Schlüter in der Hand. Vielleicht ergibt sich dadurch doch noch was. Abwarten!« Sie klopfte mit dem Bleistift auf den Tisch. »Strengt euch an«, sagte sie. »Wir übersehen hier etwas. Irgendwo muss es doch einen Hinweis geben, was mit Diekmann passiert ist.«

»Wir tun alle unser Bestes.« Junis strich sich über die Augen. »Ich komme nachher zur Teambesprechung wieder. Bis später.«

»Okay. Bis später.«

Marlene blickte nicht auf, als Junis das Büro verließ. Das Team arbeitete gut. Daher konnte es heute auf Marlene verzichten. Sie legte den Zettel vor sich, auf den sie Ingo Ulrichs' Adresse geschrieben hatte. Ein Jahr vor dem Brandanschlag auf ihre Eltern war Ulrichs zu einer lebenslangen Freiheitsstrafe verurteilt worden. Das hatte er ihrem Vater zu verdanken. Konnte das ein Motiv für einen solch schrecklichen Racheakt sein? Bertram hielt es für möglich, und sie wusste nur allzu gut, dass man aus einer JVA heraus Aufträge für Verbrechen erteilen konnte. Marlene starrte auf das Blatt. Vor vier Jahren hatte Ulrichs den Bau verlassen und sich seither nichts zuschulden kommen lassen. Jedenfalls nichts, was der Polizei bekannt war. Er hatte erst in Minden, dann in Bielefeld gelebt. Inzwischen war er in Paderborn gemeldet.

Marlene seufzte. Warum war er nicht einfach in Minden geblieben? Vielleicht gab es dafür jedoch einen triftigen Grund. Marlene schnappte sich ihre Jacke. Ihr Magen knurrte laut, eine fauchende Katze. Es war schon nachmittags und sie hatte immer noch nichts gegessen. Sie zog die oberste Schreibtischschublade auf. Da hatte sie doch ein Snickers, die eiserne Notreserve. Während sie zum Auto ging, riss sie das Papier auf. Sie würde ihren Besuch bei Ulrichs nicht ankündigen. Mal sehen, was er sagte, wenn sie plötzlich vor ihm stand.

*

Benno starrte auf den Wasserzylinder. Er saß auf der Matratze, den Kopf auf die Hände gestützt. Unglaublich, wie schnell man das Zeitgefühl verlor, wenn man einfach nur dahockte und die Gedanken einen aufzufressen drohten. Seine Armbanduhr konnte er nicht mehr zurate ziehen, sie war ihm abgenommen worden, ebenso sein Handy und Portemonnaie.

Er hatte sich bemüht, klar und rational zu denken. Das hatte er schließlich als Polizist gelernt. Mehrmals hatte er den Raum genau untersucht. Hinter der dicken Wasserröhre war eine Toilette angebracht. Die Erkenntnis, die er mit ihrem Anblick verband, hatte ihm einen heißen Stich in seine Eingeweide verpasst. Er sollte länger hier bleiben. Dazu passte auch die Metallklappe, die unten in die Tür eingelassen war und durch die man offenbar etwas hindurchreichen konnte. Essen.

Was er sich nicht zu erklären vermochte, waren die vielen kleinen Löcher, die sich an unterschiedlichen Stellen in allen vier Wänden befanden. Er hatte versucht, durch sie hindurchzuschauen, dahinter war es jedoch einfach nur dunkel gewesen. Mit Schritten hatte Benno den Raum abgemessen. Er war ungefähr fünfzehn Quadratmeter groß.

Benno drehte den Kopf und richtete seine Augen zur Stoppuhr. Nicht weit davon waren eine Kamera und ein Lautsprecher angeschraubt, zu hoch, um an sie ranzukommen, und er hatte nichts, worauf er steigen konnte. Er hatte zwar probiert, die Matratze zusammenzurollen, aber sie war unter seinem Gewicht zusammengesackt und hatte ihn kaum größer gemacht. Ebenso wenig war er in der Lage, das dicke schwere Drahtseil zu erreichen, das an dem Deckel des Behälters befestigt war, direkt unter der Decke entlanglief und dann in der Wand verschwand.

Benno atmete ein. Bleischwer fühlte sich das an. So sehr er sich anstrengte, ihm fiel nichts ein, um diesem Gefängnis zu entkommen. Und ein Gefängnis war es, das war nur allzu offensichtlich. Jemand beobachtete ihn. Doch was sollte das alles bloß? Sosehr er sich das Gehirn zermarterte, er konnte sich keinen Reim darauf machen.

Benno richtete seine Augen wieder auf die Wassersäule. Sie hatte einen Durchmesser von einem Meter fünfzig, schätzte er.

Zuerst hatte Benno die Gedanken nicht zugelassen. Je länger er jedoch auf der Matratze saß, umso mehr drängte sich eine logische Erklärung auf: Er war ein Gefangener in einem Verlies mit einer großen Wassersäule. Und auch wenn er keine Ahnung hatte, warum er hier war, war er doch sicher: Auch Ralf Diekmann hatte sich in genau diesem Raum befunden. Vermutlich hatte er wie Benno auf dieser Matratze gesessen. Und er war in diesem Raum gestorben.

*

Marlene verließ die A33 und bog in Richtung Paderborn-Zentrum ab. In der Stadt selbst war sie noch nicht häufig gewesen. Trotzdem kannte sie die Strecke gut, denn jedes Jahr absolvierte sie hier sowohl im Wagen als auch auf dem Motorrad ein Fahrsicherheitstraining des ADAC. Sie wurden als Polizisten zwar sowieso regelmäßig geschult, aber Marlene wollte ihre Fahrzeuge so gut wie möglich unter Kontrolle haben. Der große Übungsplatz mit der Schleuderplatte war dazu ideal.

Sie warf einen Blick auf ihren Zettel: Neuhäuser Straße, dort arbeitete Ulrichs in einer Autowerkstatt. Sie hoffte, dass sie es hinbekommen würde, ihn zu einem Gespräch zu bewegen. Vor Kollegen war das nicht unbedingt so einfach, andererseits stand er dann mehr unter Druck als in seiner eigenen Wohnung.

Marlene fuhr an der Bolton Wall entlang, der alten Paderborner Stadtmauer. Im Sommer musste es hier mit all den Büschen und Bäumen wunderbar grün aussehen, doch nun reckten die kahlen Äste ihre Zweige in den Himmel. Schließlich verkündete das Navigationsgerät: *Sie haben Ihr Ziel erreicht.* Marlene hielt vor einem kleinen, flachen Bau, der ziemlich heruntergekommen wirkte. *Autowerkstatt Busse* prangte auf einem Schild, das schief über einem Rolltor hing.

Zwei Männer schraubten an einem aufgebockten Auto. Als Marlene in den Raum trat, schauten beide auf. Der eine kam auf sie zu, wischte sich die Hände an einem schmierigen Lappen ab und lächelte sie an. »Was kann ich für Sie tun, Lady?«

Marlene lächelte zurück. »Sind Sie Herr Ulrichs?«

»Nein.« Der Mann winkte seinem Kollegen, der noch unter dem Fahrzeug stand. »Hey, Ingo, diese hübsche Dame möchte zu dir.« Dabei warf er ihm einen fragenden Blick zu, der so viel zu sagen schien wie: Wo hast du denn diese scharfe Braut aufgegabelt?

Ulrichs kam unsicher auf Marlene zu. Die Fragezeichen in seinen Augen waren deutlich zu erkennen. Er war groß und schlaksig, seine Pupillen huschten wachsam hin und her und verliehen seinem schmalen Gesicht etwas Raubvogelhaftes. »Ja?«, fragte er. Sein Kollege machte keine Anstalten, sich wieder dem Auto zuzuwenden.

»Können wir uns kurz unterhalten?« Marlene schenkte Ulrichs ihr strahlendstes Lächeln. »Allein?«

Ulrichs blickte zögernd zu dem anderen Mann hinüber. »In Ordnung, geh schon«, brummte der. »Aber nur fünf Minuten, verstanden? Wir sind hier schließlich bei der Arbeit und nicht bei einer Flirtline.«

Marlene trat mit Ulrichs vor das Gebäude. Er führte sie von dem Rolltor weg an eine kümmerliche Hecke, die das Grundstück begrenzte.

»Was wollen Sie von mir?«, fragte er dann und starrte sie an.

»Mein Name ist Marlene«, sagte sie und beobachtete dabei genau sein Gesicht. »Marlene Borchert.«

Seine Augen blieben ausdruckslos. »Und?«, fragte er. »Sollte ich Sie kennen?«

Marlene nickte langsam. »Sie haben lange gesessen. War bestimmt eine ewige Zeit, zwanzig Jahre im Knast.«

Er fuhr zurück. »Wer sind Sie?«, blaffte er. »Ich bin seit vier Jahren draußen und habe mir nichts zuschulden kommen lassen. Was wollen Sie von mir?«

Marlene atmete tief ein. »Hartmut Borchert. Er war mein Vater. War. Denn er ist tot. Genauso wie meine Mutter. Bei lebendigem Leib verbrannt.« Nun sah sie doch eine Regung in seinen Augen. Ein kurzes Flackern, eine unterdrückte Wut.

»Der Mistkerl hat mich in den Bau gebracht. Dabei war ich unschuldig.« Seine Stimme zitterte. »Er hat dafür gesorgt, dass ich weggesperrt wurde, für ein Verbrechen, dass ich nicht begangen habe. Mord. An einer Schwangeren. Ich habe sie geliebt, verdammt. Das war mein Kind. Mein Kind, verstehen Sie?« Er war einen Schritt an Marlene herangetreten, sie konnte seinen schalen Atem riechen.

»Und was haben Sie mit Ihrer Wut gemacht?« Anstatt zurückzuweichen, ging Marlene so dicht an Ulrichs heran, dass ihre Nasenspitzen sich fast berührten. »Haben Sie meine Eltern töten lassen?«, fuhr sie ihn an. »Wollten Sie auch mich umbringen, ein gerade mal zehnjähriges Mädchen?«

»Natürlich nicht.« Ulrichs zischte und Speicheltropfen flogen auf Marlenes Gesicht. »Ich sagte doch bereits – ich bin kein Mörder. In Gedanken vielleicht schon, da habe ich Ihren Vater verflucht, jede gottverdammte Nacht. Aber zwischen dem, was man denkt, und dem, was man tut, liegen Welten. Ich war es nicht. Und jetzt lassen Sie mich in Ruhe. Ich möchte Sie nie wieder sehen.«

Er starrte Marlene einen Moment an, dann wandte er sich ab und eilte mit großen Schritten zu der Werkstatt zurück. Selbst an seinem Rücken konnte Marlene erkennen, dass er vor Wut bebte.

*

Benno schreckte hoch. War er eingeschlafen? Er hockte auf der Matratze, sein Arm kribbelte. Als er ihn schüttelte, war es, als würden wütende Ameisen durch sein Innerstes rennen. Er horchte. Hatte da nicht gerade irgendetwas geknackt?

In dem Augenblick bewegte sich die Klappe in der Tür, ein Tablett wurde hineingeschoben. Darauf lagen zwei geschmierte Brote und eine Flasche Wasser.

Obwohl Bennos Magen bei dem Anblick laut knurrte, rührte er sich nicht. Wer immer ihn hier gefangen hielt, er verfolgte einen Plan. Und aus seiner langjährigen Erfahrung wusste Benno, dass Täter es nicht mochten, wenn man sich diesen Plänen widersetzte. Wenn er sich anders verhielt, als gewünscht, konnte er seinen Gefängniswärter damit vielleicht aus der Reserve locken. Demonstrativ blieb er sitzen und blickte auf die Wassersäule.

Als eine Stimme oben aus dem Lautsprecher tönte, fuhr er zusammen. »Du solltest essen«, sagte sie. »Du wirst deine Kräfte brauchen.«

Bennos Herz setzte für einen Schlag aus. Er hatte sich sein Gehirn zermartert, wie er in diesen Raum gekommen war. Und obwohl Eva Meyer die Letzte war, an die er sich erinnern konnte, hatte sich sein Verstand geweigert zu glauben, dass sie etwas mit der ganzen Sache zu tun hatte. Aber nun gab es keinen Zweifel mehr. Der Ton, der aus dem Lautsprecher dröhnte, schepperte zwar und hörte sich merkwürdig verzerrt an, er hatte jedoch ihre Stimme sofort erkannt.

Langsam hob er sein Gesicht und richtete den Blick auf die Kamera. »Eva«, sagte er.

Ein Lachen hallte durch den Raum. »Genau die. Komisch, dass du so überrascht wirkst. Ich meine, du bist schließlich der Polizist. Du hast deine Chance gehabt.« Sie lachte erneut. »Schlecht ermittelt, würde ich sagen.«

Benno stand auf und machte einen Schritt auf den Lautsprecher zu. »Warum bin ich hier?«, fragte er. »Was ist das für ein Raum?«

»Du wirst schon sehen.« Nun war jedes Lachen aus ihrer Stimme verschwunden. »Du solltest kooperieren. Das wird dein Leben erheblich verlängern.«

Benno schüttelte den Kopf. »Sag mir erst, warum ich hier bin«, rief er. »Wieso ich? Was soll das alles? Hast du auch Ralf Diekmann auf dem Gewissen?«

»Iss.« Ihre Stimme klang nun scharf und schneidend. Dann verstummte das Mikrofon.

Benno blickte zur Tür. Eva. Eva Meyer. Das konnte nicht wahr sein. Was hatte er übersehen? Was wollte sie von ihm? Die Gedanken rannten Wettlauf in seinem Gehirn, doch keiner ergab einen Sinn, nichts fügte sich logisch ineinander.

Er atmete tief ein. Marlene. Sie würde ihn suchen. Suchte bestimmt bereits nach ihm. Er war nicht zur Arbeit erschienen, hatte sich bei ihr nicht mehr gemeldet. Gewiss hatte sie längst Himmel und Hölle in Bewegung gesetzt, um ihn zu finden.

Benno starrte auf die Brote. Was immer Eva Meyer vorhatte, er musste das Spiel mitspielen. Marlene Gelegenheit geben, die richtigen Schlüsse zu ziehen. Eva zu entlarven. Langsam erhob er sich und ging auf die Tür zu. Neben dem Tablett ließ er sich auf den Boden sinken. Dann nahm er das Brot in die Hand.

*

Marlene betrachtete ihre Wohnzimmerwand. Sie war von oben bis unten bepinnt – links sämtliche Zeitungsartikel, die den Brandanschlag betrafen, rechts daneben eine Liste von Straftätern mit ihren erkennungsdienstlichen Fotos, denen ihr Vater zu langen Haftstrafen verholfen hatte. Ingo Ulrichs' Foto hatte sie rot eingekreist. Vielleicht ließ sich der Täter hier finden. Vielleicht aber auch nicht. Marlene seufzte. Ein Mord. Ein Mord, der nicht aus Habgier begangen wurde, nicht aus materiellen Gründen. Alles, was sie besessen hatten, war mit ihren Eltern verbrannt. Nein, hier waren Emotionen im Spiel, gewaltige Emotionen, die dazu führten, dass eine Familie fast vollständig ausgelöscht wurde. Und das, so musste Marlene sich eingestehen, sprach nicht unbedingt dafür, dass der Mörder die Familie nicht kannte. Sie musste den Tatsachen ins Auge sehen – es bestand die Möglichkeit, dass diese Tragödie gar nichts mit dem Beruf ihres Vaters zu tun hatte. Vielleicht musste sie ganz woanders suchen – in ihrer eigenen Familie, ihrem eigenen Umfeld.

Bertram hatte behauptet, dass sie dort nichts gefunden hatten. Dass ihre Eltern sich liebten und alles in Ordnung gewesen sei. Marlene hatte es immer genauso empfunden. Doch sie selbst hatte eins gelernt: Das vollkommene Glück gab es nicht. Irgendwo brodelte es bei allen. Vielleicht war das Geheimnis tief unter der Oberfläche verborgen. Vielleicht wusste kaum jemand, dass es existierte. Aber es war da.

Sie wurde von dem Piepen ihres Handys aus den Gedanken gerissen. Ihr Herz klopfte schneller, als sie sah, dass eine Nachricht von Benno angekommen war. Endlich.

Sie ließ sich auf ihr Sofa fallen. *Ich bin nicht wirklich krank,* las sie. *Das hast du dir ja bestimmt schon gedacht. Ich muss aber mein Leben neu sortieren. Frag nicht nach. Lass mir Zeit. Gruß, Benno.*

Marlene runzelte die Stirn. Das hörte sich komisch an. Sein Leben neu sortieren? Sie schnaufte. Hastig drückte sie auf »Anruf«. Bennos Handy war jedoch bereits wieder ausgeschaltet. Anscheinend wollte er tatsächlich nicht mit ihr sprechen. Marlene schürzte die Lippen. Er musste sie gesehen haben. Sie und Florian. Aber was für ein kindisches Benehmen! Konnte er nicht einfach mit ihr reden? Sie warf das Telefon auf den Couchtisch. Auf solche Spielchen hatte sie überhaupt keine Lust. Langsam stand sie auf und ging erneut zu der

Wand hinüber. Sollte Benno und seine gekränkte Männlichkeit doch der Kuckuck holen.

Sie ließ sich auf den Boden sinken. Griff nach einem weißen Blatt, das dort herumlag, und nach einem Stift. Sie atmete tief ein. Dann schrieb sie bedächtig zwei Namen ganz oben auf den Zettel:

Helga Borchert   *Hartmut Borchert*

Sie starrte auf das Papier. Die Buchstaben verschwammen vor ihren Augen. Sie blinzelte. Mühsam malte sie einen dritten Namen unter die anderen zwei – ihren eigenen.

*

Benno lag auf der Matratze und überlegte. Nachdem er das Brot gegessen hatte, hatte er nach Eva gerufen. Doch der Lautsprecher in der Ecke war stumm geblieben.

Am schlimmsten war, dass er keine Ahnung hatte, wie lange er schon hier war. Jedes Zeitgefühl war ihm abhandengekommen. Dazu kam dieser Nebel, der durch seine Erinnerung waberte; das Nichts in seinem Gehirn, wenn er zu ergründen versuchte, was passiert war, kurz nachdem er das orangefarbene Getränk geleert hatte.

Diese verführerische Frau so nah vor ihm, sie hatte sich an ihn geschmiegt. Benno meinte sogar, ihre Lippen gespürt zu haben. Danach – nichts.

Etwas musste in seinem Cocktail gewesen sein. Vermutlich K.o.-Tropfen. Oder ein anderes Betäubungsmittel. Auf jeden

Fall irgendein Zeug, das ihn für geraume Zeit ruhiggestellt hatte. Aber für wie lange? Hatte Marlene bereits die Kavallerie zusammengetrommelt? Suchte inzwischen ein Großaufgebot nach ihm? Flimmerte sein Gesicht in allen Nachrichtensendungen über den Bildschirm?

Bestimmt. Marlene würde ihn finden. Bis dahin musste er durchhalten. Herausbekommen, was Eva vorhatte, und ihr Spiel mitspielen.

Benno drehte seinen Kopf ein wenig und starrte zum hundertsten Mal auf das große Wasserbecken. Ein Becken mit einer Leiter. Ein Deckel, der sich offensichtlich von außen öffnen und schließen ließ.

Bisher hatte Benno weitere Gedanken konsequent verbannt, um keine Angst aufkommen zu lassen. Doch nun kroch sie wie ein schwarzes Geschwür in ihm hoch und drohte, ihn zu ersticken. Unwillkürlich atmete er tiefer ein.

Er bemühte sich, der Schwärze keinen Raum zu geben und nachzudenken. Wie wollte seine Gefängniswärterin ihn dazu bringen, in das Bassin zu steigen? Freiwillig würde er niemals die Leiter erklimmen. Sie musste ihn zwingen, und das hieß, sie musste sich ihm stellen.

Benno richtete seinen Blick auf die Tür. Sobald sie sich ihm näherte, würde er kämpfen. Sollte sie doch kommen. Er war bereit.

*

Marlene zuckte zusammen, als es an der Tür klingelte. Wer konnte das um diese späte Uhrzeit sein? Vielleicht Benno? Wollte er ihr endlich sein merkwürdiges Verhalten erklären? Sie legte den Zettel beiseite und eilte zur Tür.

»Lea!«, sagte sie verblüfft zu der Frau, die davor stand und sie schief anlächelte.

Lea umarmte sie und ließ dabei ihre große Sporttasche zu Boden gleiten. Sie sah verlegen aus. »Tut mir total leid, dass ich dich so überfalle.«

Marlene zog sie ins Wohnzimmer. »Was ist denn los?« Noch nie war ihre beste Freundin, die mit ihrer Familie in Hamburg lebte, unangemeldet bei ihr hereingeplatzt.

Lea ließ sich auf das Sofa fallen. »Ich musste einfach mal raus«, antwortete sie ein wenig atemlos.

Marlene schaute sie mit zusammengezogenen Augenbrauen an. »Ist etwas passiert?«

Lea schüttelte den Kopf. »Nein.« Sie zögerte. »Das heißt, nichts Plötzliches. Es hat sich eher schon länger zusammengebraut.« Sie lächelte Marlene erneut schief an. »Das letzte Mal haben wir uns im September gesprochen, als ich mit dir zum Blauen Band der Weser wollte.«

Nun war es Marlene, die schuldbewusst aussah. »Ich weiß, ich habe dich abgewimmelt. Da gab es diese Vergewaltigung ...«

Lea machte eine wegwerfende Handbewegung. »Du musst dich nicht rechtfertigen. Mir ist klar, wie viel du um die Ohren hast. Aber heute wollte ich mich nicht abwimmeln lassen ...« Sie schwieg einen Moment, ehe sie fortfuhr: »Ich fühl mich bereits seit einiger Zeit unwohl. Immer nur die Kinder, Haushalt, Wäsche ... und abends ein müder Mann, der eigentlich

nur noch auf dem Sofa liegen möchte. Wo bleibe ich dabei?«
Sie seufzte.

Marlene setzte sich neben sie. »Manchmal habe ich Angst,
dass das Leben an mir vorbeizieht«, fuhr Lea fort. »Dass ich
irgendwann aufwache, alt und runzelig, und mich frage, wann
ich wirklich gelebt habe.« Sie starrte aus dem Fenster. Plötzlich sprang sie auf. »Oh Gott, es tut mir leid! Ich habe dich gar
nicht gefragt, wie es dir geht!«

Marlene zog Lea auf das Sofa zurück und hielt ihre Hand
fest. »Hey«, sagte sie. »Schon gut. Ich kann das verstehen.
Mir fällt so oft die Decke auf den Kopf, wenn auch aus völlig
anderen Gründen. Du bist hier immer willkommen. Solange
du willst.«

»Ich weiß«, flüsterte Lea und atmete tief aus. Dann zuckte
ihr Blick zu der von Papieren und Zeitungsartikeln überzoge-
nen Wand. »Aber wie ich sehe, arbeitest du schwer.« Sie runzelte die Stirn. »Seit wann hängst du dir denn zu Hause die
ganzen schönen Tapeten mit deinen Untersuchungen voll?«

Unbewusst verstärkte Marlene den Griff um Leas Hand.
»Das ist ein besonderer Fall.«

Lea, die ihre Augen nicht von der Wand genommen hatte, richtete sich langsam auf. Die Falten auf ihrer Stirn wurden stärker. »Das ist doch nicht …«, begann sie, stand auf
und stellte sich vor die Zettel. Marlene trat leise neben sie,
gemeinsam blickten sie auf die unzähligen Blätter. Lea
schluckte. »Es war Brandstiftung?«, wisperte sie schließlich. »Deine Eltern wurden vorsätzlich getötet?« Marlene
nickte. Sie spürte etwas Warmes auf ihrer Wange und strich
es schnell weg. Da hatte Lea sie jedoch schon umarmt. In
dem Moment fiel Marlene der Schmerz mit einer solchen

Macht an, dass sie sich haltsuchend an ihrer Freundin fest-
klammerte. So standen sie, schweigend, bis Marlene sich
zitternd löste.

Lea führte Marlene zum Sofa, lief in die Küche und kam
mit einem Glas Wasser zurück. »Ich fasse es nicht«, sagte sie.
»Und das haben Barbara und Manfred all die Jahre geheim gehalten. Vor dir. Und vor mir auch.«

Marlene schluckte. Dann griff sie erneut nach Leas Hand.
»Es ist schön, dass du hier bist«, flüsterte sie.

Lea schüttelte den Kopf. »Oh Mann, und ich dachte, mir
ginge es schlecht. Dieser Ingo Ulrichs, den du rot markiert
hast, hat der was mit der Sache zu tun?«

Marlene seufzte. »Ich weiß es nicht. Ich habe heute mit
ihm gesprochen. Aber der Brand ist eine Ewigkeit her. Selbst
ich kann mich nicht mehr richtig erinnern.«

»Weißt du was?« Lea blickte Marlene an. »Ich helfe dir.
Ich kenne dich, seit ich laufen kann. Ich kenne deine Eltern.
Wir finden heraus, was damals passiert ist. Wir erinnern uns
gemeinsam.«

Marlene lächelte. Wie Lea es immer wieder schaffte, dass
sich ihre Anspannung ein wenig löste, sobald sie da war. »Du
solltest viel häufiger einfach so vor meiner Tür stehen.«

Lea lachte kurz auf. »Oh ja. Denn ich bin mir sicher, du
hättest mich nicht angerufen. Hättest wie gewohnt alles nur
mit dir allein ausgemacht.« Sie hielt inne. »Apropos allein,
wie geht es eigentlich Benno? Arbeitet er mit dir zusammen
an diesem Fall?«

»*Dieser Fall* ist gar nicht offiziell«, erwiderte sie und atmete tief aus. »Wir haben einen aktuellen Mordfall an den Ha-
cken. Und Benno ist krank.« Sie stockte. »Oder auch nicht.

Scheint in der Midlifecrisis zu stecken. Muss sein Leben neu sortieren.«

Lea runzelte die Stirn. »Männer«, sagte sie.

»Hm, Männer.« Marlene grinste schwach. »Ich hole jetzt Wein. Lass uns anstoßen. Auf die Freundschaft. Und die Frauen.«

*

Benno saß auf der Matratze und hatte den Kopf in die Hände gestützt. Seine Augen waren nur scheinbar geschlossen. Eva sollte denken, dass er schlief. Sie konnte ihn über die Kamera sehen, da war er sicher, also brachte es nichts, wenn er ihr hinter der Tür auflauerte. Nein, er würde vermeintlich teilnahmslos auf dem Ding hier sitzen, aber sie überwältigen, sobald sie den Raum betrat. Benno ging in Gedanken das Waffentraining durch, das er regelmäßig und immer wieder probte. Dazu gehörte auch, jemandem eine Waffe aus der Hand zu schlagen. Vermutlich würde sie eine Pistole haben. Oder ein Gewehr. Und ihn so zwingen wollen, in dieses Bassin zu steigen.

Benno atmete tief ein. Soviel er sich das Gehirn zermarterte, er verstand überhaupt nicht, was das alles sollte. Wieso das Becken, wieso die Uhr? Und was tat eine solch erfolgreiche und hübsche Frau wie Eva Meyer da in Gottes Namen bloß? War sie verrückt? Durchgeknallt?

Doch würde es ihm helfen, wenn er darauf eine Antwort wüsste? Wohl kaum. Er musste sich darauf konzentrieren, sie zu überraschen und zu überwältigen. Dann würde sich ihm im

Vernehmungszimmer offenbaren, was Krankhaftes in ihrem Kopf herumspukte.

Als er ein Geräusch an der Tür hörte, zuckte er unmerklich zusammen. Da, sie kam! Er spannte sich an, verharrte jedoch in derselben Position. Sein Atem ging schneller.

Die Klappe wurde geöffnet. Durch den Schlitz seiner Augen sah Benno darauf etwas liegen. Das war doch nicht etwa ... Benno blinzelte. Doch, das war es. Ein Handtuch.

In dem Augenblick dröhnte Evas Stimme in den Raum. »Steh auf!«, schepperte es.

Benno drehte sich langsam um. Er blickte direkt in die Kamera. »Was willst du?«, fragte er.

»Steh auf!« Meyers Stimme klang hart. Als Benno nicht reagierte, seufzte sie. »Ich erklär dir jetzt was. Und hör gut zu, denn ich sage es nur ein Mal. Siehst du die Löcher überall in den Wänden?«

Unwillkürlich hob Benno seinen Kopf ein wenig und starrte auf die dunklen Dinger in der Wand vor ihm.

»Ja, genau die«, fuhr Meyer fort. »Wie du schon mitbekommen hast, sind sie rundum in verschiedenen Höhen angebracht. Was Du noch nicht weißt: Sie sind exakt so groß, dass ich das Pistolenrohr eines Hochdruckreinigers durchstecken kann. Gefüllt mit heißem Wasserdampf. Solltest du nicht tun, was ich will, dann richtet sich der Strahl direkt auf dich. Es ist zwar nur eine kleine Stelle, aber glaub mir, es ist nicht angenehm, wenn der Dampf die Jeans in deine Haut kocht.«

Benno sprang auf. »Du warst es also wirklich!«, rief er. »Du hast Diekmann getötet. Was soll das? Warum machst du das?« Er ging näher auf die Kamera zu und breitete die Hände aus. »Was immer der Grund ist, es ist vollkommen verrückt.

Hör auf damit. Lass mich hier raus. Ich werde mich auch für dich einsetzen. Du brauchst Hilfe, Eva.«

»Halt den Mund!« Evas Stimme war klirrendes Eis. »Ich habe dir gesagt – spiel mit und du hast die Chance, dein Leben zu verlängern. Du wirst jetzt gleich in das Wasser steigen. Sobald du untertauchst, läuft die Uhr. Du kannst sie sehen. Wir fangen leicht an. Fünfundvierzig Sekunden. Das schafft jedes Kind.«

Benno runzelte die Stirn. »Wie meinst du das?«, fragte er.

»Wie ich es sage.« Eva klang ungeduldig. »Los, zieh dich aus.«

Benno starrte in die Kamera, unfähig sich zu bewegen. Das war ja völlig absurd.

In dem Augenblick ertönte ein Zischen genau neben ihm. Dann spürte er den heißen Dampf. Automatisch wich er einen Schritt zurück.

»Ich habe nicht auf dich gezielt.« Nun zischte auch Eva. »Aber beim nächsten Mal tue ich es. Erst deine Beine. Danach deine Brust. Und schließlich dein Gesicht.«

Sie ist verrückt, dachte Benno. Sie ist vollkommen verrückt. Er fuhr sich über die Augen.

»Du ziehst dich jetzt aus. Die Unterhose kannst du anbehalten. Hinterher nimmst du das Handtuch und trocknest dich ab. So einfach ist das.«

Benno schluckte hart. Okay, dachte er, während er langsam sein Hemd hochhob. Okay, spiel mit. Sie werden dich finden. Marlene wird dich finden. Sie holt dich hier raus.

Er zog das Hemd über sein Gesicht. »Wer sagt mir, dass du mich nach fünfundvierzig Sekunden wieder aus dem Teil rauslässt?«, fragte er.

Eva lachte. Es klang hohl und kalt. »Niemand. Aber es liegt an dir. Verbrühungen am ganzen Körper oder fünfundvierzig Sekunden unter Wasser.«

Benno, der nun mit nacktem Oberkörper dastand, öffnete umständlich seine Turnschuhe. Diekmann hatte noch zwei Wochen gelebt, schoss es ihm durch den Kopf. Was immer sie vorhatte, sie tötete nicht sofort. Er hatte keine Wahl. Er musste tun, was sie verlangte. Dann hatte er vielleicht eine Chance.

Halte durch, machte er sich selbst Mut. Marlene wird kommen. Sie stand bestimmt schon halb auf Eva Meyers Türschwelle.

*

Marlene schloss für einen kurzen Moment die Augen. Sie hatte nur ein Glas Wein getrunken, aber das reichte, um eine samtene Decke in ihrem Inneren auszubreiten, die sich tröstend auf alte Wunden legte. Oder war dieses Gefühl Leas Verdienst, die dicht neben ihr saß, Marlenes Hand fest in ihrer, und aufmerksam zuhörte, während sie ihr alles über den Brandanschlag erzählte?

»Ich rufe Tim an«, sagte Lea, als Marlene verstummte, »er soll was für die Kinder organisieren, und ich bleibe ein paar Tage bei dir. Bis dahin versuchen wir, so viel wie möglich herauszubekommen. Du gibst mir gleich die Akte, ich werde sie bis morgen früh lesen.«

Marlene deutete auf die Mappe. »Du weißt, dass das keiner erfahren darf? Du bist nicht befugt, dich damit zu beschäftigen.«

Lea lächelte. »Sagtest du nicht, das Ganze sei sowieso inoffiziell? Dann können wir ja so weitermachen. Ich bin die Einzige, mit der du schon damals befreundet warst, ich muss dir einfach helfen.«

Marlene drückte Leas Hand. Anschließend zog sie vorsichtig das Blatt hervor, auf dem nur die drei Namen standen. »Ich weiß nicht, ob wir vielleicht in meiner eigenen Familie graben müssen«, begann sie langsam. »Meine Erfahrung sagt mir, dass wir das nicht kategorisch ausschließen können.« Sie schluckte. »Aber ich habe Angst vor dem, was ich finden könnte«, fügte sie hinzu.

Lea nickte. »Klar, aber es wäre trotzdem besser, sich dem zu stellen, als im Unklaren zu bleiben, meinst du nicht?« Marlene nickte ergeben. »Und es könnte genauso gut der Auftrag eines Schwerverbrechers gewesen sein. Wir werden die Wahrheit ans Licht bringen.« Sie zog die Mappe zu sich heran. »Weißt du was? Ich lese. Und du gehst ins Bett. Du siehst echt übernächtigt aus. Morgen früh sehen wir weiter.«

Marlene seufzte. »Morgen steht eine erneute Besprechung an. In dem Diekmann-Fall, den wir gerade bearbeiten. Ich hatte gehofft, Benno könnte mich ein wenig freistellen. Und jetzt verhält der sich selbst völlig merkwürdig.«

Lea ließ den beigefarbenen Ordner wieder sinken. »Was ist da eigentlich los?«, wollte sie wissen. »Ich habe Benno in Hamburg kennengelernt. Er scheint mir überhaupt kein Typ für eine Midlifecrisis. Ist er dafür nicht auch noch ein bisschen jung?«

Marlene blickte aus dem Fenster.

Lea schaute sie an. »Marlene?«, fragte sie abermals.

Langsam wandte sie Lea ihren Kopf zu. »Ich habe wieder mit ihm geschlafen«, schoss es plötzlich über ihre Lippen.

Lea lächelte. »Na endlich!«, rief sie. »Was ist dann das Problem?« Sie grinste schelmisch. »War es etwa nicht gut?«

Marlene atmete tief aus. »Florian hat mich angerufen. Ich habe ihn getroffen. Und Benno hat mich offenbar mit ihm gesehen.«

»Jetzt schlägt's dreizehn!« Lea haute sich auf den Oberschenkel. »Zwei Monate nicht mit dir telefoniert, und du berichtest mir hier einen Hammer nach dem nächsten.« Sie zog Marlene zu sich heran. »Erzähl«, sagte sie. »Alles.«

Und Marlene erzählte. Lea hörte ihr aufmerksam zu und sagte auch nichts, als Marlene fertig war. Die biss sich auf die Lippen. »Kannst du verstehen, dass mein Kopf brummt?«, fragte sie. »Das ist alles ein bisschen zu viel. Ich weiß gar nicht, wo ich anfangen soll, Probleme zu lösen.«

Lea nickte langsam. »Hör zu«, sagte sie dann, »diese furchtbare Sache mit deinen Eltern bedrückt dich natürlich. Vielleicht verhindert sie aber auch, dass du klarsiehst. Denk doch mal einen Augenblick nach – findest du diese Geschichte mit Benno nicht irgendwie merkwürdig? Was du da beschreibst, passt überhaupt nicht zu ihm. Du kennst ihn natürlich besser als ich.« Sie schaute Marlene fragend an.

Marlene fuhr sich mit allen zehn Fingern durch die Haare, formte einen Pferdeschwanz, ließ ihn wieder fallen. Schließlich zuckte sie mit den Schultern. »Was weiß denn ich«, sagte sie. »Wahrscheinlich habe ich seine Gefühle verletzt. Und jetzt spielt er die beleidigte Leberwurst. Dafür habe ich im Moment allerdings keine Zeit, verstehst du? Rösener sitzt uns im Nacken, damit wir den Diekmann-Fall aufklären. Und irgendwo da draußen rennt der Mörder meiner Eltern rum.« Sie atmete tief ein. »Ich beziehe dir das Sofa. Du hast Recht, ich muss schlafen.«

Lea sprang auf. »Gut, ich werde das hier noch lesen.« Sie klopfte auf den Ordner.

Marlene umarmte sie. »Danke«, flüsterte sie.

Lea drückte sie fest an sich. »Wir packen das«, murmelte sie an Marlenes Hals. »Alles wird gut.«

Marlene verzog den Mund. Was für ein bescheuerter Spruch. Wie konnte alles wieder gut werden? Aber sie wusste, dass Lea sie aufbauen wollte. Und Lea war ihr Anker in die Vergangenheit. Zusammen könnten sie zumindest eines schaffen – die Wahrheit an die Oberfläche holen, wie tief sie auch vergraben sein mochte.

*

Obwohl er seine Boxershorts trug, war Benno sich noch nie so nackt vorgekommen. Er zwang sich, dieses Gefühl abzustreifen und sich stattdessen auf diese verrückte Aufgabe zu konzentrieren. Fünfundvierzig Sekunden, das war eigentlich kein Problem. Er hatte in Australien einen Tauchschein gemacht, den *Open Water Diver*. Seitdem war er wiederholt in Urlauben getaucht. Er würde sich zwar nicht als Profi bezeichnen, hatte aber doch einiges über Atemtechniken gelernt. Mit viel Anstrengung war er in der Lage, etwa eineinhalb Minuten die Luft anzuhalten. Fünfundvierzig Sekunden sollte er also locker schaffen. Wenn er nicht in Panik geriet. Und wenn er nach der Zeit wirklich wieder herauskam.

Langsam ging er auf die Leiter zu. Dabei versuchte er, alles auszublenden und nur tief und regelmäßig in den Bauch zu atmen. Sein Tauchlehrer hatte ihm beigebracht, dass es beim Luftanhalten nicht gut war, die Lunge zu hundert Prozent mit Sauerstoff zu füllen. Nur zu ungefähr achtzig Prozent einatmen – so konnte man länger durchhalten.

Seine Gedanken wurden von einem Geräusch unterbrochen – surrend hob sich der Deckel des Beckens. Er stieg die Stufen hoch und blickte in das Bassin, das bis zum Rand mit Wasser gefüllt war. Die Leiter reichte nicht ganz bis oben.

Ein Knacken ertönte im Lautsprecher. »Lass dich hineinfallen«, hörte er Evas Stimme. »Dann tauch. Die Uhr an der Wand läuft, sobald du unter Wasser bist und der Deckel klappt zu. Nach fünfundvierzig Sekunden kannst du hochkommen.«

Benno schloss für einen Moment die Augen, danach schob er langsam seine Beine über die Umrandung und ließ sich fallen. Als das Wasser ihn einhüllte und er runtersank, bekam er Panik und stieß sich mit den Füßen am Boden ab. Prustend tauchte er auf und atmete hektisch ein. Wassertropfen liefen an seinem Gesicht herunter auf seine Lippen. Salz.

Er vernahm das Geräusch, bevor er realisierte, was passierte. Der Deckel begann, sich surrend zu schließen. Schnell holte Benno Luft und tauchte unter. Verdammt. In seiner Angst hatte er tief eingeatmet, so tief er konnte. Aber das hier war auch keine harmlose Übung irgendwo an einem seichten Strand.

Während er sein Herz spürte, das hart gegen seine Brust hämmerte, war nur ein Gedanke in seinem Kopf. Das war kein Spiel. Was immer Eva Meyer vorhatte, es war ein Kampf auf Leben und Tod.

*

Marlene schrie auf. Sie brauchte einige Sekunden, um zu begreifen, dass sie in ihrem Bett lag. Der Alptraum hatte sie schon lange nicht mehr verfolgt, jetzt jedoch war er wieder da – die brennende Wand vor der Schlafzimmertür ihrer Eltern, das Knistern des Feuers und der Qualm in ihrer Nase, in ihrer Lunge, der ihr jegliche Luft zum Atmen raubte.

Sie keuchte, der Schweiß lief ihr in einem Rinnsal den Rücken hinunter. Sie wollte gerade die Bettdecke zurückschlagen, als Lea mit einem Glas Wasser vor ihr stand. Marlene nahm es. Dabei schwappte ein wenig Flüssigkeit auf das Laken, weil ihre Hände so stark zitterten.

Sie wischte sich durch das Gesicht. »Dieser verdammte Traum«, flüsterte sie heiser.

»Immer noch der gleiche wie früher?« Lea hatte sich auf die Bettkante gesetzt.

Marlene nickte. Dann runzelte sie die Stirn. Irgendetwas war in diesem Traum anders gewesen als sonst. Sie schloss die Augen und versuchte, die schrecklichen Bilder wieder heraufzubeschwören. Das Feuer. Feuer überall, und sie lag röchelnd am Boden. Marlenes Hand krallte sich in ihr Bettzeug. Und plötzlich sah sie ihn. Benno lag neben ihr. Er war so von Qualm eingehüllt, dass sie ihn kaum erkennen konnte. Es war nicht ihr Röcheln, das sie hörte, sondern seins. Er bekam keine Luft. Sie wandte sich ihm zu. Seine Lippen waren weiß. Ganz weiß.

Sie keuchte und sprang auf. Dabei fiel das Wasserglas klirrend herunter.

»Was ist los?«, rief Lea erschrocken.

Marlene schüttelte sich. Schaute in die Augen ihrer Freundin, die sie besorgt ansah. Dann ließ sie sich langsam neben Lea nieder. »Schon gut«, sagte sie. »Nur ein Traum. Es ist nichts als ein Traum.« Sie atmete tief ein. »Hast du noch gar nicht geschlafen?«

»Nein. Aber dafür habe ich die Akte durchgesehen. Und einen Haufen Notizen. Das können wir morgen früh alles durchgehen, in Ordnung?«

Marlene lächelte schwach. »In Ordnung.«

»Und du legst dich jetzt wieder hin.« Lea drückte Marlene sanft nach hinten und zog die Bettdecke über sie. Anschließend strich sie leicht darüber. »Und keine Alpträume mehr, hörst du?«

Marlene fasste Lea am Handgelenk. »Schlaf bei mir«, flüsterte sie. »Das Bett ist groß genug für uns beide.«

Lea nickte. Sie schlüpfte hinter Marlene unter die Decke. Marlene drehte sich zu ihr um. Sie war froh, dass Lea hier war. Sehr froh. Während der Schlaf sie einfing und sie langsam aus ihrem Körper glitt, dachte sie aber, dass Benno dort neben ihr liegen müsste. Es war Bennos Platz neben ihr.

*

Benno hielt die Augenlider fest geschlossen. Er versuchte, seinen hämmernden Herzschlag zu ignorieren und zählte die Sekunden. Als er bei dreiundvierzig angekommen war, verspürte er eine schwache Erschütterung in dem Becken. Nun öffnete er die Augen doch, obwohl er wusste, dass sie danach brennen würden. Über ihm hob sich langsam der Deckel. Benno stieß nach oben, schlug mit dem Kopf leicht an, konnte dann aber den Beckenrand fassen und Luft holen. Noch nie war ihm Sauerstoff so kostbar vorgekommen. Ein *Klick* und der Deckel stand still.

»Komm heraus«, hörte er die scheppernde Stimme erneut. Benno zog sich mit den Armen am Rand hoch, stütze sich ab und schwang sein Bein auf die Leiter. Als er mit beiden Füßen die Sprossen berührte, wäre er am liebsten stehengeblieben, hätte tief durchgeatmet. Er wollte allerdings nicht, dass Eva irgendein Zeichen von Schwäche an ihm sah. Deshalb kletterte er schnell herunter und griff nach dem Handtuch. Kaum spürte er jedoch festen Boden unter den Füßen, überrollte ihn die Wut mit der Macht eines tosenden Orkans.

»Bist du nun zufrieden?«, schrie er heiser.

Wieder erklang Meyers kaltes Lachen. Die Lautsprecher warfen es durch den kahlen Raum, schleuderten es direkt in Bennos Gesicht. »Das war erst der Anfang«, sagte sie. »Morgen wird es eine Minute werden.«

»Und dann?« Benno ging abermals auf den Lautsprecher zu. Wassertropfen flogen aus seinen Haaren. »Findest du es geil, wenn jemand im Wasser eingeschlossen ist? Was gibt dir das – den ultimativen Kick? Wie krank bist du eigentlich?« Seine Augen brannten, er starrte in die Kamera.

Der Lautsprecher blieb still. Gerade, als Benno dachte, sie würde nichts mehr sagen, sprach sie erneut: »Du solltest deine Kräfte sparen. Eine Minute mag dir kurz vorkommen. Aber dabei wird es nicht bleiben.«

»Wie meinst du das?« Benno war der Satz herausgerutscht, bevor er sich bremsen konnte. Doch er bekam keine Antwort. Ein Knacken, danach hörte er nur noch das Blut in seinen Ohren, spürte sein Herz, das nach wie vor dröhnte.

Er trocknete sich ab. »Morgen«, hatte sie gesagt. Offenbar war es demnach gerade Abend. Das ergab einen Sinn. Denn falls Eva keinen Urlaub hatte, müsste sie tagsüber in der Bank arbeiten. Er hatte also vermutlich vierundzwanzig Stunden Zeit, bis er wieder in das Bassin musste. Eine Minute. Auch das war leicht zu schaffen. Vor allem, wenn er wusste, dass sich der Deckel anschließend wirklich öffnete. Aber was, sollte es so weitergehen? Fünfzehn Sekunden mehr. Das hieß, übermorgen waren es schon eine Minute fünfzehn, dann eine Minute dreißig. Das würde er wahrscheinlich hinkriegen. Doch danach wurde es eng. Eine Minute fünfundvierzig. Zwei Minuten. Das hatte er in jungen Jahren nur mit intensivem Training hinbekommen.

Benno zog sich langsam an. Er konnte sich steigern. Hier hatte er schließlich alle Zeit der Welt, um zu trainieren. Ab jetzt würde er jeden Augenblick für Atemübungen nutzen. Zwei, drei Tage, dann könnte er zwei Minuten schaffen, da war er sicher. Länger als zwei Minuten – das hielt er allerdings selbst mit viel Übung für aussichtslos. Um das zu erreichen, würde er mehr Zeit brauchen. Wesentlich mehr.

Benno starrte auf das Wasserbecken. Sein Blick fiel auf das am Deckel befestigte Kabel. Ein sehr dickes Metallteil, das oben an der Decke aus dem Raum führte. Wenn es möglich wäre, die Verbindung zu kappen, würde Meyers Vorrichtung nicht mehr funktionieren. Dann würde sie zu ihm in sein Gefängnis kommen müssen. Doch wie sollte er das anstellen? Er hatte überhaupt kein Werkzeug. Selbst Besteck hatte sie ihm nicht gegeben. Das Brot hatte einfach nur auf der blanken Metallfläche gelegen, die Wasserflasche war aus dünnem Plastik.

Benno stieß zischend die Luft aus. Er konnte warten. Es schien Abend zu sein und Meyer müsste sich bald schlafen legen. Bis dahin würde er seine Übungen machen und sich anschließend das Kabel genauer ansehen.

Er würde alles geben, um zu überleben. Und Marlene würde alles geben, um ihn zu finden. Ja, so würde er hier herauskommen, irgendwie.

*

Marlene schreckte auf. Die Nachttischuhr blinkte – es war erst fünf. Lea atmete tief und fest neben ihr. Marlene schloss für einen Moment die Augen. Hatte sie einen weiteren Alptraum gehabt? Nein, das war es nicht. Aber ihr Herz hämmerte unruhig, ein schaler Geschmack lag wie eine faule Frucht in ihrem Mund. Leise stand sie auf und ging in das Badezimmer hinüber. Als sie in ihr weißes Gesicht blickte, wurde es sofort von Bennos Bild überlagert. Er hatte so bleich ausgesehen in ihrem Traum, die Lippen so fahl.

Marlene drehte den Wasserhahn auf. Wahrscheinlich lag er gerade glücklich lächelnd mit Meyer im Bett. Sie hatte doch gesagt, dass sie mit Benno verabredet war. Und nun hatte er nicht den Mumm, es ihr zu sagen, machte stattdessen auf krank und faselte etwas von einer Selbstfindungskrise. Und sie, sie träumte auch noch von ihm.

Energisch schlug sie sich das kalte Wasser ins Gesicht. Heute würde sie sich um den Diekmann-Fall kümmern müssen. Hoffentlich hatte irgendjemand ihrer Kollegen in der Besprechung etwas Neues zu berichten. Die Überwachung von Schlüter hatte bisher jedenfalls absolut gar nichts ergeben. Marlene seufzte. Vermutlich mussten sie sich das Mädchen wirklich einmal vornehmen, Karolin. Seit wann lief das mit Schlüter, was genau wollte sie von ihm und er von ihr? Hatte ihr Vater von der Beziehung gewusst? Allerdings durften sie ja nicht alleine mit ihr reden, schließlich war Karolin noch minderjährig, ihre Mutter konnte bei der Befragung dabei sein. Und würde das Mädchen da offen sprechen?

Marlene seufzte. Sie wollte außerdem unbedingt hören, was Lea durch den Kopf gegangen war, während sie die Akte gelesen hatte. Sie war zwar keine Polizistin, aber schon immer gut im Kombinieren gewesen, hatte außerdem das beste Abi in ihrem Jahrgang gemacht. Kein Wunder, dass sie unzufrieden damit war, nur zu Hause zu hocken und sich um den Haushalt und die Kinder zu kümmern. Für ihre Familie hatte sie alles hintenangestellt. Lea sollte mit Tim sprechen und endlich wieder anfangen zu arbeiten.

Marlene ging in die Küche hinüber und setzte einen Kaffee auf. Anschließend holte sie das Toastbrot aus dem Kühlfach und steckte eine Scheibe in den Toaster. In dem Moment blinkte ihr Handy auf. Marlene nahm es verwundert in die Hand.

Eine Nachricht von Fabian leuchtete ihr entgegen. *Benno hat sich gestern spät bei mir gemeldet, per SMS. Er schrieb, er sei bei Eva Meyer und ich solle mir keine Sorgen machen. Aber ehrlich – ich mache mir Sorgen. Ich habe die ganze Nacht nicht geschlafen. Kannst du mich mal anrufen?*

Sie hörte, wie erstaunt Fabian war, als sie ihn eine Minute später am Telefon hatte. »Ich bin also nicht der Einzige, der schon auf ist«, sagte er. Dann wurde er ernst. »Marlene, Benno ist noch nie einfach so verschwunden. Schon gar nicht ist er jemals einfach so nicht zur Arbeit gegangen. Keiner seiner Freunde hat ihn gesehen. Die einzigen Lebenszeichen sind diese SMS, die er dir und mir schickt. Du bist doch Polizistin. Findest du das nicht auch ein bisschen komisch?«

Marlene ließ sich auf einen Stuhl fallen. »Du hast also immer noch nicht mit ihm gesprochen?«, fragte sie.

»Nein.« Fabian stockte. »Das ist alles überhaupt nicht Benno. Und diese Eva Meyer ... Okay, vielleicht hat er dich und Florian gesehen. Aber deshalb würde er sich doch nicht sofort in die Arme einer anderen Frau stürzen, das glaube ich einfach nicht.« Er schwieg erneut. Schließlich fuhr er leise fort: »Er liebt dich, Marlene. Seit Jahren. Du wirst ihn verletzt haben, das ist klar. Aber dass er aus diesem Grund gleich mehrere Tage abtaucht ... Selbst wenn er nicht mit dir reden möchte, mit mir bespricht er sonst alles.«

»Du hast Recht.« Marlene kaute auf ihrer Lippe. »Irgendetwas ist da faul.«

»Kannst du nicht sein Handy orten lassen?«

»Hm. Falls es aus ist, so wie im Moment fast immer, werden wir es nicht finden.« Sie hörte, wie Fabian laut einatmete. »Ich versuche es aber«, sagte sie schnell.

»Okay.« Fabians Stimme klang schwer. »Sag mir sofort Bescheid, wenn du etwas herausbekommst, ja? Ich habe mein Handy die ganze Zeit bei mir.«

Nachdem er aufgelegt hatte, starrte Marlene aus dem Fenster. Draußen war es stockdunkel, es würde noch eine Weile dauern, bis der neue Tag herankroch und versuchte, die Kälte und Schwärze zu durchdringen.

Lea riss sie aus ihren Gedanken. »Hey, bist du schon wach?« Als Marlene sich zu ihr drehte, blickte Lea sie besorgt an. »Du siehst gar nicht gut aus. Mit wem hast du telefoniert?«

Gedankenverloren wog Marlene das Telefon in der Hand. »Mit Fabian, Bennos Bruder. Er macht sich Sorgen, weil er Benno seit mehreren Tagen nicht gesehen und nicht einmal gesprochen hat.«

Lea nickte. »Verständlich. Und was sagst du dazu?«

Marlene fuhr sich durch das Gesicht. »Ich muss zugeben, dass es wirklich merkwürdig ist. So hat er sich noch nie benommen.«

Lea setzte sich Marlene gegenüber an den Tisch. Marlene schob ihr die Kaffeekanne und einen Becher hinüber. Als Lea die dampfende Tasse in der Hand hielt, fragte sie nach: »Diese Frau. Eva Meyer, richtig? Angeblich ist er bei ihr. Und sie scheint die Letzte zu sein, die ihn gesehen hat.«

Marlene zog die Augenbrauen zusammen. »Das stimmt«, sagte sie langsam und schwieg nachdenklich.

»Jedenfalls ist es doch echt komisch«, verfolgte Lea ihren Gedanken weiter, »dass er nur SMS schickt. Die könnte ja auch jemand anderes schreiben, so rein theoretisch.«

Marlene starrte Lea einen Augenblick an. Dann nahm sie ihr Handy, und drückte auf ein paar Tasten. Eine tiefe Furche bildete sich auf ihrer Stirn.

Lea beobachte sie. »Was ist?«

»Die letzten Nachrichten von Benno.« Marlene hielt Lea das Display hin. »*Gruß, Benno.* Das hat er vorher noch nie geschrieben. Schau mal.« Sie scrollte die Nachrichten herunter. »Immer nur *Benno*. Siehst du. Sonst hat er nur seinen Namen druntergesetzt.«

Lea pfiff leise durch die Zähne. »Also habe ich Recht«, sagte sie. »Jemand anderes verfasst die Nachrichten.«

Marlene sprang auf. »Aber das ergibt doch alles überhaupt keinen Sinn!«, rief sie. »Warum sollte irgendwer das tun? Und wo steckt Benno?«

»Vielleicht hat er was herausgefunden. Und euer Täter will nicht, dass jemand das erfährt.« Lea klang aufgeregt. »Als du dich mit Florian getroffen hast, an dem Nachmittag, da war er alleine unterwegs, oder? Wo wollte er da hin?«

Marlene zog die Stirn kraus. »Zu Nele Flechtner. Und dann zu Mara Gieseking.« Als Lea sie fragend anblickte, fügte sie hinzu: »Die beiden Frauen hatten was mit unserem Opfer, Ralf Diekmann. Und Giesekings Mann scheint furchtbar sauer darüber gewesen zu sein.«

Lea stieß ihren Zeigefinger in die Luft. »Bingo! Stell dir vor, Benno hat herausbekommen, dass der Mann Diekmann umgebracht hat. Und bevor er es euch stecken konnte, hat dieser Typ ihn gekidnappt. Wahrscheinlich ist er ihm zur Meyer gefolgt und hat ihn sich danach geschnappt. Und nun gaukelt er mithilfe von Bennos Handy allen vor, er sei auf diese Frau scharf. Schreibt ihr eine Nachricht, dass er sie sehen will. Er hat doch ihre Handy-Nummer?«

»Woher soll ich das wissen? Es ist aber nicht unmöglich, denn sie waren ja verabredet, wegen der Geldanlage.«

»Na bitte! Und Fabian schreibt er in Bennos Namen, er verbringe die Nacht bei ihr.«

Marlene lehnte sich gegen die Küchenanrichte. »Scheiße«.

Lea sprang ebenfalls auf. »Das kannst du wohl laut sagen. Schnell, zieh dich an. Du musst ihn finden. Wo immer er ist, gut geht es ihm da bestimmt nicht.«

Marlene schluckte. »Sollte er wirklich dem Mörder auf die Schliche gekommen sein ... dann ist kaum zu erwarten, dass der ihn erst kidnappt und anschließend am Leben lässt. Vielleicht ist er schon ...«

Lea unterbrach sie. »Steh nicht rum. Davon bekommst du Benno nicht zurück Los, trommle alle zusammen. Der Rest kann warten. Ihr müsst Benno finden, das ist jetzt das Einzige, was zählt.«

*

Benno lag auf der Matratze und starrte an die Decke. Er hatte geschlafen, war jedoch immer wieder hochgeschreckt, hatte auf Geräusche gelauscht. In dem Raum brannte die ganze Zeit das Licht. Eigentlich hatte er sich vorgenommen, von nun an besser auf die Stunden zu achten, zu schätzen, wie spät es war. Er hatte allerdings keine Ahnung, wie lange er gedöst hatte. Es kam ihm wie höchstens eine Stunde vor, es konnten aber genauso gut drei gewesen sein oder vier.

Er drehte den Kopf und blickte zu der Wassersäule. Als er dachte, dass Eva schlief, hatte er sich dort hingeschlichen, war die Leiter hochgeklettert und hatte das Kabel genau untersucht. Es war massiv und aus Stahl. So sehr er auch sein Gehirn zermartert hatte, war ihm nichts eingefallen, wie er es zerstören könnte.

Schließlich hatte er sich auf die Matratze gelegt, die Augen geschlossen und versucht, sich nur auf seinen Atem zu konzentrieren. Dabei kamen die Erinnerungen an Australien zurück. Mein Gott, wie jung war er da gewesen! Die Tiefe des Meeres hatte ihn beeindruckt, jedoch keine Furcht in ihm ausgelöst. Ein paar Leute waren bei dem Tauchkurs wieder abgesprungen. Sie konnten sich nicht überwinden, unter Wasser durch das Gerät zu atmen. Das sei ganz normal, hatte der Tauchlehrer gesagt. Nicht jeder war für das Tauchen gemacht. Benno jedoch hatte es sofort geliebt. Wenn er tief hinabglitt, seinen eigenen lauten Atem hörte, sich nach oben drehte und weit, weit über ihm die Sonne durch das Wasser funkelte, dann hatte er sich gut gefühlt – erhaben, schwerelos und frei.

Warum hätte er Angst haben sollen? Er hatte ein Gerät, das ihn mit Sauerstoff versorgte. Es konnte allerdings trotz sorgfältiger Prüfung passieren, dass die Flaschen oder Schläuche defekt waren. Für diesen Fall übten sie, Luft von ihrem Tauchpartner zu bekommen. Man musste sich mit dem einen Mundstück abwechseln. Das allerwichtigste, erklärte der Tauchlehrer, sei es, ruhig zu bleiben. Eine solch ungewohnte Situation konnte Panik hervorrufen, aber es war eigentlich kein Problem, sich die Atemluft zu teilen. In diesem Zusammenhang wies der Lehrer auch darauf hin, dass es immer gut sei, seine Atemtechnik zu verfeinern. Für wirkliche Notfälle war es von Vorteil, lange die Luft anhalten zu können. Und Benno hatte geübt. Damals hatte er die zwei Minuten geschafft. Das würde er jetzt wieder hinbekommen. Jeder Tag, den er durchhielt, war ein Tag mehr, um ihn hier rauszuholen.

Benno atmete erneut tief ein. Dann ließ er die Luft langsam entweichen. Länger ausatmen als einatmen. Erster Schritt.

*

Marlene ließ sich schwer auf den Stuhl fallen.

»Und?« Lea blickte sie gespannt an.

»Ich habe nur ein paar Minuten Zeit.« Marlenes Augen wanderten zu der Uhr über ihrem Kühlschrank.

»Ich weiß.« Lea schob ihr einen Teller mit dampfendem Essen hin. »Aber wenn du nicht isst, kippst du mir noch um.« Ungeduldig klopfte sie auf den Tisch. »Nun sag schon, was habt ihr herausbekommen?«

Marlene schaufelte sich eine Gabel in den Mund. Sie hatte zwar eigentlich keinen Hunger, Lea hatte sich jedoch Mühe gegeben und Pickert gemacht. Diese lippische Spezialität hatte Leas Oma immer für die beiden gebacken, als sie noch klein gewesen waren. Heute jedoch schmeckte Marlene kaum, was sie aß. »Wie du ja weißt, habe ich alle Kollegen zusammenge- trommelt. Sie waren bereits um halb sieben im Präsidium. Ich habe ihnen von unserem Verdacht erzählt. Sie wirkten fast ein wenig erleichtert.« Sie stockte. »Bisher hatte sich nichts Brauchbares ergeben, wir haben auf der Stelle getreten. Jetzt gibt es wenigstens einen neuen Ansatzpunkt. Ihr Chef ist ver- schwunden. Das ist zwar schlimm, hat sie aber angestachelt. Einige Kollegen sind sofort los zu Nele Flechtner, eine andere Gruppe will zu Schlüter und den Diekmanns. Ich bin mit An- drea und Marcus zu den Giesekings gefahren.« Sie schluckte, ohne richtig gekaut zu haben. »Mara und ihr Mann Stefan wa- ren zu Hause«, fuhr sie fort. »Aber Stefan Gieseking hat uns für Montagabend ein hieb- und stichfestes Alibi vorgelegt. Wir haben das überprüft.«

»Und wenn er Benno erst am Dienstag entführt hat?«, fragte Lea.

Marlene nickte. »Möglich, wir verlieren das nicht aus den Augen. Im Moment checken wir erst mal alles und jeden. Giesekings, Flechtner, die anderen Frauen, mit denen er in den letzten Monaten etwas hatte – wir verlangen von allen eine Auskunft, wo sie sich am Montag und Dienstag aufgehalten haben. Aber das dauert.«

»Und was ist mit Karolin? War jemand bei ihr? Hat sie die Affäre zugegeben?«

Marlene schnaubte. »Affäre ist gut. Offenbar liebt sie Holger Schlüter, und der hat ihr versprochen, seine Frau zu verlassen. Karolin hat ziemlich offen geredet, obwohl ihre Mutter dabei war. Zum Glück war Rohlfing auch vor Ort. Die arme Frau hat wohl einen halben Herzinfarkt erlitten, als sie hörte, dass ihre Tochter mit dem besten Freund ihres eigenen Mannes schläft.«

»Furchtbar, was sie alles durchmachen muss. – Was hast du jetzt vor?«

Marlene schob den halbleeren Teller von sich. »Ich fahre zu Eva Meyer in die Bank. Ich war vorhin schon einmal dort, da befand sie sich allerdings in Lemgo bei einer Besprechung. Ich möchte wirklich gern wissen, was sie mir über den Montagabend sagen kann.«

Lea nickte. »Weißt du, ich habe mir überlegt, ins Krankenhaus zu fahren, um Manfred und Barbara zu besuchen. Manfred war nicht gerade ein Traumdad – aber sie tun mir leid, besonders Barbara.«

»Oh ja, das ist eine tolle Idee.« Marlene seufzte. »Ich muss gestehen, dass ich im Augenblick keine Zeit und auch nicht den Kopf habe, sie zu sehen. Wie konnten sie mir bloß verheimlichen, was mit meinen Eltern passiert ist?«

Lea legte eine Hand auf Marlenes Arm. »Kümmere du dich zuerst um Benno. Diese Sache hat über zwanzig Jahre geruht, ein paar Tage mehr oder weniger machen den Kohl auch nicht fett. Wenn du Benno gefunden hast, schauen wir weiter.«

Marlene nickte. Sie stand bereits in der Tür. Schnell lächelte sie Lea zu. »Danke«, sagte sie. Dann war sie verschwunden.

*

Frau Meyer befindet sich noch zu Tisch. Sie kommen genau in der Mittagspause.« Die Dame am Sparkassenschalter blickte Marlene fast vorwurfsvoll an. »Ich war vorhin schon einmal hier«, erwiderte Marlene gereizt, »ich werde warten.« Sie war im Begriff, zu den Sesseln hinüberzugehen, die in einer Ecke der Bankfiliale standen, als Eva Meyer durch den Haupteingang trat. Sie telefonierte. Marlene bemerkte, wie sich sofort alle Augen auf sie richteten. Die Blicke der Männer zeigten Begierde, die der Frauen Neid.

Marlene ging auf Meyer zu. »Ich muss mit Ihnen sprechen«, sagte sie knapp. Die Bankerin beendete das Gespräch und schaute auf ihre Uhr. »Nun gut, ein paar Minuten habe ich.«

Sie führte Marlene zu ihrem Büro. Gerade hatte Meyer ihre Handtasche abgestellt und den Mantel ausgezogen, als eine Mitarbeiterin hereinhastete. »Wir haben ein Problem bei den Schließfächern. Der Herr hat seinen Schlüssel nicht dabei.«

»Dann soll er sich gedulden.« Die Vorstandsvorsitzende klang unwirsch.

Die Mitarbeiterin flüsterte: »Es ist Herr Hohenstein.«

»Oh.« Meyer zog die Augenbrauen zusammen. Sie wandte sich Marlene zu. »Entschuldigen Sie mich einen Moment, es wird nicht lange dauern.«

Als die beiden das Büro verlassen hatten, ließ Marlene sich auf einen der schwarzen Sessel fallen. Ihr Blick glitt über Meyers cremefarbenen, sehr eleganten Mantel und hinunter zu der Designerhandtasche, die auf dem Boden stand. Marlene kannte sich mit solchen Dingen nicht gut aus, schätzte aber, dass diese Tasche ein kleines Vermögen wert war. In dem Augenblick summte es darin. Es hörte sich wie ein Handy auf Vibrationsalarm an. Marlene runzelte die Stirn. Meyer hatte doch eben telefoniert und soweit sie sich erinnern konnte, das Telefon noch in der Hand gehabt, als sie mit der Mitarbeiterin zu Herrn Hohenstein geeilt war.

Marlene starrte auf die Handtasche. Dann blickte sie sich um. Zu den Seiten war das Büro geschlossen, nach vorne hatte es eine Glaswand, die allerdings bis in Kopfhöhe undurchsichtig war. Stimmengemurmel drang an ihr Ohr, auf dem Gang lief jemand vorbei. Schnell bückte Marlene sich, nahm die Tasche auf ihren Schoß und schaute hinein. Das Handy hatte mittlerweile mit dem Surren aufgehört. Es lag neben einem Hefter und ein paar Stiften. Verwundert zog sie es heraus – ein uraltes Ding, Nokia, noch zum Aufklappen, ohne jegliche Zusatzfunktionen wie Kamera oder ähnliches. Ein Handy, das überhaupt nicht zu einer Frau wie Eva Meyer passte.

Draußen vom Flur her kamen Stimmen näher. Marlene nahm das Handy heraus und klappte es auf. Eine Nummer leuchtete auf dem Display. Sie richtete sich auf, ihre Augen schossen zu dem Schreibtisch vor ihr, auf dem ein Abreißblock und ordentlich daneben zwei Kulis mit dem Logo der Bank lagen. Eilig griff sie danach und schrieb die Nummer ab. Dann drückte sie auf *Kontakte*. Nichts. Der Ordner enthielt nicht einen Namen. Sie klickte *Anrufe* an. Eine Liste mit Telefonnummern erschien. Marlene griff sich erneut den Stift und begann, die letzten Nummern, die angerufen hatten, zu notieren. Inzwischen konnte sie die Unterhaltung auf dem Gang verstehen. Sie blickte über ihre Schulter. Auf dem Flur bewegten sich zwei Menschen, direkt vor der Tür. Eindeutig gehörte die eine Stimme zu Eva Meyer. Schnell schloss Marlene das Handy, ließ es in der Tasche verschwinden und stellte diese wieder neben den Schreibtisch. Gerade als sie den Zettel in ihre Hose gestopft hatte, öffnete sich die Tür und Meyer trat ein.

Marlene saß auf dem Stuhl und lächelte sie an. »Entschuldigen Sie.« Meyer kam näher und nahm hinter ihrem Schreibtisch auf dem großen Chefsessel Platz. Ihr Smartphone legte sie vor sich auf den Tisch. Ein iPhone in Gold. Ja, *das* war ein Telefon, das zu ihr passte.

Meyer nickte Marlene zu. »Also, wie kann ich Ihnen helfen?«

»Ist Benno bei Ihnen?« Marlene hatte nicht vor, um den heißen Brei herumzureden.

Eva Meyer zog die Augenbrauen hoch. »Ich denke, Sie sollten ihn das selbst fragen. Er ist schließlich ein erwachsener Mann, der tun und lassen kann, was er will.«

Marlene beugte sich vor. Dabei ließ sie Meyer nicht aus den Augen. »Das würde ich ja gerne«, sagte sie. »Aber ich erreiche ihn nicht. Und das ist ziemlich ungewöhnlich.«

Meyer seufzte. »Ist Ihnen vielleicht schon einmal in den Kopf gekommen, dass er einfach nicht mit Ihnen reden möchte?«, fragte sie.

Obwohl Marlene bei diesen Worten einen Stich in ihrer Magengrube verspürte, antwortete sie leicht: »Ach, und das wollen Sie woher wissen?«

Meyer lächelte. »Er war bei mir. Häufiger in den letzten Tagen.« Sie legte ihren Kopf schief, und fixierte Marlene. »Ich habe das Gefühl, dass er gerade Abstand braucht. So ähnlich hat er sich jedenfalls ausgedrückt.«

Für einen Augenblick kam es Marlene so vor, als befinde sie sich auf einem schwankenden Schiff. »Benno ist also jetzt in diesem Moment bei Ihnen zu Hause, ja?«, bohrte sie nach. »Könnten Sie ihn dann bitte anrufen? Ich möchte mich nur vergewissern, dass es ihm gutgeht.«

Meyer seufzte erneut. »Ich weiß nicht, ob er sich *jetzt gerade* bei mir befindet. Er sagte, er wollte noch etwas Dringendes erledigen.« Sie lächelte kurz. »Wie ich Ihnen schon sagte – er ist ein erwachsener Mann. Nur, weil ich ihn treffe, bedeutet das ja nicht, dass ich sein ganzes Leben überwache.« Ihr Lächeln wurde einen Tick breiter.

»Egal.« Marlene war aufgestanden und näher an den Schreibtisch herangetreten. »Rufen Sie ihn an. Sofort.«

Sie stellte sich mit verschränkten Armen neben den Schreibtischsessel. Meyer blickte missbilligend zu ihr auf. »In Ordnung«, gab sie schließlich nach.

Während sie auf ihrem Handy herumtippte, schaute Marlene ihr genau zu. Sie hatte seine Nummer eingespeichert. Doch sobald das Telefon versuchte, eine Verbindung aufzubauen, funktionierte es nicht. Bennos Handy war aus. Meyer öffnete bedauernd die Hände. »Ich erreiche ihn auch nicht immer. Normalerweise ruft er mich an. Er hat momentan keine Lust, mit irgendjemandem zu reden. Außer mit mir vielleicht.« Sie lächelte erneut. Dann plötzlich, als hätte ihr jemand jede Freundlichkeit vom Gesicht gewischt, starrte sie Marlene in die Augen. »Sie müssen ihn ganz schön verletzt haben«, sagte sie kühl.

Marlene trat einen Schritt zurück. »Hat er das gesagt?«, rutschte es ihr heraus, bevor sie die Frage zurückhalten konnte.

Meyer schnaubte. »Ja. Er findet, Sie hätten sich ziemlich unmöglich benommen. Und er möchte Sie im Moment weder sehen noch sprechen. Nun akzeptieren Sie das doch endlich.« Sie stand auf. »Nebenbei bemerkt gehört es nicht zu meinen Aufgaben, irgendwelche Beziehungsprobleme zu lösen. Wenn Sie mich jetzt bitte entschuldigen würden, ich habe Wichtiges zu tun.«

Sie nickte zur Tür. »Ich dachte übrigens, Sie seien wegen Diekmann hier, dass es vielleicht einen Durchbruch gäbe«, fuhr sie fort, während sie Marlene auf den Flur hinaus geleitete.

»Wir tun, was wir können«, antwortete Marlene knapp.

Meyer verzog den Mund. »Das bezweifle ich. Wenn Sie mich fragen, sollten Sie Ihre eigenen Probleme hintenanstellen und sich mehr darauf konzentrieren, den Täter zu fassen.«

Noch bevor Marlene etwas erwidern konnte, war Meyer wieder in ihrem Büro verschwunden.

»Sie fragt aber keiner«, zischte Marlene die Tür an und eilte aus dem Gebäude.

*

Marlene saß in ihrem Auto, das sie auf dem Martinipark-
platz abgestellt hatte, und starrte aus dem Fenster. Meyers
Worte wirbelten durch ihren Kopf und versetzten ihr kleine
Nadelstiche. Sie schüttelte sich, als könne sie so ihre Gedanken abstreifen. Sprach Eva Meyer die Wahrheit oder log sie?
Eigentlich hatte Marlene in all den Jahren bei der Polizei ein
gutes Gespür dafür entwickelt, doch bei Meyer versagte ihr
siebter Sinn. Kam das, weil es um Benno ging? Oder lag es daran, dass Meyer, egal was sie sagte, immer kontrolliert wirkte?
Wahrscheinlich beides.

Wie sollte sie nun weiter vorgehen? Später am Abend war
eine erneute Besprechung angesetzt, um die bisherigen Ergebnisse zu bündeln. Marlene seufzte. Was, wenn Benno wirklich nur gekränkt war und sich für ein paar Tage abgesetzt
hatte? Was, wenn all der Aufwand, den sie betrieben, völlig
überflüssig und eine falsche Spur war? Sie lehnte ihre Stirn an
die kühle Autoscheibe. Das würde sie ganz schön dumm aussehen lassen. Sie musste mit Benno reden, verdammt noch
mal. Was hatte Meyer gesagt? Dass er oft bei ihr sei. Vielleicht
hatte sie ja Glück und traf ihn dort an. Ohne Meyer. Dann käme er nicht drum herum, mit ihr zu sprechen. So kindisch
konnte er ja nicht sein, sie auch noch abzuweisen, wenn sie
vor der Tür stand. Sollte er nicht bei Meyer sein, würde sie es
ein zweites Mal bei ihm zu Hause versuchen.

Marlene wollte gerade den Motor starten, als ihr Meyers
Handy einfiel. Es war tatsächlich merkwürdig, dass sie ein al-
tes Zweithandy besaß, auf dem sie keine Kontakte gespeichert

hatte, sodass zwar die Nummern der Teilnehmer in der Anrufliste standen, nicht aber deren Namen. Sie zog den Zettel aus ihrer Hosentasche und strich ihn glatt. Entschlossen holte sie ihr Smartphone heraus, aktivierte die Rufnummernunterdrückung und gab die erste Nummer von der Liste ein – die, die angerufen hatte, als sie im Büro gewartet hatte. Es tutete nur ein Mal, dann wurde abgehoben. Doch die Person sagte nichts. »Hallo?«, fragte Marlene, und als keine Reaktion erfolgte: »Hallo, wer ist denn da?« Es klickte, die Leitung war tot. Stirnrunzelnd blickte Marlene auf das Telefon. Sie hatte es geschafft, drei Nummern abzuschreiben, bevor Meyer zurückgekommen war. Sie wählte die zweite. Wieder hörte sie, wie abgenommen wurde, wieder sprach die Person kein Wort. Diesmal blieb Marlene ebenfalls stumm. Zwei, drei Sekunden verstrichen. »Wann?«, wollte eine männliche Stimme schließlich wissen. Marlene antwortete das Erste, das ihr in den Kopf kam: »Heute.«

»Wo?«

Marlene schluckte. *Wo?* Was war die richtige Antwort darauf? »In Minden«, sagte sie nach einem kurzen Zögern.

Der Mann atmete heftig aus, dann ein Tuten. Er hatte aufgelegt.

Marlene runzelte ratlos die Stirn. Was in Gottes Namen war das? Wer waren diese wortkargen Menschen am anderen Ende der Leitung? Und wie sollte sie es schaffen, mit ihnen ins Gespräch zu kommen? Einen Versuch hatte sie noch. Marlene blickte aus dem Fenster. Es nieselte, der Himmel war grau und verhangen. Vor ihr hasteten ein paar vermummte Gestalten auf die Martinitreppe zu. Das würde heute kein gutes Geschäft für die Weihnachtsbuden geben. Doch eine heiße Crêpe, ein starker Kaffee, das wäre jetzt ... Als sie merkte, dass ihre Gedanken abschweiften, haute sie auf das Lenkrad.

Verdammt, der Dritte würde mit ihr reden, dafür würde sie schon sorgen. Sie gab die Nummer ein und sobald abgehoben wurde, schoss sie los: »Hier spricht die Polizei. Legen Sie nicht auf, sonst werden wir Ihr Handy orten lassen und mit Blaulicht vor Ihrer Tür stehen.« Sie holte kurz Luft und registrierte erleichtert, dass die Person offenbar noch in der Leitung war. »Sie können sofort mit mir sprechen oder auf dem Präsidium vernommen werden, das liegt ganz bei Ihnen«, fuhr sie fort.

Sie hörte ein leises Schluchzen. »Ich habe nichts getan«, flüsterte eine männliche Stimme. »Wirklich, ich habe aufgehört.«

Marlene setzte sich aufrecht hin. Nun bloß keinen Fehler machen. »Wir haben Ihr Handy geortet, und damit Ihren Standort«, log sie. »In ein paar Minuten können die Kollegen bei Ihnen sein. Deshalb erzählen Sie mir besser alles, wenn Sie nicht mitten auf der Straße verhaftet werden wollen.«

Der Mann schluchzte stärker. »Ich habe doch nichts getan«, wimmerte er erneut. »Sie sollten sich lieber mit IHR unterhalten.«

»Mit IHR?«, fragte Marlene.

»Ja. Haben Sie sie festgenommen?« Nun klang seine Stimme hoffnungsvoll.

Marlene fuhr sich durch das Gesicht. »Herrgott, lassen Sie nicht jedes Wort aus der Nase ziehen«, sagte sie, »wen genau meinen Sie?«

Als der Mann merkte, dass Marlene offenbar nicht wusste, von wem er sprach, flüsterte er wieder heiser. »Ich kenne ihren Namen nicht. Groß, blond, unglaublich hübsch. Aber täuschen Sie sich nicht. Sie ist ein Teufel in Engelsgestalt.«

Marlene atmete tief ein. Doch der Mann redete schon weiter. Marlene drückte ihr Telefon ans Ohr, um ihn besser verstehen zu können. »Sie hat versucht, mich umzubringen.« Der Satz war ein einziges Stöhnen, als läge in ihm alle Qual der Welt. Marlenes Herz setzte einen Schlag aus. »Bleiben Sie, wo sie sind«, rief sie. »Ich bin gleich bei Ihnen.«

*

Eilig wählte sie einen Kollegen an und sprach, sobald abgehoben wurde, atemlos ins Telefon: »Ich brauche sofort den Standort folgender Nummer ...« Sie las sie vom Zettel ab. »Beeil dich!« Der Kollege am anderen Ende der Leitung fragte nicht nach, vermutlich hörte er die Dringlichkeit in ihrer Stimme. Während Marlene den Wagen startete, klopfte sie ungeduldig auf das Lenkrad. Bitte lass ihn irgendwo in der Nähe sein, schoss es ihr durch den Kopf.

»Herford, im Radius um das Schwimmbad H2O«, sagte da auch schon ihr Kollege.

Marlene holte das Blaulicht heraus und befestigte es auf dem Autodach. Dann schaltete sie es ein und raste los.

So schnell war sie noch nie nach Herford gekommen. Es dauerte keine zwanzig Minuten, bis sie das Schwimmbad vor sich liegen sah. Zur Vorsicht machte sie das Blaulicht aus. Sie wollte den Mann nicht erschrecken. Erneut wählte sie seine Nummer. »Ich bin am H2O. Wo genau stehen Sie?«

Sie musste sich zurückhalten, vor Erleichterung nicht laut aufzuatmen, als er antwortete, er sei nur hundert Meter entfernt von ihr. Sie fuhr auf ihn zu und hielt direkt vor ihm an. Furchtbar blass sah er aus, seine großen dunklen Augen starrten sie an. Tiefe Ringe zeichneten sich unter ihnen ab. Wenn er nicht solche Angst gehabt hätte, würde er wahrscheinlich gut aussehen, um die vierzig, braune Haare, schlank und sportlich. Er schaute gehetzt um sich. »Sind Sie allein?«

Marlene nickte. »Ich möchte Ihren Ausweis sehen«, sagte er, während sein Blick weiterhin durch die Gegend schoss. Marlene hielt ihn hoch, er nahm ihn in die Hand und studierte in sorgfältig. Seine Augen scannten jedoch immer wieder die Umgebung.

»Wovor haben Sie solche Angst?«, fragte Marlene.

Der Mann schnaubte, doch er erwiderte nichts.

»Sie haben gesagt, sie habe versucht, Sie zu töten«, fuhr Marlene deshalb fort. »Erzählen Sie mir alles darüber.«

Nun blickte der Mann sie endlich an. »Ich rede nur, wenn Sie mir garantieren, dass meine Frau von dem hier nie erfährt«, forderte er schließlich.

»Ja, ja.« Marlene fiel es schwer, ihre Ungeduld zu verbergen. Sie hatte keine Ahnung, ob sie dieses Versprechen würde halten können, aber Hauptsache, der Mann machte endlich seinen Mund auf.

Er atmete tief ein. »Wie gesagt, ich weiß nicht, wie sie heißt. Wir nennen keine Namen. Bekommen immer nur die Telefonnummern, treffen uns und sehen dann, ob es passt.«

Marlene fuhr sich durch das Gesicht. Wovon redete der Typ da? »Von wem bekommen Sie die Nummern? Und wofür?«, fragte sie, als der Mann stockte.

Er schaute in die Ferne. »Für Sex, natürlich.« Er hielt abermals inne.

Marlene hätte ihm am liebsten geschüttelt. »Okay, Sex«, sagte sie und machte eine Bewegung mit der Hand, die signalisierte, er solle endlich weitererzählen.

»Na ja.« Nun sprach er sehr langsam, »Nicht nur einfach Sex. Ich … ich meine, wir alle … wir stehen da auf etwas Besonderes.«

Marlene stöhnte innerlich auf. Männer, die einen Fetisch hatten, na toll. Was zur Hölle hatte das mit Eva Meyer zu tun? Verbrachte sie ihre Nächte als Domina in Lack und Leder? Das würde irgendwie fast zu ihr passen.

»Luft«, warf der Mann hin.

»Luft?«, wiederholte Marlene verständnislos.

Der Mann nickte. »Besser gesagt: ohne Luft. Asphyxiophilie.«

Marlene zog die Augenbrauen zusammen. Diesen Begriff kannte sie. Er bezeichnete Menschen, die darauf standen, dass ihnen kurz vor dem Orgasmus die Sauerstoffzufuhr abgeschnürt wurde. Angeblich sollte das das sexuelle Empfinden extrem steigern. Marlene wusste, dass es hauptsächlich gefährlich war. Vor drei Jahren war sie zu einem Leichenfund gerufen worden. Der Mann war bei dem Versuch, sich bei seiner Selbstbefriedigung die Luft abzuklemmen, umgekommen. *Todesfall durch Strangulation bei einer autoerotischen Betätigung* nannte man das. Bekanntestes Beispiel war wohl der INXS – Sänger Michael Hutchence, der in seinem Hotelzimmer nackt mit einem Gürtel um den Hals gefunden worden war. Bei ihm vermutete man dieselbe Todesursache.

»Ich wollte es ausprobieren«, unterbrach der Mann ihre Gedanken. »Das hörte sich richtig spannend an. Ich hatte einige Male selbst versucht, vor dem Orgasmus die Luft anzu-halten. Aber das hat mir nicht gereicht.«

Marlene nickte nur. Nun bloß nicht seinen Redefluss stö-ren.

»Ich habe mich im Internet umgehört. Da findet man ja al-les. Ich bin ziemlich schnell auf Gleichgesinnte gestoßen. Mit einem habe ich mich besonders intensiv ausgetauscht. Und dann hat er mir davon erzählt.«

»Wovon?«, fragte Marlene jetzt doch, als der Mann nicht weiterredete.

»Na, diesem Club. Oder wie immer man das nennen soll. Man gibt seine Telefonnummer. Die kommt in eine Art Da-tenpool, und man kann angerufen werden. Nur Leute, die auf so was stehen. Man trifft sich. Keine Namen, anonymer Ort, ein Hotelzimmer, meistens. Man kann sich mehrmals mit ei-ner Person treffen oder auch nur einmalig. Ganz wie man mag.«

Marlene starrte den Mann an. »Diese blonde hübsche Frau, haben Sie die dort kennengelernt?«

Der Mann nickte. »Sie war mein zweiter Kontakt. Zuerst habe ich mich mit einer Frau getroffen, die ziemlich sanft war. Ich sagte ihr, es sei mein erstes Mal, und sie hat mich ein wenig gewürgt. Anschließend wollte sie, dass ich das Gleiche bei ihr machte. Das lief richtig gut.«

Was Menschen alles unter *das lief richtig gut* verstehen, dachte Marlene und gab sich Mühe, weiterhin zu lächeln. Der Mann war jedoch mit seinen Gedanken woanders. »Dann traf ich sie.« Seine Stimme war wieder ein Flüstern. »Mein Gott, als ich sie sah, haute es mich fast um. Unfassbar attraktiv. Ich glaubte, ich hätte den Sechser im Lotto gezogen. Auf dem

Zimmer meinte sie, sie selbst würde nicht auf diese Praktik stehen, sie würde es nur bei mir machen. Auch gut. Ich wollte einfach mit ihr ins Bett. Aber sie war ganz anders als diese erste Frau. Die hatte immer gefragt, ob es so gut ist und vorsichtig gemacht. Sie hier dagegen fragte mich gar nichts. Als es soweit war, nahm sie ihr Tuch und würgte mich so, dass ich überhaupt nicht mehr atmen konnte. Ich strampelte und versuchte verzweifelt, ihr klarzumachen, dass ich erstickte.« Der Mann stockte erneut, sein Atem ging schnell und stoßhaft. »Das Schlimmste war ihr Gesichtsausdruck«, murmelte er.

Marlene runzelte fragend die Stirn.

»Sie ... sie schaute so fasziniert. Fasziniert und glücklich. Es war, als würde sie es unglaublich genießen, wie ich mich vor ihr wand.«

»Und dann?«

»Ich verlor das Bewusstsein. Ich dachte, das war's.« Er strich sich durch sein schweißnasses Gesicht. »Verdammt, das sollte doch Spaß machen.« Er blickte Marlene an. »Sie wollte mich töten«, flüsterte er. »Ich habe es in ihren Augen gesehen. Sie wollte mich töten und sie hat es genossen.«

Marlene zog ihr Handy aus der Tasche und tippte kurz darauf herum. Das Foto aus dem Mindener Tageblatt, auf dem der Bankvorstand zu sehen war, erschien. Sie hielt es dem Mann hin. »Ist das die Frau?«, fragte sie.

Der Mann fuhr zurück. Langsam nickte er.

Marlene steckte das Smartphone weg. »Sie geben mir jetzt Ihren Ausweis, ich muss Ihre Personalien aufnehmen«, verlangte sie.

Der Mann starrte sie erneut aus weit geöffneten Pupillen an. »Sie haben mir versprochen, dass meine Frau es nicht erfährt«, wiederholte er. Er haute auf seine Handfläche. Sie war von Schrammen übersät. »Kümmern Sie sich lieber um *diese* Frau. Bevor sie tatsächlich noch jemanden umlegt. Mein Leben hat sie jedenfalls zerstört. Ich kann nicht mehr schlafen, träume jede Nacht, dass ich ersticke.« Er legte die Hand auf seine Brust. »Kriege keine Luft mehr«, flüsterte er heiser.

Marlene lächelte ihn beschwichtigend an. »Ihre Frau wird nichts erfahren«, sagte sie. »Ich brauche allerdings Ihren Namen, das ist eine reine Formalie. Wer weiß, was diese Frau noch verbrochen hat. Sie wollen doch auch, dass sie zur Rechenschaft gezogen wird, oder?«

»Okay.« Der Mann zog sein Portemonnaie aus der Hosentasche und reichte Marlene seinen Ausweis. »Aber bringen Sie sie wirklich hinter Schloss und Riegel.«

*

Nachdem der Mann gegangen war, mit gebeugten Schultern wie ein alter Greis, blieb Marlene regungslos stehen und starrte auf das Schwimmbad. So viele Gedanken jagten durch ihren Kopf, dass sie sich zwang, tief durchzuatmen. Dann versuchte sie, ihr Wissen in geordnete Bahnen zu lenken. Eva Meyer. Sie erhob sich wie ein Fixstern in der Mitte, alles kreiste um sie herum. Sie hatte diesen Mann fast umgebracht. Wenn er sie anzeigte, könnte sie Meyer wegen gefährlicher Körperverletzung drankriegen. Der Mann hatte sich zwar freiwillig mit ihr getroffen, aber danach hatte sie ihn gegen seinen

Willen bewusstlos gewürgt und ihn hilflos in seinem Hotelzimmer zurückgelassen.

Doch der Mann wollte offenbar nicht, dass seine Frau und die Außenwelt etwas von seiner Neigung erfuhr. Also würde es erst mal nichts mit einer Anzeige. Eines offenbarte dieser Vorfall jedoch glasklar: Meyer war skrupellos, hatte scheinbar Freude an den Qualen des Mannes gehabt. Eine gefährliche Sadistin. Wie gefährlich? Gefährlich für Benno?

Eva Meyer war die Einzige, die derzeit in Kontakt mit ihm stand. Angeblich. Sie war die Letzte, die ihn gesehen hatte, bevor er verschwand. Der nächste Gedanke ließ Marlene zusammenfahren. Was, wenn Benno sich auf ein Abenteuer mit ihr eingelassen, und sie ihn erwürgt hatte? War das wirklich möglich? Marlene versuchte, den Kloß in ihrem Hals hinunterzuschlucken. Nein, Benno lebte noch, musste einfach noch leben.

Diekmann. Der Name fuhr wie ein Blitz in ihr Gehirn. Er war nicht erdrosselt worden, *aber ertrunken. Keine Luft ...*

Sie biss sich auf ihre Lippe und merkte nicht, wie ein kleiner Tropfen Blut herausquoll. Hing das alles vielleicht irgendwie zusammen? Doch wie, verdammt?

Langsam ging sie zu ihrem Auto hinüber. Das verfluchte Problem war, dass sie nichts gegen Meyer in der Hand hatte. Der Mann hatte keine Anzeige erstattet. Bloße Vermutungen reichten für einen Durchsuchungsbefehl natürlich nicht aus. Und wenn sie Meyer jetzt wegen dieser Sache zur Rede stellte, dann war sie gewarnt. Was, wenn sie Benno wirklich etwas angetan hatte? Meyer war offensichtlich eine brillante Lügnerin. Mal eben mit ihr sprechen – so würde Marlene nie die Wahrheit erfahren. Nein, an die musste sie anders kommen.

Marlene startete den Wagen und wählte Leas Nummer. »Ich bin noch im Krankenhaus«, teilte Lea ihr mit. »Manfreds Zustand ist unverändert. Aber ich sitze mit Barbara in der Cafeteria, und wir unterhalten uns gut.«

»Wann kommt sie denn endlich mal wieder hierher?«, vernahm Marlene Barbaras Stimme im Hintergrund.

»Barbara möchte wissen, wann du Manfred besuchst«, wiederholte Lea.

»Bald«, antwortete Marlene. Sie sprach automatisch leiser, als sie fortfuhr: »Hör zu, Lea, ich habe einige Dinge herausbekommen, die ich überprüfen muss. Dabei kann ich nicht ganz ... legal vorgehen.«

»Okay.« Leas Stimme klang ernst. »Ich bin gleich zurück«, hörte Marlene sie sagen und dann lauter: »Warte, jetzt bin ich rausgegangen. Was ist los, Marlene?«

»Eva Meyer. Mit ihr stimmt etwas nicht. Ich fürchte, sie ist sehr gefährlich. Und ich muss herausbekommen, ob Benno vielleicht in ihren Händen ist.«

»Was hast du vor?«

»Ich werde mir Zutritt zu ihrem Haus verschaffen.«

»Was?«, rief Lea entgeistert. »Du bist Polizistin, kannst du ihr Haus nicht offiziell durchsuchen?«

»Dafür habe ich nicht genug gegen sie in der Hand«, antwortete Marlene ungeduldig. »Und ich glaube, dass sie irgendetwas mit Bennos Verschwinden zu tun hat. Lea, ich habe nicht viel Zeit. Pass auf: Wenn ich mich in zwei Stunden nicht bei dir gemeldet habe, dann rufst du Junis an. Das ist ein Kollege von mir, dem ich vertraue. Du erzählst ihm alles und sagst, er soll zu Meyers Haus kommen.« Marlene gab Junis' Nummer und, vorsichtshalber, auch Meyers Adresse durch.

»Okay, ich habe alles notiert.« Nun klang Leas Stimme unsicher. »Das ist doch nicht gefährlich, oder? Marlene, du baust keinen Scheiß, versprich mir das.«

»Versprochen. Ich muss jetzt auflegen. Bis bald, Lea.«

»Ja, bis bald.«

Marlene starrte auf die Straße. Nein, diesmal wollte sie kein Risiko eingehen. Nicht so wie bei ihrem letzten Fall, als der Täter sie in einen Hinterhalt gelockt hatte und sie ihrem eigenen Tod nur um Haaresbreite entkommen war. Allerdings war Meyer ja noch in der Bank, um die musste sie sich vorerst nicht sorgen. Sie würde das Haus durchsuchen und schauen, ob es irgendwelche Hinweise auf Benno oder sogar Diekmann gab. Sie brauchte etwas, um Meyer festzunageln. Und das würde sie sich holen.

*

Auf der Fahrt zu Meyers Haus in Bielefeld musste Marlene sich eingestehen, dass sie das größte Problem an der Aktion noch nicht bedacht hatte: Wie sollte sie überhaupt in das Gebäude hineinkommen? Es war gesichert wie eine Festung. Marlene hatte es für Angst vor Einbrechern gehalten, offenbar besaß Meyer eine Menge Geld – und bei den vermehrten Wohnungseinbrüchen war ihre Sorge berechtigt. Aber jetzt kam es ihr fast so vor, als wollte Meyer dort etwas ganz anderes schützen als Schmuck und Reichtum.

Am Eingangsbereich befand sich eine Kamera. Dorthin sollte sie also lieber nicht fahren. Keine Ahnung, ob Meyer sich die Bilder nicht direkt auf ihren Rechner in der Bank übertragen ließ, und so immer darüber informiert war, wer vor ihrer Tür stand.

Marlene parkte ihren Wagen einige Hundert Meter vor Meyers Anwesen. Bevor sie ausstieg, überprüfte sie ihre Dienstwaffe und steckte sie in ihr Schulterholster. Sie würde sich dem Haus von hinten nähern und das Gelände abgehen. Irgendwo musste sich doch eine Möglichkeit auftun, auf das Grundstück zu gelangen.

In dem Augenblick wünschte sie, sie hätte einen Hund dabei. Dornberg war eine behütete Gegend, hier thronten große, hochwertige Einfamilienhäuser. Die Leute würden eine Fremde, die um ihr Eigentum streifte, mit Argusaugen beobachten. Egal. Zur Not würde sie ihren Ausweis hervorholen und etwas von einem Einsatz murmeln, sollte sie jemand ansprechen.

Es kam ihr gelegen, dass Meyers Besitz sich ganz am Ende der Straße befand, weit von den nächsten Häusern entfernt. Rechts und am hinteren Teil des Anwesens erstreckten sich kahle Felder. Auf der linken Seite allerdings zog sich ein Stück Wald entlang. Bäume waren gut. Die gaben ihr Deckung. Marlene schlich durch das Unterholz vorwärts. Meyers Grundstück war an drei Seiten von einem hohen Stahlgitterzaun umgeben, nicht von einer Mauer, wie es vorne am Eingang der Fall war. Dahinter reckten immergrüne, hochgewachsene Büsche ihre Zweige in den grauen Himmel und verbargen den Blick auf das Gelände. Sie überlegte. Die Umzäunung würde sie schaffen. Und bestimmt war nicht das komplette Areal alarmgesichert, dazu war es viel zu groß. Das Haus natürlich schon. Sie musste sehen, wie sie da unauffällig hingelangen konnte. Aber eins nach dem anderen.

Noch einmal schaute Marlene sich um. Weit und breit kein Mensch in Sicht. Sie rannte zu dem Stahlgitterzaun hinüber, sprang, krallte ihre Finger so hoch oben fest, wie es ging, und zog sich hinauf. Keuchend tastete sie nach einem Halt für ihren linken Fuß in einem der kleinen Gitter, quetschte ihre Zehenspitze schließlich hinein und schwang ihr anderes Bein über die Absperrung. In dem Moment rutschte ihr Fuß aus dem Gitter, sie taumelte, versuchte sich festzukrallen, fiel jedoch auf der anderen Seite hinunter. Die Äste des Busches knackten, als sie ihn seitlich schrammte und anschließend auf den Boden krachte. Sie stöhnte auf. Ihr Bein tat weh. Nein, nicht das Bein, der Knöchel. Vorsichtig stand sie auf. Sofort durchzuckte sie ein brennender Schmerz. Sie belastete den Fuß ein wenig, doch bereits das ließ sie aufkeuchen. Wahrscheinlich verstaucht. Egal. Weiter. Sie humpelte los und suchte hinter den Büschen Deckung. An das Haus herankommen, überprüfen, ob sie wirklich allein war und danach irgendwie in das Ding reinkommen.

*

Eva Meyer zuckte zusammen. Ihr Handy vibrierte, auf dem Display erschien ein rotes Licht. Sie runzelte die Stirn, legte den Füller beiseite, mit dem sie gerade einige Dokumente unterschrieben hatte, und nahm das Telefon in die Hand. Nach ein paar Sekunden hatte sie Gewissheit. Jemand schlich bei ihr herum. Der Alarm war ausgelöst worden. Kein Eichhörnchen, keine Maus, das zeigte er nicht an. Es musste etwas Großes, Massigeres sein. Ein Mensch.

Bisher hatte es noch nie einen Fehlalarm gegeben. Die Firma hatte ihr zwar gesagt, dass auch größere Tiere wie Hirsche die Freilandsicherung auslösen könnten. Aber die gelangten nicht auf ihr Grundstück. Niemand kam ungebeten dort hinauf. Meyer atmete tief ein. Dann fuhr sie ihren Computer herunter, griff ihre Handtasche und verließ ihr Büro.

»Ich habe einen wichtigen Termin hereinbekommen«, sagte sie zu der Mitarbeiterin vorne am Counter.

»Alles klar, dann bis später.«

»Ich weiß nicht, wann ich wieder hier bin, es kann unter Umständen länger dauern«, erwiderte Meyer und eilte zu ihrem Auto.

*

Marlene verbarg sich hinter einem hohen Busch. Das Haus lag direkt vor ihr, und während sie durch die Äste lugte, sah sie eine Person, die im Inneren herumwerkelte. Sie konnte die Frau deutlich an einem der großen Glasfenster erkennen. Es war jedoch nicht Eva Meyer. Geduckt schlich sie weiter heran. Als sie Meyer mit Benno besucht hatte, war ihr an der Haustür die Vorrichtung zum Ausschalten der Alarmanlage aufgefallen, ein Tastenfeld, über das man eine Zahlenkombination eingeben musste. Meyer hatte offensichtlich eine professionelle Anlage an dem Gebäude anbringen lassen. Die waren auf jeden Fall wesentlich schwerer zu knacken als Funkanlagen.

Marlene presste sich an die Hauswand, da konnte sie von der Frau nicht entdeckt werden. Sollte sich allerdings jemand über die Allee nähern, würde er sie sofort bemerken. Marlene huschte zur Ecke und gab sich Mühe, ihr rechtes Bein nicht zu sehr zu belasten. Der Schmerz darin pulsierte und nahm zu. Ein Stöhnen unterdrückend, spähte Marlene um die Hausecke und blickte auf die elegant angelegte Terrasse vor dem Wohnzimmer. Daneben befand sich eine kleine Tür. Marlene zuckte zusammen, als die plötzlich geöffnet wurde. Schnell lehnte sie sich nach hinten und versuchte, mit der Wand zu verschmelzen. Sie zwang sich, flach und leise zu atmen. Doch die Frau sang ein Lied, eine lustige unbekümmerte Melodie. Marlene blinzelte um die Ecke. Sie war um die fünfzig, hatte ein rundes, freundliches Gesicht und trug eine Schürze. Nur eine Armeslänge von Marlene entfernt schüttelte sie eine Tischdecke aus. Nach einem letzten, kräftigen Schlag ging sie summend in das Haus zurück.

Marlene starrte auf die Tür. Manchmal war das reale Leben besser als der ausgeklügeltste Plan. Einen Augenblick wartete sie, dann schlich sie hinterher und öffnete die Tür einen Spalt. Sie erblickte einen ausladenden Vorratsraum, Regale bis unter die Decke, gefüllt mit Dosen und Verpackungen – alles fein säuberlich sortiert. Vorsichtig ging sie hinein und zog die Tür leise hinter sich zu. Die Frau summte erneut ihre Melodie vor sich hin. Offenbar befand sie sich gerade im Wohnzimmer, das neben der Küche lag. Marlene schaute sich schnell um. Die Küche war riesig, ein Monstrum aus blitzendem Chrom und schwarzen Schränken. In der Mitte eine große Insel mit dem Herd, daneben ein Tresen mit Barhockern. Marlene humpelte so geräuschlos, wie sie vermochte, vorwärts. Wenn bloß ihr verfluchtes Bein nicht so wehtun würde.

In dem Moment klingelte ein Handy. Das Singen stoppte abrupt, die Haushälterin meldete sich: »Frau Meyer, was gibt es?« Sie verstummte. »Nein, hier ist niemand«, antwortete sie dann. »Einen Augenblick.« Marlene hörte, wie sie durch das Zimmer lief. »Im Garten sehe ich auch nichts.« Sie lauschte eine Weile. »Vielleicht war es doch ein Tier?«, fragte sie, und kurz darauf: »Ja, in Ordnung, ich schalte die Alarmanlage am Haus wieder an und warte, bis Sie eintreffen.«

Die Frau kam in den Flur. Sie eilte an der Küchentür vorbei – ein Blick hinein und sie hätte Marlene gesehen. Vorne an der Eingangstür drückte sie ein paarmal auf das Tastenfeld. Marlene bewegte sich so schnell sie konnte in Richtung Wohnzimmer, huschte in den Raum, um nur Sekunden später zu hören, wie die Frau zurückkehrte. Gehetzt blickte Marlene sich um. Das einzige Versteck, das sich ihr bot, war die geöffnete Tür. Zügig verbarg sie sich dahinter. Die Frau ging zum Esstisch hinüber und zupfte an der Tischdecke. Sie sang nicht mehr.

Marlene schloss für einen Moment die Augen. Verdammt, irgendein Alarmsystem musste Meyer doch auf dem Grundstück installiert haben. Unfassbar, was für eine Festung sie errichtet hatte. Das Schlimmste war jedoch, dass sie sich offenbar auf dem Weg hierher befand. Bis dahin war Marlene mit dieser Frau im Haus. Sie war nicht in der Lage, sich richtig zu bewegen, ihr Knöchel schmerzte immer heftiger. Wie sollte sie so etwas über Benno oder Diekmann herausfinden?

Marlene schüttelte den Kopf. Wunderbar, sie war in das Haus gekommen. Aber Meyer war auf dem Weg, und der

Alarm war eingeschaltet. Marlene konnte es drehen und wenden, wie sie wollte. Sie saß in der Falle.

*

Kirsten Diekmann kauerte zusammengesunken neben ihrer Schwester auf dem Sofa. Sie fühlte sich vollkommen ausgelaugt. Sie hatte keine Tränen mehr, keine Kraft. Alles war leer, eine riesige, öde Wüste, und sie stand ausgetrocknet in der Mitte, unfähig, sich zu rühren.

Annika strich ihr über den Rücken. »Hey, was hältst du von einem Tee?«, fragte sie sanft.

Kirsten war zu müde, um den Kopf zu schütteln. Sie blieb einfach regungslos sitzen.

Sie hielt Annika nicht zurück, als sie aufstand, und in die Küche hinüberging. Kirsten starrte auf ihre Hände. Es war doch noch gar nicht lange her, da hatten genau diese Hände ihre kleine Tochter in den Schlaf gewiegt. Hatten die seidenen Haare gestreichelt und den Bauch gekitzelt, bis Karolin vor Freude prustete. Wo war dieses Mädchen hin? Nun saß oben eine junge Frau in ihrem Zimmer, die Kirsten nicht mehr kannte. Die, anstatt sich mit Jungs aus ihrer Klasse zu verabreden, mit einem Vierzigjährigen schlief. *Nicht einem.* Mit Holger.

Was hätte Ralf zu der ganzen Sache gesagt? Ein kurzes freudloses Lachen bahnte sich den Weg auf ihre Lippen und erstarb. Ralf hatte genug mit sich zu tun gehabt und mit den Frauen, die er in sein Bett hüpfen ließ. So viele ...

Annika unterbrach ihre Gedanken, als sie vorsichtig zwei dampfende Tassen auf den Couchtisch stellte. »Rohlfing wird noch einmal bei uns vorbeischauen, sobald Holger vernommen wurde«, sagte sie. Sie schwieg, als Kirsten nicht reagierte. Dann seufzte sie und setzte sich nah zu ihrer Schwester. »Holger hat Ralf nicht getötet. Da bin ich mir sicher«, fuhr sie fort.

»Wieso?«, fragte Kirsten tonlos. »Es hätte ja auch niemand gedacht, dass er sich an meine Tochter ranmacht. Und doch ...« Dann wurde ihre Stimme lauter. »Sie möchte ihn heiraten, gottverdammt.« Als hätte sie dieser Satz zu viel Kraft gekostet, sackte sie wieder in sich zusammen. »Ich will nicht mehr«, flüsterte sie. »Ich will nicht mehr.«

Annika nahm Kirsten fest in den Arm. »Sag das nicht«, wisperte sie in die braunen Haare, »ich bin für dich da. Du schaffst das. Musst es schaffen, schon für die Kinder.«

»Kinder?« Kirsten hob ihren Kopf. »Ich habe nur noch eins. Meinem anderen wurde das Kindsein genommen.« Mit zu Schlitzen verengten Augen sah sie Annika an. »Ich bringe ihn um.« Sie griff Annikas Hand und drückte sie so stark, dass Annika sie mit einem Schmerzenslaut wegzog. Kirsten achtete nicht darauf. Ihre Stimme klang vollkommen ausdruckslos, als sie wiederholte: »Ich schwöre es dir, ich bringe ihn um.«

*

Von ihrem Türspalt aus konnte Marlene nur einen kleinen Teil des Wohnzimmers überblicken. Aber sie hatte es von ihrem offiziellen Besuch noch gut im Gedächtnis. Rechts von ihr befand sich die Sofalandschaft, der riesige Flachbildfernseher, die Musikanlage. Auf der linken Seite stand der Esstisch mit einer schwarzen Tischdecke und schwarzen Lederstühlen – ein Kontrast zu den sonst weißen Möbeln. Meyer schien schwarz und weiß zu lieben. Soweit Marlene sich erinnerte, gab es hinter dem Tisch noch eine große Vitrine, in der angeleuchtet verschiedene Porzellanstücke geglänzt hatten. Ein gutes Versteck gab es jedoch nicht für sie. Und hinter der Tür war es eindeutig zu gefährlich. Jemand musste sie einfach schließen und würde Marlene sofort erblicken.

Marlene überlegte fieberhaft. Vom Flur aus waren drei weitere Türen abgegangen. Eine gehörte bestimmt zu einer Gästetoilette. Aber die andere musste ein Zimmer verbergen. Die dritte befand sich am Ende des Ganges, eine auffällig massiv gefertigte Tür. Sie sah aus, als ob sie in einen Keller führte. Ah ja, vermutlich der »Wellnessbereich«.

Okay, sie würde es mit der vorderen Tür versuchen. Wenn diese Frau doch endlich einmal das Wohnzimmer verlassen würde. Als hätte die Haushälterin Marlenes Gedanken gelesen, hörte Marlene, wie sie in die Küche zurückging. Schnell schob sie sich aus ihrem Versteck hervor und zuckte zusammen, als sie mit dem rechten Fuß auftrat. In der Küche lief Wasser. Marlene blickte in den Flur, fixierte die Tür und humpelte darauf zu. So rasch sie vermochte, huschte sie hinein. Meyers Arbeitszimmer. Davon zeugte jedenfalls der riesige Schreibtisch vor dem Fenster und die vielen hohen Regale, die einerseits mit Aktenordnern, andererseits mit Büchern vollgestellt waren, alles säuberlich sortiert. Im Gegensatz zu der modernen Küche und dem hippen Wohnzimmer war dieser Raum überraschend rustikal eingerichtet. Marlene trat an den

Schreibtisch heran. Er reichte fast von den einen Seite des Zimmers zur anderen. Rechts standen mehrere Monitore. Marlene vermutete, dass Meyer hier die Einfahrt, den Hauseingang und wer weiß was noch alles überblicken konnte. Hauptsache, sie selbst war nicht irgendwo auf diesen Bildern zu sehen. Marlene erwog kurz, den Computer anzuschalten. Aber sie hatte keine Ahnung, wie diese Anlage genau funktionierte. Womöglich war Meyer in der Lage, festzustellen, dass sie sich daran zu schaffen gemacht hatte, und würde so ihre Anwesenheit bemerken. Überhaupt konnte es nicht mehr lange dauern, bis Meyer auftauchte. Für den Weg brauchte man ungefähr 45 Minuten, wenn man schnell fuhr. Und Meyer fuhr schnell, da war Marlene sicher. Es blieb ihr also nur eine knappe halbe Stunde, bis sie sich zwei Frauen im Haus gegenüberfand.

Marlene stützte sich an dem Schreibtisch ab und überlegte. Sobald sie eine Tür nach draußen öffnete, würden die Kontakte sofort einen Alarm auslösen. Das durfte sie nicht riskieren. Sie war verletzt. Mal abgesehen davon, dass sie kaum laufen konnte, schaffte sie es mit diesem Bein auf keinen Fall über den Zaun. Doch wie, in Gottes Namen, sollte sie dieses verfluchte Haus unbemerkt wieder verlassen?

Dann schoss Erleichterung durch ihren Körper. Natürlich, das war es. Sie würde Junis eine SMS schicken. Ihm von ihrer prekären Lage berichten. Junis sollte zu Meyer kommen, sie ablenken, während Marlene zur Tür hinaushumpelte. Er würde ihr ein paar Fragen stellen, die mit Diekmann zu tun hatten, zurückfahren und Marlene kurz vor dem Tor auflesen. Bis dahin konnte sie sich in den Büschen am Eingang verbergen. Sie und Junis wären pünktlich zur Besprechung zurück, und niemand müsste von dieser unseligen Geschichte erfahren.

Außer, dass sie mit leeren Händen zurückkommen würde. Sie hatte nichts, aber auch gar nichts über Benno herausgefunden. Marlene trommelte leise gegen das Tischbein. Sie hatte noch eine halbe Stunde. Die wollte sie nutzen, um Meyers Arbeitszimmer zu durchsuchen. Vielleicht würde sie ja hier auf etwas Interessantes stoßen. Wenn nur diese Haushälterin nicht hereinkam. Ein gutes Versteck bot dieses Zimmer ebenfalls nicht.

Marlene nickte vor sich hin. Sie griff zu ihrer Jackentasche, in der das Handy immer steckte. Und stockte. Sie klopfte von außen über die Tasche. Fuhr hinein. Nichts. Hektisch wanderte ihre Hand zu der anderen Seite. Verdammt, wo war ihr Telefon? Sie hielt inne. Erstarrte. Sie hatte es nicht mehr bei sich. Es musste bei dem Sturz vom Zaun aus ihrer Tasche gefallen sein. Wahrscheinlich lag es nun irgendwo da draußen auf der nassen Erde – unerreichbar für sie.

*

Auf dem Weg zur Toilette blieb Holger Schlüter einen Augenblick im Flur stehen und beobachtete seine Frau durch die angelehnte Tür. Sie stand in der Küche und schnippelte Salat. Nicht schon wieder! Seit Angelika die Vierzig überschritten hatte, achtete sie noch mehr auf ihre Figur. Etwas anderes als Rohkost kam bei ihnen kaum noch auf den Tisch. Klar, er wollte auch gut aussehen, aber hin und wieder musste man doch auch mal was zwischen die Zähne bekommen. Mit Karolin war das ganz anders. Die aß und schlemmte mit ihm, ohne auch nur ein Gramm zuzunehmen. Gewiss, in zwanzig Jahren sah das bei ihr bestimmt auch anders aus, aber bis dahin ging schließlich noch viel Zeit ins Land ... Zeit, die sie mit ihm verbringen wollte.

Schlüter unterdrückte einen Seufzer, ging zum Bad hinüber und schloss ab. Er starrte in den Spiegel. Langsam musste er sich klar darüber werden, wie es weitergehen sollte. Ja, er wollte Karolin. Aber was würde passieren, wenn er sich öffentlich zu ihr bekannte? Den Shitstorm, der dann über ihn hereinbrechen würde, wollte er sich gar nicht vorstellen. Und Angelika! Die würde ihn auseinandernehmen und rupfen wie ein Huhn. Kirsten würde ihn vermutlich umbringen wollen. Er würde mit Karolin in eine andere Stadt ziehen müssen, irgendwohin, wo sie keiner kannte. Aber vorerst musste ihre Beziehung unbedingt geheim bleiben, das war im Moment die oberste Priorität. Eine Minderjährige – konnte er dafür vielleicht sogar in den Knast wandern? In jedem Fall würde die Polizei, wenn sie Wind von der Affäre bekäme, ihn sofort verdächtigen, Ralf umgebracht zu haben. Nicht auszumalen ...

Er drehte den Hahn auf und genoss das eiskalte Wasser, das ihm über die Handgelenke rann. Für ein paar Sekunden verschwand das dumpfe Pochen in seinem Kopf. In dem Augenblick ertönte die Türklingel. Er hörte, wie Angelika öffnete, dann vernahm er tiefe Stimmen. Als er aus dem Badezimmer trat, sah er sich gleich zwei Männern gegenüber, die sich abrupt zu ihm umdrehten.

»Herr Schlüter?«

»Ja?« Er zog die Augenbrauen hoch.

»Das ist Kommissar Becker, mein Name ist Koch. Wir ermitteln im Mordfall Diekmann.«

»Gibt es etwas Neues?« Angelika Schlüter schaute die beiden aufgeregt an. »Haben Sie den Mörder endlich gefasst?«

Koch schüttelte den Kopf. »Nein. Aber wir müssen Ihren Mann ins Präsidium mitnehmen.« Er wandte sich an Schlüter. »Wir haben ein paar Fragen an Sie.«

Das dumpfe Gefühl in seinem Kopf war mit einem Schlag zurück. Er wischte sich einen Schweißtropfen von der Stirn. »Wieso denn an mich?«, fragte er und bemühte sich, gelassen zu klingen.

Kochs Augen schossen zwischen dem Ehepaar hin und her, während er sagte: »Nun, es geht um Ihre Affäre mit Karolin Diekmann.«

Schlüter versuchte, nicht in das Gesicht seiner Frau zu blicken. Er schluckte. Woher, verdammt, wussten sie das? Hatte Karolin geredet? Cool bleiben, jetzt bloß cool bleiben. Er rang sich ein Lächeln ab, drehte sich zu Angelika um, die ihn kreidebleich anstarrte, und sagte: »Alles in Ordnung, Schatz. Ich bin bald wieder zurück.«

Dann trat er mit den Polizisten in die Kälte hinaus.

*

Marlene atmete tief ein. Entspann dich, du hast ja Lea angerufen, schoss es ihr durch den Kopf. Die würde Junis benachrichtigen, wenn sie sich nicht meldete. Es würde nun bloß länger dauern, bis er sie raushauen konnte, etwa zwei bis drei Stunden vermutlich. Bis dahin durften die Frauen sie einfach nicht entdecken. Sie war eigenmächtig in ein Haus eingedrungen, ohne konkrete Beweise in der Hand. Das sollte besser niemand offiziell erfahren. Vielleicht würde Meyer sich ja vor den Fernseher setzen. Und sie hätte doch noch ein wenig Zeit, sich in dem Haus umzusehen, um danach unbemerkt mit Junis zu verschwinden.

Marlene umrundete den Schreibtisch, darauf bedacht, so gut es eben ging nur mit links aufzutreten. Sie setzte sich auf den Schreibtischstuhl und horchte. Die Frau saugte irgendwo. Sehr gut, solange sie dieses Geräusch vernahm, war sie sicher. Marlene zog die oberste Schreibtischschublade auf. Fein säuberlich lagen darin verschiedene Stifte, ein Anspitzer und ein Briefbeschwerer. Marlene nahm ihn in die Hand. Wer benutzte denn heutzutage noch so was? Aber möglicherweise war es ja ein Andenken an irgendwen. Während sie den weiteren Inhalt musterte, sprang Marlene plötzlich das Bild von Manfreds Schreibtisch vor Augen. Er hatte dort all die Jahre so viel versteckt. Sie zog die Schubladen der Reihe nach auf, scannte den Inhalt, tastete nach einem möglichen Geheimfach. Nichts.

Marlene begann, die Papierstapel durchzublättern, die sich in den anderen Schubladen befanden. Es schien sich hauptsächlich um Bankangelegenheiten zu handeln. Nichts Ungewöhnliches, soweit Marlene das beurteilen konnte. Sie blickte zu den Regalen mit den Aktenordnern. Jeder Ordner war beschriftet – offenbar waren es ausschließlich welche, die etwas mit der Bank OWL zu tun hatten. Hefter zu privaten Dingen wie »Finanzen« suchte sie vergeblich. Marlenes Blick blieb an einem Schrank ganz rechts an dem Fenster hängen. Er hatte Türen, die abschließbar waren. Obwohl Marlene vermutete, dass es erfolglos sein würde, humpelte sie hinüber und versuchte die Türen zu öffnen. Sie seufzte leise. Abgeschlossen.

Natürlich, was hatte sie auch erwartet. Meyer schien eine überaus vorsichtige Person zu sein. Fast schon unglaublich, dass eine Haushälterin hier sein durfte, während Meyer an der Arbeit war. Sicher war sie genau instruiert worden, was ihr gestattet war und was nicht, aber sie musste sich ja nicht daran halten. Allerdings war bei Meyer ja sowieso alles Wichtige gut bewacht oder weggeschlossen. Außerdem ließ die Vorstellung von Meyer mit einem Putzlappen in der Hand Marlene beinah ein wenig lächeln.

In dem Augenblick wurde der Staubsauger abgeschaltet. Gleichzeit registrierte Marlene ein Geräusch an der Eingangstür. Mist, war Meyer bereits da? Dann war sie nicht gerast, dann war sie geflogen. Hektisch blickte Marlene sich um. Unter dem Schreibtisch, hinter der Tür – nicht gut. Blieben nur noch die Vorhänge. Im Gegensatz zum Wohnzimmer, wo moderne Schiebegardinen die Fenster zierten, hingen sie hier lang und schwer bis auf den Boden herunter. Marlene humpelte auf den linken zu und stellte sich dahinter. Nur einen Atemzug später tönte Meyers laute Stimme durch den Flur: »Matilda?«

Marlene vernahm hastige Schritte. »Frau Meyer, schön, dass Sie da sind. Aber ich glaube, Sie haben sich umsonst gesorgt, es ist alles so wie immer.«

»Das werden wir gleich sehen.« Meyer zog offenbar ihre Schuhe aus und warf den Schlüssel auf die Kommode, anschließend öffnete sich die Tür zum Arbeitszimmer. Marlene machte sich so dünn es eben ging und betete, dass sie bei der Gardine keine Ausbuchtung verursachte. Jetzt klickte Meyer auf der Computertastatur herum. Vorsichtig lugte Marlene hinter dem Stoff hervor. Meyer stand mit dem Rücken zu ihr an dem Schreibtisch, nur wenige Meter entfernt. Die Monitore leuchteten auf. Marlene sah den Eingangsbereich – hier hatte sie mit Benno gestanden und ihren Ausweis in die Kamera gehalten. Es kam ihr plötzlich wie eine halbe Ewigkeit her vor. Zwei weitere Bildschirme zeigten den Abschnitt vor der Haustür und das große Tor an der Mauer von der Parkseite. Verdammt, gut, dass sie da nicht, wie geplant, in Junis' Wagen gesprungen wäre, das hätte Meyer alles schön mitverfolgen können. Wenn Junis kam, musste sie näher am Haus auf ihn warten – genau so, dass man sie vom Haus nicht mehr und von der Kamera an der Einfahrt noch nicht erspähen konnte.

Sie beobachtete, wie Meyer die Bilder im Schnelldurchlauf zurückspulte und aufmerksam auf die Monitore starrte. Ha, da würde sie nichts finden. Meyer sah das wohl genauso.

Sie klickte erneut auf der Tastatur herum. Nun erschien auf den Monitoren ein völlig anderes Bild. Marlene sah einen Raum, kahle Wände. Nur ein riesengroßes Behältnis stand dort. Dann glitten ihre Augen zu dem zweiten Schirm hinüber. Der zeigte einen Menschen. Zusammengekauert auf einer Matratze. Marlene presste ihre Hand auf ihren Mund, um nicht laut aufzuschreien. Da saß Benno.

Marlenes Atem ging flach und stoßweise. Zum Glück richtete Meyer sich auf und eilte zur Tür. »Matilda«, rief sie, »ich sehe mich draußen ein wenig um. Wenn ich zurück bin, können Sie für heute Schluss machen.«

»In Ordnung, Frau Meyer.«

Doch anstatt ins Freie zu gehen, hörte Marlene, wie Meyer die Treppe hinaufstiefelte. »Ja, wollen Sie denn wirklich Ihr Jagdgewehr mitnehmen?«, erklang Matildas ängstliche Stimme.

»Natürlich«, fiel Meyers Antwort knapp aus. Kurz darauf schlug die Haustür zu.

Langsam ließ Marlene ihre Hand sinken. Sie trat hinter dem Vorhang hervor und humpelte zu den Bildschirmen hinüber. Benno. Verdammt, was war hier los? Wo steckte er bloß, und was zur Hölle spielte Meyer für ein Spiel? Ihre Fingerspitzen berührten zitternd den Monitor. Benno bewegte sich nicht. Doch als sie sich vorbeugte, konnte sie erkennen, dass er tief und regelmäßig atmete. Für einen Moment schwankte sie und musste sich am Schreibtisch festkrallen, um nicht zu straucheln.

Denk nach, schalt sie sich. Das war kein normaler Raum. Kahle Betonwände, es konnte sich nur um den Keller handeln.

In der Sekunde erloschen alle Bilder und die Monitore wurden schwarz.

So schnell sie es vermochte, hinkte Marlene zur Tür. Matilda hatte wieder angefangen zu saugen. Marlene schlich in den Flur direkt auf die Tür am Endes des Ganges zu. Sie drückte die Klinke. Abgeschlossen. Ihr Blick zuckte zum Eingang. Auf der Kommode thronte eine dekorative Holzschale, in der ein paar Schlüssel lagen. Sie humpelte darauf zu, scannte die Schlüssel nach einem passenden Exemplar ab, griff nach zweien und eilte mit vor Schmerz verzerrtem Gesicht zur Kellertür zurück. Rasch steckte sie einen Schlüssel in das Schloss. In dem Moment verstummte das Geräusch des Staubsaugers. Marlene erstarrte, versuchte dann aber umso hastiger, den Schlüssel zu drehen. Er passte nicht. Sie schob den Schlüssel in ihre Tasche und probierte es mit dem zweiten. Er ließ sich gar nicht erst in das Schloss stecken. Marlene fluchte innerlich auf. Sie hörte, wie Matilda die Treppe herunterkam. Gleichzeitig vernahm sie ein Geräusch an der Eingangstür. Marlene blickte sich hektisch um. Das nächste Zimmer war das Wohnzimmer. Ihr blieb keine Zeit. Sie hetzte hinein und stellte sich abermals hinter die geöffnete Tür.

*

Und, haben Sie etwas gefunden, Frau Meyer?« Matildas Stimme klang besorgt.

»Nein.« Eva Meyer zog ihre Gummistiefel aus, legte das Gewehr auf die Kommode und steckte ihren Schlüsselbund in die Hosentasche. Sie lächelte Matilda an. »War wohl tatsächlich ein Fehlalarm. Sie können jetzt gehen. Ich bleibe für heute hier.«

»Gut. Dann also bis Montag?«

Meyer nickte. »Ja, bis Montag.«

Sie wartete, bis Matilda das Haus verlassen hatte, und schaltete die Alarmanlage erneut ein. Anschließend stand sie für einen Moment einfach nur reglos im Flur. Mit einem leisen Lächeln zog sie langsam ein Handy aus der Tasche. Der Sperrbildschirm zeigte ein Motorrad. Eine schwarze BMW vor dem Polizeipräsidium in Minden. Meyer klemmte das Telefon zwischen Daumen und Zeigefinger und schwenkte es ein paar Mal gedankenverloren hin und her. Schließlich hielt sie inne und ließ das Gerät behutsam in ihre Tasche gleiten. Dann griff sie nach dem Gewehr und entsicherte es. Wie eine Katze bewegte sie sich lautlos zum Arbeitszimmer hinüber, stieß die Tür auf und zielte mit der Waffe in den Raum. Schnell scannte sie das Zimmer ab, trat ein, blickte hinter die Tür und ging auf die Vorhänge zu. Sie stupste beide mit dem Gewehrlauf an und drehte sich abermals um ihre eigene Achse.

Anschließend schritt sie mit der Waffe im Anschlag nach allen Seiten schauend, auf das Wohnzimmer zu.

*

Marlenes Sinne waren zum Zerreißen gespannt. Sie hatte Matilda gehen hören, danach war es für einige Zeit totenstill gewesen. Was tat Meyer in Gottes Namen? Dann hatte Marlene ein Klicken gehört. Das Gewehr. Marlene schluckte. Meyer wusste Bescheid. Das spürte sie mit jeder Faser ihres Körpers. Und nun bewegte sie sich mit einer Waffe durch das Haus und suchte sie. Marlene spannte sich an. Wenn doch bloß ihr Bein in Ordnung wäre. Sie griff zu dem Schulterholster, um ihre Waffe herauszuziehen. Doch der Spalt hinter der Tür ließ ihr zu wenig Raum. Die Tür würde sich bewegen und Meyer wüsste, wo sie sich befand. Aber sie hatte immerhin noch den Überraschungseffekt auf ihrer Seite. Nicht abwarten, bis Meyer hinter die Tür blickte und auf sie zielte.

Sie versuchte, lautlos zu atmen, konzentrierte sich ganz auf die leisen Schritte und legte behutsam ihre Fingerspitzen an die Tür. Meyer kam näher und näher.

Jetzt!

Marlene ließ alle Kraft in ihre Arme fließen und feuerte die Tür nach vorne.

L ea schaute unauffällig auf ihre Uhr. Barbara redete ununterbrochen. Es war, als hätte ihr Gespräch in der Krankenhaus-Cafeteria einen Damm in der Frau aufgebrochen. Unzählige bisher zurückgehaltene Worte bahnten sich brachial ihren Weg, sprudelten über die Lippen und ergossen sich über Leas Trommelfell.

Wann kam Irene endlich zurück? Wahrscheinlich war Barbaras Schwester so froh, einmal aus dem Klinikum herauszukommen, dass sie sich absichtlich viel Zeit ließ. Lea konnte es ihr nicht verübeln. Manfreds Zustand war unverändert. Er lag blass auf seinen weißen Laken und war nicht ansprechbar. Die Ärzte hatten Barbara gesagt, sie solle nach Hause gehen, sich ein wenig ausruhen. Doch Barbara war seit Tagen nicht von seiner Seite gewichen, hatte in dem Stuhl neben ihm geschlafen und bestand nach wie vor alle paar Stunden darauf, mit einem zunehmend genervten Arzt zu sprechen.

Im Moment allerdings redete sie über Marlene. Wie schwierig sie gewesen sei, als sie zu ihr und Manfred kam, wie sehr sie sich um sie bemüht hatten. Dass sie es nicht verdienten, wie Marlene sich nun wieder abkapselte, nur weil sie ihr die Umstände verschwiegen hatten, unter denen ihre Eltern umgekommen waren.

Lea erhob sich abrupt. »Ich muss auf die Toilette«, sagte sie in Barbaras Ausführungen hinein.

Als sie auf dem Flur stand, atmete sie erleichtert auf. So hatte sie sich ihren Überraschungsbesuch bei Marlene nicht vorgestellt. Lea seufzte. Nun ja, sie hätte damit rechnen müssen. Marlene war schließlich mit ihrem Beruf verheiratet. Und sie selbst versuchte wie immer, es allen recht zu machen. Lea lief den Gang zu den Besuchertoiletten hinunter. Dabei blickte sie erneut auf ihre Uhr. In fünf Minuten waren genau zwei Stunden vergangen, seit Marlene sich bei ihr gemeldet hatte. Wann rief sie endlich an? Lea zog ihr Handy aus der Jackentasche und starrte darauf. Ob sie es einmal bei Marlene probieren sollte?

Sie schloss sich auf dem Klo ein und ließ sich auf den Deckel sinken. Mit Tim musste sie auch noch sprechen. Der wollte wissen, wann sie wieder zurück nach Hamburg käme. Natürlich tanzten ihm die Kinder jetzt schon auf der Nase herum. Lea fuhr sich durch das Gesicht. Sie hätte ein Wellnesshotel buchen sollen. Einfach ein paar Tage nur für sich. Aber nein, stattdessen hockte sie in einem Krankenhaus, ihre Freundin – Kommissarin wohlgemerkt – brach gerade irgendwo bei einer Bankvorsitzenden ein und das Schlimmste: Sie meldete sich nicht.

Lea blickte auf den tickenden Sekundenzeiger. Zwei Stunden. Exakt. Sie überlegte einen Augenblick. Marlene hatte ihr deutlich gesagt, dass sie Junis anrufen sollte. Ihr war doch hoffentlich nicht ernsthaft etwas passiert? Sie kramte den Zettel mit Junis' Nummer hervor und gab sie in ihr Handy ein. Es tutete. Lange. Junis hob nicht ab. Lea seufzte erneut. Sie lehnte ihre Stirn gegen die kühle Wand. Nun gut, sie würde zu Barbara zurückgehen. Vielleicht war Irene inzwischen wiedergekommen und sie könnte endlich in Marlenes Wohnung fahren und die himmlische Ruhe genießen. Da würde sie ein weiteres Mal probieren, Junis zu erreichen. Und sollte der immer noch nicht an sein Telefon gehen, so müsste sie es entgegen der Anweisungen doch bei Marlene versuchen. Bestimmt hatte die einfach nur die Zeit vergessen. Typisch Marlene halt.

*

Marlene spürte deutlich, wie die Tür gegen ein Hindernis donnerte.

Ein Knall, ein Keuchen, etwas fiel auf den Boden. Marlene riss die Tür zurück. Meyer stand im Flur und hielt sich ihren Arm. Vor ihren Füßen lag das Gewehr. Marlene griff zu ihrem Holster, aber sie war nicht schnell genug. Bevor sie die Pistole ziehen konnte, hatte Meyer blitzschnell das Gewehr aufgehoben und auf Marlene gerichtet.

Sie starrte Marlene mit brennenden Augen an. »Frau Borchert, ich hätte nicht gedacht, Sie unter diesen Umständen wiederzusehen.«

Marlene hob ihre Hände. »Seien Sie vernünftig. Wenn Sie mir die Waffe jetzt geben und kooperieren, ist noch nicht viel passiert.« Sie streckte einen Arm aus.

Ein Lächeln breitete sich über Meyers Gesicht aus. Ihre Wangen glühten. »Noch nicht viel passiert?«, wiederholte sie spöttisch. Dann wurde ihre Stimme kalt. »Sie haben mich enttäuscht. Ich hätte wirklich mehr von Ihnen erwartet. Nach dem ganzen Hype, der im Sommer um sie beide gemacht wurde.« Sie prustete verächtlich. »Sie werden zu Unrecht so hoch gelobt. Das Katz-und-Maus-Spiel hätte ich mir ein wenig amüsanter vorgestellt.«

Plötzlich lächelte sie wieder. »Sie wollten doch in den Keller, nicht wahr?«, fragte sie. Ihr Blick zuckte zur Holzschale auf der Kommode. »Zwei Schlüssel fehlen. Leider die falschen.« Triumphierend zog sie mit der linken Hand einen Schlüssel aus der Hosentasche. »Ich trage ihn immer bei mir«, fuhr sie fort. »Matilda weiß zwar, dass der Keller absolut tabu ist, aber Vorsicht ist die Mutter der Porzellankiste.« Sie warf Marlene den Schlüssel hinüber. Er fiel klirrend vor ihr auf den Boden. »Aufheben!«, befahl sie.

Marlene bückte sich und keuchte auf. Ein greller Schmerz durchzuckte ihren gesamten Körper. Meyer starrte unbewegt auf sie hinab. »Man sollte nicht unbefugt auf fremden Grundstücken herumschleichen«, sagte sie. »Schlimm, was dann alles passieren kann.« Sie musterte Marlene mit stechendem Blick. »Geben Sie mir Ihre Waffe. Sofort!«

Marlene griff unter ihre Jacke und zog ihre Dienstwaffe hervor. Der Gewehrlauf war genau auf ihr Gesicht gerichtet. Sie streckte den rechten Arm nach vorne und ließ ihre P99 auf den Boden fallen. Meyer kickte sie mit dem Fuß zur Seite und deutete dann auf die Kellertür. »Los, gehen Sie endlich.«

Marlene humpelte auf die Tür zu und schloss sie auf. Eine breite, gefliese Steintreppe führte hinunter. Chlorgeruch strömte ihnen entgegen. »Es geht abwärts.« Meyer klang hämisch. Marlene biss die Zähne zusammen, als sie rechts auftreten musste. Auf keinen Fall wollte sie Meyer das Vergnügen bereiten, nur auf dem linken Fuß hinunterzuhüpfen. Doch schon nach drei Stufen brach ihr der Schweiß aus. Verdammt, hatte sie sich vielleicht sogar etwas gebrochen? Sie versuchte, den Schmerz zu ignorieren und stattdessen auf ihre Umgebung zu achten.

Sie betraten eindeutig den »Wellnessbereich«. Die Treppe endete in einem kleinen Flur, von dem ein Raum abging. Er erinnerte Marlene an die Ruheräume der Bali-Therme in Bad Oeynhausen. Sehr geschmackvoll eingerichtet – zwei gemütliche Liegen, sanftes Licht, leise Musik. Meyer zeigte mit dem Gewehr auf eine weitere Tür. »Da lang«, kommandierte sie. Marlene stieß die Tür auf und fand sich in einem Schwimmbad wieder. Es konnte locker mit den Innenpools guter Hotels mithalten. Das Becken war groß und offenbar auch ziemlich tief. Am hinteren Ende befand sich ein Whirlpool. »Schön, nicht wahr?«, fragte Meyer, doch ihre Stimme klang nach wie vor kalt.

Sie dirigierte Marlene durch den Raum hindurch zum Whirlpool, um den sich künstliche Palmen reihten. »Da rein!« Meyer deutete nach vorne. Marlene runzelte die Stirn. Was meinte sie? Das Schwimmbad war hier zu Ende.

»Nun gehen Sie endlich!« Erneut wies Meyer auf die Wand.

Für einen Moment überlegte Marlene, auf Meyer zuzuspringen und ihr die Waffe aus der Hand zu schlagen. Aber allein das Wort *springen* bereitete ihr Schweißausbrüche. Sie konnte froh sein, wenn sie weiterhin aufrecht stehen konnte. Also blickte sie stattdessen auf die Wand. Und dann erkannte sie, worauf Meyer zeigte. Kaum erkennbar war inmitten der verschiedenartigen bunten Kacheln hinter all den Palmen eine kleine Tür eingelassen. Marlene öffnete sie.

Es war, als beträten sie eine andere Welt. Der Raum war kahl und sah so aus wie das Zimmer, in dem Benno sich befunden hatte. Er enthielt einen großen Schreibtisch, auf dem ebenfalls mehrere Monitore standen, und einen Metallschrank.

Oben links an der hohen Decke war eine elektrische Winde angebracht. Ein dickes Stahlseil spannte sich darum. Eine weitere Tür führte auf der gegenüberliegenden Seite aus dem Raum hinaus. Zu Benno, dachte Marlene und fixierte die Tür, als könne sie diese mit ihrem puren Willen öffnen.

»Los, stellen Sie sich in die Mitte.« Meyers Augen und der Gewehrlauf blieben auf Marlene gerichtet, während sie zu dem Schrank hinüberging, ihn öffnete und einige Kabelbinder herausnahm. Meyer schmiss einen davon Marlene vor die Füße. »Um Ihre Hände«, befahl sie.

Marlene hob ihn auf und fesselte sich unter Meyers strengen Blicken ihre Handgelenke. Um den Binder zuzuziehen musste sie ihren Mund zur Hilfe nehmen. Anschließend stieß Meyer sie zu Boden. Marlene heulte auf, als sie auf ihr rechtes Bein fiel. Sofort biss sie sich auf die Lippen.

Meyer schaute sie verächtlich an. »Sie durchkreuzen meine Pläne«, sagte sie. »Benno sollte heute eigentlich noch nicht sterben. Jetzt allerdings ...« Sie zuckte mit den Schultern. Plötzlich jedoch erhellte sich ihr Gesicht. »Sie werden dabei zusehen«, raunte sie. »Wir beide werden es uns zusammen ansehen.« Sie zerrte Marlene nach oben und führte sie zu dem Stuhl, der an dem Tisch stand. Grob drückte sie Marlene darauf. Dann schaltete sie die Monitore ein. Ein weiterer Raum leuchtete auf – mit Benno darin. Er lag noch immer auf der Matratze.

»Was haben Sie mit ihm vor?« Obwohl Marlene sich Mühe gab, die Angst aus ihrer Stimme zu nehmen, zitterte diese leicht.

Meyer achtete nicht auf sie. »Er hätte heute nur eine Minute hineingemusst«, flüsterte sie. »Aber nun wird sich der

Deckel für ihn nicht mehr öffnen.« Ihr Blick richtete sich auf Marlene. »Sie sind sein Todesengel. Das nennt man wohl Ironie des Schicksals.« Sie lächelte.

»Ich verstehe es nicht. Erklären Sie es mir«, antwortete Marlene fordernd. »Sie haben auch Diekmann auf dem Gewissen, nicht wahr? Was ist das für ein Raum? Und warum ist Benno hier?«

Eva Meyer verzog den Mund. »Warum?«, äffte sie Marlene nach. »Alle fragen immerzu nach dem *Warum.* Warum leben wir? Warum sterben wir? Folgt das alles einem großen Plan?« Ihr Lächeln wurde verächtlich. »Nein, tut es nicht. Dem Universum ist gleichgültig, was wir tun. Es empfindet nichts. Rein gar nichts.«

Marlene starrte sie an. Es war nicht das Universum, das unfähig war zu empfinden, sondern Eva Meyer.

»Ich habe ihn getroffen«, sage Marlene und fügte hinzu, als Meyer sie mit hochgezogenen Augenbrauen anschaute: »Den Mann, den Sie fast erwürgt hätten. Hat mit ihm alles angefangen? Haben Sie da gemerkt, wie berauschend es ist, ein fremdes Leben in der Hand zu halten?«

»Hm.« Meyer drehte sich ganz zu Marlene um. »Wie haben Sie *das* denn herausgefunden? Ich meine, wie haben Sie ihn aufgespürt?«

»Vielleicht sind wir ja doch nicht so dumm, wie Sie glauben.« Marlene blickte ihr in die Augen. Eisblau. Sie fröstelte.

Meyer nickte leicht. »Ich muss zugeben, es war ein gutes Gefühl. Etwas allerdings hat gefehlt. Lange grübeln musste ich nicht, was es war. Denn eigentlich wusste ich es schon immer.«

»Wasser.« Nun klang auch Marlenes Stimme kalt.

Meyer schaute sie überrascht an. »Sie sind wirklich schlauer, als ich dachte. Beruhigend, ich habe mich also nicht völlig getäuscht. Richtig, Wasser.« Sie deutet auf den Monitor. »Und voilà, hier ist es.«

»Aber warum? Warum Wasser?« Marlene nahm ihren Blick nicht von Meyers Gesicht. Das wurde bei dieser Frage eine Maske aus Stein. Schnell ging Meyer zu dem Schrank hinüber und kam mit einer Rolle Klebeband zurück. Sie riss ein Stück ab und klatschte es grob über Marlenes Mund. Dann beugte sie sich an Marlenes Ohr. »Das«, zischte sie, »wird für immer mein Geheimnis bleiben.«

Sie zog ein Mikrofon heran, das auf einem Ständer befestigt und zwischen den Monitoren platziert war. Meyer drückte einen Knopf. »Zweite Runde«, sagte sie. »Mach dich bereit, Benno.«

Marlene sah, wie Benno den Kopf wandte und in die Kamera starrte. Seine Augen waren dunkel und groß. Er erhob sich langsam. Marlene versuchte zu sprechen. Sie atmete hektisch durch das Klebeband, das sich vor ihrem Mund leicht hob und senkte. Meyer drückte erneut auf die Taste am Mikrofon. »Zieh dich aus!« Dann drehte sie sich zu Marlene um. »Genieß es! Es wird das letzte Mal sein, dass du es siehst.«

Marlenes Pulsschlag beschleunigte sich. Sie bewegte ihr linkes Bein. Mit zusammengebundenen Händen und einem gebrochenen rechten Knöchel würde sie zwar nicht so viel ausrichten können, aber es musste reichen. Alles, alles – nur dass Benno nicht in dieses Becken stieg. Sie überlegte, worauf sie am besten zielen sollte, während Benno sein T-Shirt nach oben schob.

In der Sekunde klingelte es. Irritiert schaute sich Marlene um. Was war das? Auch Meyer blickte überrascht auf. Sie zog die Augenbrauen zusammen. Ein paar Klicks auf die Monitore und Benno verschwand. Dafür tauchte das Eingangstor auf.

»Ich muss ja auch hier unten wissen, ob mich jemand stören will«, murmelte Meyer. Sie starrte angestrengt auf das Bild. Marlene beugte sich hoffnungsvoll vor. War Junis etwa schon gekommen? Nein. Da stand zwar ein Mann, allerdings eindeutig niemand, den Marlene kannte.

Auch Meyer schien der Mann unbekannt zu sein. Sie drückte einen weiteren Knopf. »Was wollen Sie?«, blöffte sie ins Mikrofon.

Der Mann hob seinen Blick zur Kamera. Er war hochgewachsen, schlank und hatte kurze blonde Haare. Um die dreißig, vielleicht jünger, schätzte Marlene.

»Eva, bist du das?«, fragte er. Seine Stimme hatte einen starken Akzent.

Eine steile Furche erschien auf Meyers Stirn. »Und wer sind Sie?«

Der Mann trat näher an die Kamera heran und breitete die Arme aus. »Ja, erkennst du mich denn nicht?«, rief er. »Ich bin's doch, Ron. Dein Bruder.«

*

Marlene hatte noch nie ein Gesicht so schnell den Ausdruck wechseln sehen. Zuvor eine wütende, versteinerte Maske zeigten Meyers Augen jetzt eine so große Überraschung, dass Marlene für einen Moment erstaunt war. Dann fing sie sich, holte mit ihrem linken Bein aus und trat Meyer so heftig sie konnte in die Kniekehle. Mit einem Schmerzenslaut sackte Meyer zusammen. Marlene sprang auf, ignorierte das brennende Stechen, das durch ihre Eingeweide schoss, als sie ihr rechtes Bein belastete, und trat ein zweites Mal zu. Meyer kippte nach vorne weg, konnte sich aber in der letzten Sekunde ausbalancieren und richtete sich mit wutverzerrtem Gesicht auf. Marlene stand vor ihr, Schweißperlen sammelten sich auf ihrer Stirn. Sie versuchte, das rechte Bein erneut zu belasten, keuchte dabei jedoch vor Schmerzen auf. Das Klebeband vor ihrem Mund schluckte den Laut. Sie hielt ihre gefesselten Hände wie ein Boxer vor sich und taxierte Meyer, die auf sie zukam.

»Du willst es also auf die harte Tour. Bitte, das kannst du haben.« Meyers Stimme war nur noch ein Fauchen. Marlene sah den Tritt kommen, hatte aber keine Möglichkeit, ihm auszuweichen. Meyers Fuß krachte gegen ihr kaputtes Bein. Marlene konnte für einen Augenblick nicht mehr atmen. Der Schmerz explodierte in ihrem Kopf. Da hatte Meyer sie schon gepackt. »Na warte. Mit dir bin ich noch lange nicht fertig«, zischte sie. Sie zerrte Marlene zu dem Tisch, nahm das Gewehr in die linke Hand, die rechte weiterhin wie eine Eisenklammer um Marlenes Arm gelegt. Grob bugsierte sie Marlene aus dem Raum hinaus in den Schwimmbereich, wollte sie zwingen, mit ihr Schritt zu halten In Marlenes Bein tobte ein derart wütendes Stechen, dass es ihr fast die Sinne raubte. Meyer schleifte sie mehr hinter sich her, als dass sie ging.

Kaum waren sie in dem kleinen Flur angelangt, von dem die Treppe in den Wohnbereich hinaufführte, stieß Meyer Marlene von sich. Marlene sank mit einem Schmerzenslaut auf die Knie. Ihr rechtes Bein fühlte sich an wie ein Vulkan, aus dem sich heiße Lava ergoss. Meyer sperrte eilig die Tür zum Schwimmbad ab und blickte danach auf Marlene. »Ich bin gleich zurück«, sagte sie, eilte die Treppe hoch, und verschwand durch die Tür. Marlene hörte, wie sie zwei Mal abschloss. Dann war es still.

Sie schloss die Augen. Schließlich hob sie ihre Hände, bekam nach einigen Versuchen das Klebeband an ihrem Mund zu fassen und zog es mit einem Ruck ab. Sie atmete tief ein. Was für ein riesengroßer Mist! Nur ein paar Hundert Meter von ihr entfernt hockte Benno. Doch sie hatte sich wie ein Trottel angestellt. Sie war nicht in der Lage, sich zu bewegen, ihre Hände waren gefesselt, und sie saß im Keller einer total durchgeknallten Psychopathin fest. Wie, in Gottes Namen, kam sie aus dieser Nummer bloß wieder heraus? Marlene schaute sich in dem Raum um. Rechts in der Ecke stand eine große Blume. Plastik offensichtlich. Marlene robbte an sie heran. Der Blumentopf. Wenn sie den zertrümmern könnte ... Als sie ihn jedoch berührte, seufzte sie. Keine Keramik, sondern ebenfalls Plastik. Sonst gab es nichts in dem Flur, nur kahle Wände. Marlene starrte auf ihre Handgelenke. Sie hatte zwar versucht, ein wenig Luft zu lassen, sodass die Bänder nicht in ihre Haut schnitten. Ihre Arme würde sie so allerdings nicht befreien können. In dem Moment hörte sie Stimmen. Offenbar hatte Meyer den Mann ins Haus gelassen. Marlene runzelte die Stirn. Ihr Bruder. Meyer hatte den Mann nicht erkannt und war vollkommen überrascht gewesen. Sie musste ihn schon länger nicht gesehen haben.

Mühsam richtete Marlene sich auf. Tränen traten ihr in die Augen. Sie humpelte auf die Treppe zu. Dabei biss sie so fest auf ihre Lippe, dass die kleine Wunde wieder aufsprang und ihr das Blut in den Mund lief. Sie ignorierte den Eisenge-schmack. Mit ihren zusammengebundenen Händen packte sie, so gut es ging, das Geländer und zog sich daran langsam Stufe für Stufe hoch. Als sie vor der Tür stand, keuchte sie. Ihr Sweatshirt war schweißdurchtränkt. Sie ließ sich auf die oberste Stufe sinken und lauschte. Hier oben konnte sie die beiden deutlich hören.

»Ich kann es nicht glauben, dass ich dich endlich gefunden habe«, sagte die männliche Stimme. Wie hatte er sich Meyer noch gleich vorgestellt? Ron.

»Das überrascht mich auch«, erwiderte Meyer. »Du hast doch all die Jahre in Australien gelebt, oder?«

»Ja. Aber mein ganzes Leben wollte ich dich finden. Ich hatte bloß nie einen Anhaltspunkt, wo ich suchen sollte. Du bist ja damals plötzlich verschwunden, und ich war noch ein Kind. Dann habe ich das Tagebuch unseres Vaters ent-deckt.«

Einen Augenblick war es still. »Er hat Tagebuch geschrie-ben?«, fragte Meyer schließlich.

»Und wie. Dort konnte ich alles nachlesen. Wie unzufrieden er war, dass er keinen Sohn bekam. Wie ich gezeugt wurde. Und zwischendurch fluchte er über Australien und wie viel besser es in Deutschland sei. In seiner Heimat. Minden.«

»Er hat andauernd davon gesprochen.« Meyers Stimme klang hart. »Ich habe mich in Australien nie wohlgefühlt. Ich wollte wissen, ob er Recht hat. Also habe ich alles hinter mir gelassen und bin hierhergezogen. Dorthin, wo meine Wurzeln liegen und trotzdem weit weg von ihm.«

Ron seufzte. »Deshalb konnte ich dich so lange nicht errei-chen. Ich dachte immer, du seist irgendwo in Australien geblieben. Dabei wollte ich so gern einmal mit dir sprechen. Über damals. Über den Tag.«

Abermals war es einen Moment still. Doch plötzlich schnitt Meyers Stimme durch die Luft, scharf wie eine Sense. »Über welchen Tag?«

Ron erwiderte nichts. Marlene setzte sich aufrechter hin und presste ihr Ohr an die Tür. Ron schien Meyer irgendetwas zu geben. »Die letzte Seite«, hörte sie Ron sagen. »Er wollte mir dir tauchen gehen. Danach bricht das Tagebuch ab.« Er schwieg erneut. »Am nächsten Tag war er tot«, sprach er schließlich weiter.

»Woher weißt du das?« Meyer klang kühl und ruhig.

»Mutter hat es mir erzählt. Charlotte. Eigentlich wollte Vater mich abholen kommen. Er hatte es angekündigt, immer und immer wieder. An meinem fünften Geburtstag sollte ich zu ihm. Zu euch. Doch er kam nicht. Er war gestorben. Ein Tauchunfall.« Er schluckte. Dann fuhr er leise fort: »Ganz Broome redete darüber. Unser Vater, solch ein erfahrener und guter Taucher. Und so ein tragisches Unglück. Nur was niemand wusste – dass du dabei gewesen bist.«

»Ich war nicht dabei.« Marlene hörte, wie Meyer etwas auf den Boden feuerte, vermutlich das Buch. »Ich sollte mit, habe mich jedoch anders entschieden.«

»Ich weiß es«, wisperte Ron. Marlene atmete flach, um ihn zu verstehen. »Du warst da. Und dann war er tot. Du hast mich gerettet, Eva. Wegen dir musste ich meine Mutter nicht verlassen und zu diesem Unmenschen ziehen. Denn das war er. Ein Unmensch. Ich hatte furchtbare Angst, wenn ich zu euch musste. Furchtbare Angst.«

»Unsinn.« Meyers Stimme hatte ihre Schärfe zurück. »Ich

hatte nie Angst vor ihm. Mich hat er nicht kleingekriegt. Mich nicht.«

»Nein, dich nicht. Du warst stark. Und du hast mich gerettet.«

»Unsinn.« Meyer spuckte das Wort erneut förmlich aus. Einen Moment schwiegen beide. Schließlich sagte Meyer ruhiger: »Hör zu, ich freue mich, dass du hier bist. Aber ich habe heute noch viel zu erledigen. Können wir uns vielleicht morgen treffen? In aller Ruhe?«

»Okay.« Rons Antwort klang zögernd.

»Wie hast du es überhaupt geschafft? Mich zu finden, meine ich. Und weiß noch irgendwer davon?«

»Nein.« Marlene konnte spüren, wie Ron den Kopf schüttelte. »Meine Mutter ... Charlotte ... sie ist vor einigen Monaten gestorben. Einmal, als ich älter wurde, habe ich sie nach dir gefragt, und sie sagte mir, dass du abgehauen wärst. Mehr wollte sie dazu nicht sagen. Aber als ich das Haus ausgemistet habe, ist mir das Tagebuch in die Hände gefallen. Keine Ahnung, wie es zu uns gekommen ist.«

»Das ist in der Tat merkwürdig.« Zum ersten Mal hörte sich Meyer ratlos an.

»Deine Mutter, Inge«, suchte Ron nach einer Erklärung. »Sie starb ja nur ein oder zwei Jahre nach Vater. Sie und Charlotte hatten sich nie gesehen. Doch kurz vor ihrem Tod stand sie auf einmal vor unserer Tür. Ich weiß nicht, worüber sie sich mit Mama unterhalten hat. Jetzt frage ich mich manchmal, ob sie wusste, dass sie nicht mehr lange leben würde? Ob sie meiner Mutter das Tagebuch vielleicht anvertraut hat? Ob sie wusste, dass du ... dass du ...« Ron brach ab.

»Ich sagte bereits, ich habe nichts mit Vaters Tod zu tun«, stellte Meyer ungeduldig klar. »Ist ja auch egal. Die Perlenfarm wurde für einen sehr guten Preis verkauft, und ich bin nach Deutschland ausgewandert.« Sie schwieg. Plötzlich klang ihre Stimme lauernd. »Du bist doch nicht deshalb hier? Weil du etwas von dem Erbe abhaben möchtest?«

»Das Erbe ist mir scheißegal.« Marlene konnte Rons Wut durch die Tür spüren. »Du bist meine Schwester, Eva. Die Letzte aus meiner Familie, die noch lebt. Ich wollte dich sehen. Und verstehen, was passiert ist. Außerdem versuche ich zu tauchen. Es ist das Einzige, über das Vater mit Respekt geschrieben hat. Du bist eine begnadete Taucherin, soviel habe ich verstanden. Kannst du es mir beibringen? Können wir es nicht gemeinsam üben? Du und ich – Bruder und Schwester?« Als sie nicht antwortete, holte er tief Luft. »Ich habe alle Ämter abgeklappert. Was ich natürlich nicht wusste, ist, dass du den Namen deiner Mutter angenommen hast. Das hat es verdammt schwierig gemacht. Aber dann hörte ich das Gespräch zweier Frauen auf dem Weihnachtsmarkt. Sie ließen mit einer App ihre Gesichter altern. Das war's! Ich habe so eine App heruntergeladen, denn ich hatte ja dieses Bild von dir und habe es bearbeiten lassen. Als ich dann das veränderte Foto sah, fiel es mir wie Schuppen von den Augen.« Er schwieg erneut. Scheinbar reichte er es Meyer herüber, denn die stieß einen Überraschungslaut aus. »Ich hatte dich gesehen. In der Zeitung. Die kurzen Haare ... die haben mich erst irritiert.« Eine Pause entstand. »Sie stehen dir gut«, sagte er dann leise.

»Danke.« Meyers Stimme klang von einem Moment auf den anderen so aalglatt, wie Marlene es von ihr gewohnt war. »Wir sehen uns morgen. Meine Telefonnummer wirst du wohl genauso rausgefunden haben wie meine Adresse. Ruf mich an, und wir machen einen Termin aus. Ich habe heute wirklich noch viel zu tun.«

Ja, dachte Marlene. Du willst einen Menschen töten. Mindestens einen. Sie überlegte, wie spät es wohl war. Wann würde Junis endlich hier auftauchen? Aber selbst wenn er vor der Tür stand, würde Meyer ihn wahrscheinlich einfach ignorieren. Würde er sich dann ebenfalls auf das Grundstück schleichen? Oder einen Einsatz auslösen, wenn er Marlene weiterhin nicht erreichte? Marlene wusste es nicht. Nur eins war sicher – das würde alles zu lange dauern. Wenn Ron jetzt ging, musste Benno in das Wasserbecken steigen.

Langsam erhob Marlene sich. Sie stützte sich an der Wand ab und atmete tief ein. Anschließend schmiss sich mit voller Wucht gegen die Tür. Sie ignorierte den Schmerz, der sie durchzuckte. Noch einmal warf sie sich dagegen. Dabei fing sie an zu schreien, so laut sie konnte.

*

Als es an der Tür klingelte, hob Kirsten Diekmann den Kopf. »Ist das Rohlfing?«, fragte sie, und zum ersten Mal klang in ihrer Stimme ein wenig Interesse durch.

Annika erhob sich. »Ich sehe nach.«

Ein paar Minuten später kehrte sie zurück. »Es ist Angelika«, begann sie, doch Holger Schlüters Frau hatte sich schon an ihr vorbei ins Wohnzimmer geschoben.

Kirsten starrte sie an.

»Wir müssen reden!« Angelika stellte sich mit verschränkten Armen vor das Fenster. »Hör zu, ich wusste nichts davon. Ehrlich.« Sie schnaubte. »Ansonsten hätte ich ihn hochkant rausgeschmissen, das kannst du mir glauben.« Sie wartete auf eine Antwort, als Kirsten jedoch nichts sagte, fuhr sie fort: »Ich habe gepackt und wohne vorerst bei meiner Mutter. Ich wollte nur, dass du das weißt.«

»Ist Holger noch bei der Polizei?«, fragte Annika, die sich wieder neben Kirsten auf das Sofa gesetzt hatte.

»Nein, er befindet sich auf dem Rückweg. Ich habe ihm gesagt, dass ich ausziehen und die Scheidung einreichen werde.«

Kirsten fuhr sich mit der Zunge über die trockenen Lippen. »Sie haben ihn laufen lassen?«

Angelikas Stirn zeigte eine tiefe Furche. »Natürlich. Okay, er hat sich an Karolin rangemacht, verflucht sei er dafür, dieser elende Hurensohn. Aber du glaubst doch nicht ernsthaft, dass er etwas mit Ralfs Tod zu tun hat?«

Kirsten erwiderte nichts, sondern starrte Angelika nur aus brennenden Augen an. Annika legte ihre Hand auf den Arm ihrer Schwester. »Wenn die Polizei ihn gehen lässt«, sagte sie, »dann haben sie bei ihm auch nichts gefunden, was mit Ralfs Tod in Verbindung steht.«

Kirsten schüttelte den Kopf. »Das bedeutet gar nichts«, flüsterte sie. »Nur weil sie es ihm nicht nachweisen können, heißt das nicht, dass er es nicht war.« Sie fixierte Angelika, sprang plötzlich auf und ging zu ihr hinüber. »Was ist eigentlich mit dir?«, zischte sie und bohrte ihren Zeigefinger in Angelikas Brust.

»Was soll mit mir sein?«, rief Angelika und wich überrascht vor Kirsten zurück.

»In Ralfs Kalender, da stand ein A hinter einer Uhrzeit, für eine Verabredung. Und du warst die letzte Person, die er angerufen hat. Kannst du mir das erklären?«

Angelika fuhr sich durch das Gesicht. »Ich bitte dich!« Ihre Stimme klang schrill. »Du willst uns doch jetzt nicht etwa alle verdächtigen? Ich hatte nie etwas mit deinem Mann. Herrgott, es gibt tausend Namen, die mit A anfangen. Meiner war es jedenfalls nicht!«

»Und wieso hat er dich angerufen?«

»Das ist eine gute Frage«, sagte Angelika langsam. Sie schaute Kirsten stirnrunzelnd an. »Bisher dachte ich, es sei nichts von überragender Wichtigkeit gewesen, eine Einladung von euch zum Essen oder so.«

Kirsten schüttelte den Kopf. »Dann hätte ich dir Bescheid gesagt. Oder Ralf Holger. Ihr beide habt doch sonst nur sehr selten miteinander telefoniert, jedenfalls wenn wir es mitbekommen konnten.«

Angelika ging zum Sofa hinüber und ließ sich darauf sinken. »Und wenn Ralf es mir sagen wollte?«, fragte sie plötzlich.

»Was meinst du?«

»Na, stell dir vor, er hat es herausbekommen«, antworte Angelika. Die Worte sprudelten auf einmal aus ihr heraus. »Er wusste von Holger und Karolin. Und er wollte mit mir darüber sprechen. Er war bestimmt völlig fertig, konnte und wollte damit nicht gleich zu dir. Erst erfahren, wie ich zu der ganzen Sache stehe.«

Kirsten starrte Angelika an. »Aber als er dich nicht erreicht hat, hat er sich entschlossen, doch Holger zur Rede zu stellen.« Sie schwieg und nickte langsam. »Und danach ist er verschwunden«, sagte sie schließlich.

Angelika atmete hörbar aus. »Ich warte auf Holger. Er muss mir sagen, was passiert ist. Ich will die Wahrheit hören, aus seinem Mund.«

Kirsten ging auf Angelika zu. »Warte nur einen Moment, ich muss nur schnell auf die Toilette, dann komme ich mit. Wenn einer das Recht hat, alles zu erfahren, dann ich.«

Annika sprang auf. »Das halte ich für keine gute Idee«, rief sie. »Wir sollten die Polizei benachrichtigen.«

Kirsten schnaubte. »Da kommt er doch gerade her. Nein, wir gehen!« IhreStimme klang zum ersten Mal laut und fest.

Sie lief den Flur in Richtung Bad, drehte jedoch leise um und schlich sich in die Küche. Vorsichtig zog sie das lange Fleischermesser aus dem Block, betrachtete es, griff im Flur ihre größte Handtasche und steckte es hinein. Anschließend kehrte sie in das Wohnzimmer zurück. Sie winkte Angelika. »Ich bin soweit«, sagte sie.

*

Einen Augenblick lang war es totenstill. Marlene hatte aufgehört, sich zu bewegen und lauschte. Dann hörte sie Ron aufgeregt rufen.

»Verdammter Mist!« Meyer fluchte, ihre Stimme klang wieder hart und kalt. »Du gehst jetzt besser. Das ist ganz allein meine Angelegenheit.«

»Hilfe!« Marlene brüllte. »Sie will mich umbringen. Helfen Sie mir!« Dabei schlug sie mit ihren gefesselten Händen an die Tür.

»Umbringen?« Rons Stimme überschlug sich fast. »Wer ist das? Wovon redet sie?«

»Halt die Klappe.« Marlene hörte, wie Meyer sich bewegte. Ron schrie auf: »Was willst du mit dem Gewehr?«

»Mach die Tür auf.«

Marlene wich zurück, als sich der Schlüssel drehte. Plötzlich blickte sie in Rons völlig überraschtes Gesicht. »Jesus Christ«, murmelte er auf Englisch.

»Runter.« Meyer winkte mit der Waffe. »Ihr beide.«

Ron wandte sich zu ihr um. »Eva, was geht hier …«

»Runter!« Meyers Stimme duldete keinen Widerspruch.

»Okay.« Ron hob die Hände. »Okay, aber beruhige dich.«

Meyer lächelte mit schmalen Lippen. »Oh, ich bin ganz ruhig«, sagte sie. Sie deutete abermals mit dem Gewehrlauf auf die Treppe. »Los, oder ich erschieße die Frau auf der Stelle.«

Ron hob erneut die Hände und stieg vorsichtig nach unten. Als er jedoch sah, dass Marlene kaum gehen konnte, fasste er sie unter dem Arm.

»Hör auf, ihr zu helfen und nimm die Hände wieder hoch!«, fuhr Meyer ihn wütend an. »Sie hat keine Hilfe verdient.«

Ron ließ Marlene los. Langsam bewegten sie sich durch das Schwimmbad auf die versteckte Tür zu. Ron war genauso überrascht wie Marlene, als er in den verborgenen Raum geführt wurde. »Du, stell dich in die Ecke dort hinten«, wies sie Ron an. Sie richtete das Gewehr auf ihn. Marlene stieß sie auf den Stuhl vor dem Schreibtisch. Sie griff mit links nach dem Klebeband, nahm ein Stück und klatschte es über Marlenes Mund. Anschließend warf sie es Ron zu und winkte ihn zu sich. »Fessel sie an den Stuhl«, sagte sie. »Aber schön fest. Arme, Oberkörper und danach ihre Beine.«

Ron starrte unsicher in den Gewehrlauf und gehorchte. In ein paar Minuten war Marlene an den Stuhl geklebt.

»Gut.« Eva Meyer nickte zufrieden. Sie atmete tief aus. Mit dem Lauf zielte sie weiterhin auf Ron. Sie schaute ihn nachdenklich an. »Was mache ich bloß mit dir?«, flüsterte sie. »Du solltest dieser kleinen Feierstunde eigentlich nicht beiwohnen.«

»Was für eine Feierstunde?« Rons Gesicht war ein einziges Fragezeichen. Er blickte sie eindringlich an. »Eva, was passiert hier? Wer ist diese Frau, was hat sie dir getan und was hast du mit ihr vor?«

Meyer stand einen Moment reglos da. Schließlich ging ein Ruck durch ihren Körper. »In Ordnung«, wisperte sie. Ihre Augen funkelten auf einmal. »Du willst es also wirklich wissen, ja? Alles, ohne Wenn und Aber?«

Ron nickte.

»In Ordnung«, sagte Meyer abermals, schwieg dann jedoch. Ron nahm seinen Blick nicht von ihr.

»Du hast Recht«, zischte sie plötzlich. »Ich war dabei.«

Ron seufzte. »Ich wusste es«, flüsterte er.

»Ich habe ihm gesagt, dass ich mit ihm tauchen will. Er hat wieder nur müde gelächelt. Dachte, ich könne nichts. Ich war ja nur das Mädchen.« Nun lächelte auch Meyer. Ein schmales, wütendes Lächeln ohne jegliche Freude. »Aber er hatte mich doch abgehärtet. Stundenlang in der dunklen Toilette eingesperrt. Mich mit Essensentzug gestraft. Tage- oder wochenlang nicht mit mir gesprochen, mich ignoriert, für das kleinste Vergehen. Ha.« Der Laut kam aus ihrem tiefsten Innersten. »Und er dachte, ich könne nicht tauchen. Dabei hat er gesehen, dass ich wie ein Fisch war im Wasser. Trotzdem hat er mir nichts zugetraut.« Sie hielt inne. »Das war ein Fehler«, fauchte sie dann. »Denn ich habe geübt. In jeder freien Minute, die ich hatte. Ich habe so sehr geübt. Wollte ihm ein Mal beweisen, was in mir steckt.«

Ron schaute sie mit großen Augen an. »Was ist passiert? Wieso ist Vater gestorben?«

Evas Blick war in die Ferne gerichtet. »Er machte mich wieder runter. Die ganze Fahrt auf dem Boot. Fragte sich, warum er sich darauf eingelassen hätte, mit mir rauszufahren. Dass ich eh nach spätestens zwei Minuten hoch müsste. Er hörte einfach nicht auf zu reden.« Sie schwieg einen Moment. »Ich achtete jedoch nicht auf ihn. Ich habe geatmet. Mich vorbereitet auf das Wasser. Dann stoppten wir. Ich wusste, wo wir waren. Ungefähr fünfzehn Meter unter uns lag ein Schiffswrack. Er sagte, wir würden uns an der Leine runterlassen. Natürlich ohne Sauerstoff. Das war es ja, worum es ging. Ohne Luft. Darin war er Profi. Aber ich, ich war es auch.« Sie lachte kurz auf. »Er dachte, ich käme gar nicht erst runter. Aber das war natürlich kein Problem. Wir tauchten an das Wrack heran. Vater war vollkommen überrascht, dass ich mithielt. Und übersah dabei das alte Netz, das dort hing. Er schwamm genau hinein und verfing sich.« Sie hielt erneut inne.

Ron hatte den Atem angehalten und starrte Eva an. Marlene verhielt sich ebenfalls mucksmäuschenstill.

»Er bewahrte nicht die Ruhe, was er von mir in jeder erdenklichen Situation gefordert hatte.« Meyers Stimme hingegen klang völlig unaufgeregt, wie ein stilles Gewässer. »Wäre er ruhig geblieben, hätte er sich nicht noch mehr verheddert. Aber er bekam Panik. Mein Vater bekam Angst. Ich sah sie in seinen Augen. Er strampelte. Und verstrickte sich so stärker. Er zeigte verzweifelt auf das Netz um seine Füße.« Sie schwieg wieder. Als sie schließlich weitersprach, schwang ihre Stimme melodisch und rein – fast, als würde sie singen. »Ich sollte ihn befreien. Als ich jedoch in seine Augen blickte – diese Augen, die immer voller Härte gewesen waren und die nun vor Angst schrien – da wusste ich, dass *ich* gerade befreit wurde.« Sie nickte vor sich hin. »Ich schwebte vor ihm. Wie ein Engel. Irgendwann wurde sein Strampeln schwächer. Und dann sah ich sie: Die Fassungslosigkeit in seinem Gesicht. Weil ich ihm nicht geholfen hatte? Nein, weil ich immer noch dort unten war. Weil ich die Luft länger anhalten konnte als er.«

Ron atmete schwer. »Ich wusste es«, wisperte er. »Du hast mich gerettet. Du warst es.«

Marlene versuchte, ihren Herzschlag zu beruhigen. In was für eine komplett verkorkste Familie war sie bloß hineingeraten? Doch das war egal. Sie musste sich befreien. Benno hier herausbekommen. Verzweifelt ruckelte sie, um das Klebeband um ihren Körper ein wenig zu lockern. In dem Moment schaute Meyer sie an. Dann klickte sie auf eine Taste an dem Computer. Das Bild von Benno erschien. Er saß auf der Matratze, hatte sein T-Shirt wieder angezogen. Ron starrte stirnrunzelnd auf den Monitor und schnappte überrascht nach Luft. »Wer ist der Mann?«, fragte er und fügte langsam hinzu: »Er sieht aus wie Vater.«

Meyer nickte. »Ich weiß. Deshalb habe ich ihn ausgesucht.«

»Ausgesucht wofür?«

»Oh, du wirst schon sehen. Es geht sofort los.«

Meyer drückte auf den Knopf am Mikrofon. »Entschuldige, ich musste etwas erledigen«, sagte sie. »Aber jetzt kann es losgehen. Ab ins Wasser!«

Benno war bei ihren Worten aufgestanden und blickte in die Kamera. Ron schüttelte den Kopf. »Nein, er sieht nicht wie Vater aus. Vaters Blick war hart wie Stahl. Dieser Mann hier ... hat nette Augen.«

»Das ist vollkommen egal«, wisperte Meyer. »Denn wenn sie sterben, zeigen ihre Augen nur eines: Angst. Und das ist gut so. Alle sehen sie gleich aus.«

Benno begann, sich auszuziehen. Marlenes Augen wurden groß. Sie ruckelte an dem Klebeband. Schließlich drehte sie ihren Kopf zu Ron. Er konnte diesen Wahnsinn nicht allen Ernstes mitmachen. Sie versuchte zu sprechen.

»Halt die Klappe!« Meyer verpasste Marlene eine schallende Ohrfeige.

»Was hast du mit ihm vor? Und wer ist diese Frau überhaupt?« Rons Stimme klang plötzlich ängstlich. Marlene atmete auf. Sein Verstand schien wieder eingesetzt zu haben. Sie blickte ihn an und legte die Worte in ihre Augen: *Tu doch was. Hilf mir. Hilf uns.*

Meyer seufzte. »Sie sollte eigentlich gar nicht hier sein. Aber das macht nichts. Es passt sogar ganz gut.« Während Benno seine Hose auszog, wandte sie sich an Marlene. »Bennos Handy habe ich schon.« Sie schnaubte. »Ich musste nur nah an ihn heranrücken, als er seinen PIN eingab. Danach konnte ich sein Telefon wunderbar benutzen. Wenn du tot bist, kann ich deins sicherlich mit deinem Fingerabdruck öffnen. Ich schreibe zwischen euch ein paar SMS hin und her. Ihr gesteht euch eure Liebe und beschließt, abzuhauen. Neu anzufangen.«

Marlene keuchte. »Das nimmt dir niemand ab«, versuchte sie zu artikulieren. Aus dem Klebeband drang jedoch nur Genuschel. Meyer schien sie trotzdem zu verstehen. »Natürlich, eure Leichen lasse ich verschwinden. Auf nimmer Wiedersehen. Bei Ralf wollte ich sehen, was passiert. Wie die Polizei vorgeht. Ob sie mir auf die Schliche kommt. Mitspielen.« Sie kicherte.

»Es hat sich gelohnt. Gott, wie leicht sich Ralf um den Finger wickeln ließ. Und dann das Foto von Karolin und Holger. Ich habe es Ralf gezeigt, als das Seminar zu Ende war. Er wollte gleich hinter Holger her, aber ich habe ihn überzeugt, erst Angelika anzurufen. Ich wusste schließlich, dass das sein letzter Anruf sein würde. Denn ich wartete schon auf ihn, um ihn zu trösten. Das dachte er jedenfalls. Ich hatte alles geplant, seit Langem schon, auf den günstigen Moment gewartet, ihn zu kapern. Ich passte ja nicht in sein Beuteschema. Und dann erwischte ich Holger mit Ralfs Tochter und konnte den wertvollen Moment im Foto festhalten. Das Warten hatte sich gelohnt. – Das Tauchen lehrt dich vieles, vor allem, dich zu beherrschen.« Sie starrte Marlene an.

»Und nun läufst du mir auch noch in die Arme. Erst entdecke ich, dass Benno meinem Vater noch ähnlicher sieht als Ralf. Einfach zu knacken war Benno nicht, da musste ich mich schon ein wenig anstrengen. Das hat mich wenigstens gefordert. Na ja, ein bisschen.« Meyers Kichern wurde lauter. »Und nun – du. Das Spiel fängt an, mir zu gefallen. Immer mehr.« Plötzlich verschwand das Lächeln von ihrem Gesicht ebenso schnell, wie es gekommen war. »Keine Leiche, kein Mord. So ist es doch, nicht wahr? Vielleicht werden sie vermuten, dass etwas nicht stimmt. Herausfinden werden sie es allerdings nie.

Ich schicke Bennos Bruder in eurem Namen jedes Jahr eine Postkarte. Von den Bahamas.«

Benno hatte sich inzwischen ausgezogen. Dass er aber auch nichts von dem mitbekam, was sich genau neben ihm abspielte!

»Los, rein da!« Meyers Stimme klang scharf und kalt, als sie durch das Mikrofon sprach. Benno stieg die Leiter zu dem Bassin hoch. Marlene wandte ihren Kopf abermals Ron zu. Der fixierte gebannt den Monitor und beachtete sie nicht. »Salzwasser«, murmelte Eva Meyer und zeigte auf das Becken. »Wie in Australien.« Sie schaute ihren Bruder an. »Wusstest du, dass Ertrinken in Salzwasser länger dauert als in Süßwasser?« Sie nickte erneut vor sich hin.

Marlenes Atem wurde hektisch, als Benno sich in das Wasser fallen ließ. Sie versuchte zu sprechen, wand sich auf dem Stuhl. In dem Augenblick sprang Ron zur Seite, griff sich das Gewehr, das Meyer an das Ende des Tisches gelehnt hatte, und zielte auf seine Schwester. Die blickte ihn irritiert an. »Ich kann das nicht zulassen«, sagte er. »Dieser Mann hat nichts getan.«

Sie lächelte spöttisch. »Du willst deiner eigenen Schwester drohen?«, fragte sie. Sie beugte sich blitzschnell vor und drückte auf einen Knopf. Die Winde an der Decke fing an, sich zu drehen. Schreckensbleich verfolgte Marlene, wie der Deckel sich langsam schloss. Benno tauchte unter.

Meyers Augen huschten zwischen Ron und dem Monitor hin und her. »Mach das sofort wieder auf!« Rons Stimme war angsterfüllt. Er starrte auf den Bildschirm. In dem Moment hechtete Meyer nach vorne, holte aus und trat mit voller Wucht gegen Rons Arm. Der ließ mit einem Schmerzenslaut die Waffe fallen. Entsetzt registrierte Marlene, wie Eva Meyer vorsprang und das Gewehr packte. Doch auch Ron versuchte, die Waffe an sich zu reißen. Marlenes Blick zuckte zu Benno. Er schwebte im Wasser, die Augen geschlossen. Ein paar Luftblasen stiegen aus seinem Mund. Marlene zerrte verzweifelt an ihren Fesseln. Wenn sie sich bloß befreien könnte! Inzwischen hatte Eva Meyer sich aufgerichtet. Sie hielt das Gewehr in der Hand. Ein triumphierendes Lächeln umspielte ihre Lippen.

*

Lea starrte auf ihr Handy. Inzwischen hatte sie Marlene bestimmt hundert Mal angerufen, aber immer war nur ihre Mailbox angegangen. Als sie Junis vor ungefähr einer Stunde endlich erreicht hatte, war der ihr ziemlich verschlafen vorgekommen. Zuerst hatte er Leas aufgeregte Geschichte gar nicht verstanden und immer wieder ungläubig nachgefragt. Wo war Marlene? Was bitte wollte sie tun?

Lea hatte sich wie ein kleines Kind gefühlt, bei dem man eine wahre Geschichte als Phantasie abtat. Schließlich hatte sie die Nerven verloren. »Du musst zu ihr!«, hatte sie Junis angeschrien. Der hatte ihr schließlich versprochen, der Sache nachzugehen. Lea war das allerdings mehr wie eine Ausrede vorgekommen, um sie zu beruhigen.

Erneut wählte sie Marlenes Nummer. Hier stimmte etwas nicht, das spürte sie. Die zwei Stunden waren lange verstrichen, Marlene meldete sich nicht und ihr Handy war aus. Und Junis? Keine Ahnung, ob der sich auf den Weg gemacht hatte.

Energisch griff Lea nach ihrer Jacke, steckte ihr Handy ein, nahm Marlenes Autoschlüssel und eilte nach draußen. Wenn niemand Marlene half, dann musste eben sie nach dem Rechten sehen.

*

Rons Bein kam von unten. Mit all seiner Kraft schlug er seiner Schwester in die Kniekehle. Während Eva strauchelte, war Ron schon über ihr und griff von hinten um ihren Hals. Das Gewehr prallte mit einem dumpfen Knall auf den Boden.

Panisch starrte Marlene auf den Monitor. Benno hatte nun die Augen weit aufgerissen. Er stierte durch die Scheibe des Beckens, strampelte mit den Füßen. Mit seinem Kopf stieß er gegen den Deckel.

Marlene versuchte zu sprechen. Schrie hinter dem Band vor ihrem Mund. Deutete mit dem Kopf auf den Bildschirm. Ron keuchte, sein Blick schoss von dem Schreibtisch zu seiner Schwester. Einen Augenblick zögerte er, dann versetzte er ihr einen harten Schlag an die Schläfe. Vorsichtig ließ er sie auf den Fußboden gleiten. »Sie ist nur ohnmächtig«, flüsterte er, als er zu dem Tisch eilte. Fieberhaft suchte er herum, fand den Knopf und drückte ihn. Der Deckel begann, sich langsam zu öffnen. Viel zu langsam. Denn Bennos Strampeln wurde weniger. Seine Augen blickten nicht mehr klar, und Marlene sah mit aschfahlem Gesicht, dass er seinen Mund geöffnet hatte.

Ron riss ihr das Klebeband herunter. »Hol ihn da raus!«, schrie Marlene. »Schnell, mach schnell, in Gottes Namen!«

Ron schaute sich um. »Wo ist er?«

»Keine Ahnung. Ein weiterer Raum. Durch die Tür da!«

Sie sah, wie Ron die Tür aufriss. In dem Moment fing Meyer an, sich zu bewegen. »Lauf!« Marlenes Blick wanderte hektisch von Meyer zu dem Monitor. Benno bewegte sich nicht mehr. Marlene zitterte. Endlich erschien Ron auf dem Bildschirm. Er sprintete in den Raum, erklomm die Leiter und griff nach Benno. Doch der Deckel war im Weg, er konnte Benno nicht packen. Ron zögerte einen Augenblick, dann quetschte er sich durch die schmale Öffnung und ließ sich in das Wasser gleiten.

Eva Meyer stöhnte. Ihre Lider flackerten. Marlene zerrte an ihren Fesseln, während sie die Augen nicht von dem Monitor nahm. Ron hatte Benno zu fassen bekommen, tauchte unter und hievte ihn hoch. Er schaffte es, seine Arme und den Oberkörper über den Beckenrand zu hängen. Leblos baumelte Benno dort, wie ein nasser Sack Sand. Ron zog sich aus dem Becken, stieg auf die Leiter und packte Bennos Schultern »Ich kann ihn nicht halten!«, rief er.

»Die Matratze!« Marlenes Stimme überschlug sich fast. Dann ging ihr auf, dass Ron sie nicht hören konnte. Sie beugte sich zu dem Mikrofonständer und drückte die Taste mit ihrer Nase. »Die Matratze!«, rief sie erneut. »Leg sie unten hin.«

Ron sprang herunter, zog die Matratze heran, kletterte die Leiter abermals nach oben und versuchte, Benno aus dem Wasser zu ziehen. In dem Moment bewegte Eva Meyer ihren Arm. »Beil dich! Eva wacht auf!«

Und plötzlich dröhnte laut das Geräusch der Hausklingel durch den Raum. Marlene zögerte eine Sekunde. Dann suchte ihre Nase den Knopf, den auch Meyer gedrückt hatte, um zu sehen, wer am Eingang stand. Marlene keuchte vor Erleichterung kurz auf, als sie sah, dass es Junis war. Wieder kam ihre Nase zum Einsatz. »Wir brauchen einen Krankenwagen!« Ihre Stimme war heiser. »Schnell, Benno ist ...«

Sie sah aus den Augenwinkeln, wie Meyer sich aufrichtete. »Es ist aus!« Marlene schrie ihr ins Gesicht. »Verstärkung ist da. Es ist aus!«

Meyer schaute sie mit glühenden Augen an. »Nichts ist aus, bis ich es sage«, erwiderte sie. Sie wollte gerade aufstehen, als Ron in den Raum stürmte. Er rannte zu dem Gewehr, richtete es erneut auf seine Schwester und sagte: »Sie hat Recht. Es ist aus.«

Da fing Meyer an zu lachen. »Es wird niemals aus sein!«, rief sie. »Hört ihr, niemals!«

Ron schüttelte den Kopf. Die Pistole in seiner Hand zitterte leicht, aber seine Stimme klang laut und klar: »You are wrong«, sagte er. »You are so bloody wrong.« Ohne seine Augen von Eva zu nehmen, ging er zu Marlene hinüber.

Epilog

Sie erkannte ihn nicht sofort. Er hielt einen riesigen Strauß Rosen in der Hand, die sein Gesicht halb verdeckten. Dann fiel ihr sein Name ein. »Herr Kühme?«

Er drehte sich zu ihr um. »Frau Borchert!«, rief er. Sein Blick verdunkelte sich. »Furchtbar, was mit Ihrem Kollegen passiert ist.« Er zog ein Taschentuch aus der Tasche und wischte sich über die Stirn. »Ich kann das alles noch gar nicht fassen. Eva. Ich habe Tag für Tag mit ihr zusammengearbeitet. Sie sind wirklich sicher, dass sie ...« Er brach ab und sprach nicht weiter.

Sie nickte. »Was machen Sie hier im Krankenhaus?«

Kühmes Blick hellte sich auf. »Meine Frau, Anna, hatte einen Unfall«, antwortete er und sah dabei ziemlich glücklich aus. Als hätte er das gemerkt, schaute er schnell zur Seite. »Nichts Schlimmes, Rippenbrüche und eine Gehirnerschütterung. Ich kümmere mich um sie. Das wird schon wieder. Wir ... wir kriegen das alles hin, zusammen.« Er atmete tief aus. »Anna und ich waren völlig schockiert von der Sache mit Holger und Karo. Mein Gott, da denkt man, man kennt die Menschen um sich herum. Kein Wunder, dass Kirsten ausgerastet ist. Sie ist mit einem Messer auf Holger los, habe ich gehört.«

Der Fahrstuhl hielt und die Türen öffneten sich. Sie stiegen ein. »Herrn Schlüter ist nichts passiert«, sagte Marlene. »Seine Frau konnte Kirsten Diekmann aufhalten und sie beruhigen. Doch das wissen Sie ja sicherlich auch.«

Kühme nickte und wischte sich erneut den Schweiß von der Stirn. »Wie geht es denn Ihrem Kollegen? Stimmt es, dass er im Koma liegt?«

Marlene schluckte. »Ja, das ist richtig. Er ... er war zu lange unter Wasser.«

»Aber er kommt durch, nicht wahr?« Kühmes Stimme klang heiser.

»Natürlich.« Marlene atmete tief ein. »Natürlich«, wiederholte sie. Sie nickte Kühme zu, als sich die Fahrstuhltür öffnete und sie in den Gang hinaustrat.

*

Die Schwester lächelte Marlene freundlich an, doch Marlenes Blick richtete sich sofort auf Benno. Er sah noch immer so bleich aus. Ein Schlauch ragte aus seinem Mund, die Augen waren geschlossen.

»Wie geht es ihm?«, flüsterte sie.

»Unverändert.« Die Schwester beendete die Kontrolle der Instrumente. Beim Hinausgehen legte sie kurz eine Hand auf Marlenes Schulter. Dann schloss sie behutsam die Tür.

Marlene rückte den Stuhl nah an das Bett heran und setzte sich. Vorsichtig griff sie nach seiner Hand. »Heute habe ich endlich mehr Zeit«, sagte sie leise. Sie biss sich auf die Lippen, als sie Bennos regungsloses Gesicht betrachtete. »Du kannst froh sein, dass du diesen ganzen Heckmeck nicht mitmachst«, fuhr sie fort und versuchte, zu lächeln. »Im Präsidium geht es drunter und drüber. Meyer sitzt in Untersuchungshaft, schweigt eisern und hat die beste Armee von Verteidiger engagiert. Sie lässt sich durch nichts aus der Ruhe bringen. Stell dir vor, gegen mich läuft sogar eine Anzeige wegen Einbruchs. Deswegen bin ich ab sofort offiziell vom Dienst suspendiert, bis die Sache geklärt ist.« Sie wischte sich mit der linken Hand über die Augen. Ihre rechte ließ Bennos nicht los.

»Aber natürlich kriegen wir sie dran«, sagte sie lauter. »Ihr Keller ist voll von Spuren. Ein Paradies für unsere Kollegen. Außerdem haben wir die Autos der Opfer in ihrer riesigen Garage gefunden. Mann, die hat sich echt sicher gefühlt.« Sie hielt inne. »Ralf Diekmann war ebenfalls bei ihr eingesperrt«, sprach sie schließlich leiser weiter. »Sie war es. Sie hatte leichtes Spiel mit ihm.« Marlene streichelte vorsichtig über Bennos Finger. »Und dann Ron, ihr Bruder. Der stand völlig unter Schock. Ich habe gestern mit ihm gesprochen. Inoffiziell. Er wollte mich vor seinem Rückflug nach Australien noch einmal sehen. Er sagt, er wird niemals wieder versuchen, zu tauchen.« Marlene stockte. »Er hat dich da rausgeholt. Uns. Ohne ihn wären wir jetzt nicht hier.«

Sie zögerte erneut. »Auch meine Freundin Lea ist zu Meyers Haus gefahren. Da war glücklicherweise alles schon vorbei. Aber sie hat mich getröstet, als man dich weggebracht hat ins Krankenhaus . Jetzt ist sie wieder zu Hause. Sie kommt zurück, wenn ich sie brauche. Vielleicht, falls Manfred … Er liegt nur ein paar Türen weiter, weißt du? Er wacht auch nicht auf«, fuhr sie fort.

Ihre Stimme war nur ein Rascheln im Wind, als sie wisperte: »Und ich weiß immer noch nicht, wer meine Eltern getötet hat. Solange ich vom Dienst suspendiert bin, habe ich noch weniger Möglichkeiten, es herauszubekommen.«

Einen Augenblick war es still. Nur das Geräusch der Maschine, die Bennos Herzschlag anzeigte, war zu hören. Marlene beugte sich vor. Ihre linke Hand wanderte zu Bennos Gesicht, hielt kurz inne, strich ihm dann eine Haarsträhne aus der Stirn. »Aber eigentlich bin ich nicht hier, um über Meyer zu reden. Oder Manfred. Auch nicht über meine Eltern«, flüsterte Marlene schließlich. »Ich ... ich ...« Ihre Stimme brach. Sie räusperte sich und setzte abermals an. »Ich wollte dir sagen, dass du wieder aufwachen musst. Hörst du, Benno?« Sie schaute ihn an. »Ich will mit dir sprechen«, sagte sie heiser. »Nicht über Meyer. Nicht über irgendwelche verfluchten Morde. Sondern über uns. Über uns, Benno.« Sie umfasste seine Hand stärker, drückte sie. »Über uns«, wiederholte sie.

Eine Weile saß sie einfach nur da. Ihre Augen ruhten auf Bennos bleichem Gesicht. Er bewegte sich nicht.

Marlene spürte die Welle, die ihren Körper emporbrandete, mit einer solchen Wucht, dass sie für einen Moment nicht atmen konnte. Hilflos umklammerte ihre Hand seine. Sie versuchte, den Schmerz wegzuschlucken. Aber es ging nicht. Langsam beugte sie ihren Kopf und legte ihn neben Benno auf das Kopfkissen.

Dann begann Marlene zu weinen.

ENDE

Strafanzeige

Polizeidienststelle Minden

Beschuldigt: Meike Messal

Straftat: Verführung zum nächtelangen Lesen des Kriminalromans *Atemlose Stille*. Führte bei mehreren Personen zu Schlaf- und Atemlosigkeit.

Mittäter: Nach langem Verhör stellt sich heraus, dass neben der Autorin weitere Komplizen mitgewirkt haben. So ist besonders die Lektorin Dr. Anette Kleszcz-Wagner zu nennen – ihr scharfer Blick und ihre Hilfe sind als dem Verbrechen äußerst förderlich einzuschätzen; außerdem Christiane, Helena und Hartmut Haselau, Annika und Wolfgang Hoffmeister, Karolin Neubauer, Inge Friedsam, Vanessa Wolff, Florian Lux und Esin Akyol, ohne die der Kriminalroman nicht das geworden wäre, was er ist; und natürlich der Ehemann der Autorin sowie ihre Kinder, die ihr die Freiräume gaben, diesen Roman zu schreiben, sie unterstützten und nur selten murrten.

Einschätzung des Wachhabenden: Die Täterin lässt jede Reue vermissen, es besteht akute Wiederholungsgefahr.

Weitere Krimis von Meike Messal
im Prolibris Verlag

Nachtfahrt ins Grauen
Minden-Krimi
erhältlich als E-Book, ISBN 978-3-95475-124-2

Düsterstrand
Fehmarn-Krimi
Paperback, 277 Seiten, ISBN 978-3-95475-205-8

Klippenfall
Fehmarn-Krimi
Paperback, 245 Seiten, ISBN 978-3-95475-228-7

Dünenschrei
Fehmarn-Krimi
Paperback, 263 Seiten, ISBN 978-3-95475-245-4